Loretta Chase

C'est la reine incontestée de la romance de type Régence dans les pays anglophones notamment avec le fameux *Lord of Scoundrels*, véritable phénomène éditorial, que les Éditions J'ai lu ont l'immense plaisir d'offrir aux lectrices françaises sous le titre *Le prince des débauchés*. Surnommée la Jane Austen des temps modernes, Loretta Chase, passionnée d'Histoire, situe ses récits au début du XIXe siècle. Elle a renouvelé la romance avec des héroïnes déterminées et des héros forts, à la psychologie fouillée. Style alerte, plein d'humour, elle sait anaylser avec finesse les profondeurs de l'âme et de la passion. Elle a remporté deux Rita Awards.

Du même auteur
aux Éditions J'ai lu

Les Carsington :

1 - IRRÉSISTIBLE MIRABEL
N° 8922
2 - UN INSUPPORTABLE GENTLEMAN
N° 8985
3 - UN LORD SI PARFAIT
N° 9054
4 - APPRENDS-MOI À AIMER
N° 9123
5 - LADY CARSINGTON
N° 9612

LADY SCANDALE
N° 9213
NE ME TENTE PAS
N° 9312

Le prince des débauchés

LORETTA
CHASE

Le prince des débauchés

ROMAN

Traduit de l'américain
par Patricia Lavigne

J'AI LU

Titre original
LORD OF SCOUNDRELS

Éditeur original
Avon Books, an imprint of HarperCollins Publishers

Je tiens à remercier Sal Raciti, pour le choix des expressions italiennes, Carol Proko Easton pour m'avoir prêté ses ouvrages magnifiques sur les icônes russes, Cynthia Drelinger pour la transcription informatique de mes hiéroglyphes manuscrits, Walter, mon mari, et notre ami Owen Halpern pour ce périple inoubliable à travers la si belle Angleterre.

Prologue

Au printemps de l'année 1792, le typhus ravit son épouse et ses quatre enfants à Dominick Edward Guy de Ath Ballister, troisième marquis de Dain, comte de Blackmoor, vicomte Launcells, baron Ballister et Launcells.

Bien que cette union lui eût été imposée par son père, le marquis de Dain avait fini par nourrir une certaine estime pour sa femme qui lui avait consciencieusement donné trois beaux garçons et une adorable fillette. Quant à ses enfants, il les avait aimés autant qu'il en était capable, c'est-à-dire assez peu selon les critères en vigueur. Mais la nature du marquis ne le prédisposait pas à chérir qui que ce fût, car son cœur était déjà pris par ses terres, notamment celles du château d'Athcourt, le domaine de ses ancêtres dans le Devon. Ses biens constituaient sa seule maîtresse.

Or, cette maîtresse lui coûtait beaucoup d'argent, et le marquis ne roulait pas sur l'or. Aussi, à l'âge avancé de quarante-deux ans, se retrouva-t-il dans l'obligation de contracter un second mariage afin de subvenir aux exigences de son unique passion.

Fin 1793, il épousa donc Lucia Usignuolo, une jeune fille de dix-sept ans rencontrée moins de six mois auparavant, et rapidement courtisée pour les deniers de son père, un riche aristocrate florentin.

Toute la haute société s'en émut. Il faut dire que la lignée des Ballisters remontait jusqu'aux Saxons. Et si, sept cents ans plus tôt, Guillaume le Conquérant avait offert une baronnie à un aïeul en échange de son union avec une Normande, depuis cette date lointaine, aucune étrangère n'était entrée au sein de la famille. Chacun en conclut donc que le pauvre marquis de Dain avait perdu l'esprit à la suite du terrible deuil qui venait de le frapper.

Un diagnostic que le marquis ne fut pas loin de partager quelques semaines plus tard, lorsque la belle adolescente brune admirative et complaisante qu'il pensait avoir épousée se révéla sous son vrai jour.

Fière et passionnée, la jeune femme se conduisait comme une petite fille gâtée. Extravagante dans ses attitudes et ses propos, elle parlait trop et trop fort, et se moquait ouvertement de ses ordres. Mais surtout, surtout, elle affichait dans l'intimité de leur couche un manque de retenue qui le faisait frémir.

Sans la crainte de voir s'éteindre la lignée des Ballisters, le baron aurait aussitôt déserté le lit conjugal. Au lieu de quoi, les dents serrées, il s'obligeait à faire son devoir en espérant que son épouse donnerait très vite le jour à un garçon et qu'il pourrait enfin mettre un terme définitif à ces ébats honteux.

En mai 1795, la Providence exauça ses vœux.

Du moins, le marquis le crut-il, jusqu'à ce qu'il pose les yeux sur son fils et soupçonne le diable de lui avoir joué un mauvais tour.

La peau olivâtre, le regard noir comme l'enfer et les membres mal proportionnés, son héritier arborait en outre un gigantesque nez crochu. Et comme si cela ne suffisait pas, cette pauvre chose ratatinée poussait des braiments à percer les tympans.

S'il l'avait pu, le marquis aurait aussitôt affirmé que l'enfant n'était pas de lui. Mais la minuscule tache brune en forme de croix sur sa fesse gauche ne laissait aucun doute à ce sujet : des générations de Ballisters, lui compris, en arboraient une identique à cet endroit de leur anatomie.

Dans l'impossibilité d'en refuser la paternité, le marquis considéra alors cette monstruosité comme l'inévitable conséquence de ses pratiques conjugales obscènes et contrenature. Dans les moments de grand abattement, il en arrivait même à voir en sa jeune épouse une servante de Satan, et en son bébé son rejeton démoniaque.

De sa vie, il ne partagea plus jamais la couche de sa femme.

Le petit garçon fut baptisé Sebastian Leslie Guy de Ath Ballister et, conformément à la tradition, reçut le deuxième plus haut titre honorifique de son père : comte de Blackmoor. Un tel rang ne suffit pourtant pas à éviter les murmures moqueurs dans le dos du marquis tant l'enfant, avec ses yeux d'obsidienne et ses cheveux couleur corbeau, affirmait sa descendance italienne. Il possédait ce noble nez florentin que nombre de ses ancêtres avaient si souvent froncé devant leurs inférieurs – un appendice tout à fait acceptable sur les mâles visages de la famille Usignuolo, mais totalement démesuré sur un gamin maigre et mal proportionné.

La malchance voulut qu'il ait également hérité de la sensibilité exacerbée de ses aïeux, si bien qu'il devina très rapidement que quelque chose clochait chez lui.

Sa mère lui avait acheté de très beaux livres d'images. Aucun des personnages à l'intérieur, avait-il remarqué, ne lui ressemblait, à l'exception du diablotin qui poussait le petit Tommy Tucker d'une de ses comptines à faire des bêtises.

Bien qu'il n'eût jamais aperçu de diablotin sur son épaule, Sebastian avait compris qu'il était lui aussi un méchant garçon puisqu'on le grondait et le fouettait sans cesse. Plus encore que le martinet de son tuteur, il craignait la colère de son père, dont un simple froncement de sourcils suffisait à le terroriser. Malgré tout, il veillait à n'en rien montrer, et surtout à ne pas pleurer, parce qu'à sept ans il n'était plus un bébé et qu'un regard de mépris serait encore pire que des réprimandes.

Dans les livres, les parents souriaient à leurs enfants, les berçaient et les embrassaient. De temps en temps, lorsqu'elle était de bonne humeur, sa maman faisait tout cela, mais son papa jamais. Il ne lui parlait pas, ne jouait pas avec lui ; il ne l'avait jamais hissé sur ses épaules, ni même assis sur l'encolure de son cheval. Sebastian possédait son propre poney, et c'était Phelps, l'un des palefreniers, qui lui apprenait à monter.

Il aurait bien demandé à sa mère de lui expliquer ce qu'il avait fait de mal et comment se faire pardonner, mais c'était impossible. En fait, il préférait ne pas trop lui parler – sauf pour dire qu'il l'aimait et qu'elle était la plus belle maman du monde – de peur de la contrarier.

Une fois, juste avant de partir pour Darmouth, elle avait proposé de lui rapporter un cadeau, et il avait réclamé « un petit frère pour jouer ». À peine avait-il achevé sa phrase qu'elle s'était mise à pleurer. Puis elle s'était fâchée et avait crié en italien. En voyant son père s'énerver contre elle et lui ordonner de se taire, Sebastian avait deviné qu'elle disait des gros mots.

Ensuite, ses parents s'étaient querellés. Et ça, ça avait été encore pire que les pleurs de sa mère et les regards furieux de son père.

Sebastian ne voulait pas qu'ils se disputent. Surtout, il ne voulait pas que sa mère dise des gros mots, car Dieu la punirait, la ferait mourir et l'enverrait en enfer. Alors, il n'y aurait plus personne pour le cajoler et l'embrasser, jamais.

Finalement, ne sachant à qui demander ce qu'il avait fait de mal et comment se faire pardonner, Sebastian décida de s'adresser au Seigneur. Il n'obtint aucune réponse.

Puis un jour, quand il avait huit ans, sa mère sortit avec sa gouvernante et ne revint pas.

Les domestiques expliquèrent qu'elle était partie rejoindre son père à Londres.

Mais quand son père rentra, il était seul.

Quelques heures plus tard, Sebastian fut convoqué dans le grand cabinet de travail obscur. À son arrivée, son père était assis derrière l'immense bureau, l'air sévère, une bible ouverte devant lui. Il lui ordonna de s'installer sur la chaise en face de lui. Sebastian obéit en tremblant. Il était incapable de prononcer un mot. Le nœud qui lui tordait l'estomac lui donnait envie de vomir.

— Arrête de harceler les domestiques à propos de ta mère, commença son père. Dorénavant, je t'interdis de parler d'elle. C'est un démon, une créature impie. Son nom est Jézabel, et *les chiens mangeront Jézabel près du rempart de Jizréel*.

Une voix se mit brusquement à hurler dans la tête de Sebastian, si stridente qu'il n'entendait presque plus celle de son père. Pourtant, ce dernier semblait n'avoir rien remarqué : tête baissée, il continuait de lire la Bible :

— *Car les lèvres de l'étrangère distillent du miel, Son gosier est plus onctueux que l'huile. Mais la fin qu'elle prépare est amère comme l'absinthe, Cruelle comme une épée à deux tranchants. Ses pieds descendent vers la mort ; Au sépulcre tendent ses pas.*

Levant les yeux, il ajouta :

— Je la renie, et mon cœur se réjouit que la corruption ait fui la maison de mes pères. Ce sujet est définitivement clos.

Puis, se redressant, il tira le cordon de service. L'instant d'après, un valet de pied apparaissait. Sebastian le suivit hors du bureau et dans l'escalier. La voix stridente criait toujours dans sa tête. Il tenta de retenir ses larmes, mais en fut incapable. Alors, il ouvrit grand la bouche et laissa sortir le cri.

Quand le domestique voulut le calmer, Sebastian lui envoya un coup de pied, le mordit et s'enfuit à toutes jambes. Des bordées de jurons franchissaient ses lèvres presque malgré lui. Un monstre s'était éveillé dans ses entrailles qu'il était incapable de maîtriser. La créature s'empara d'un vase sur un guéridon et le fracassa contre un miroir ; elle saisit une statue de plâtre et la projeta sur le plancher. Enfin, traversant l'immense corridor en hurlant, elle brisa tout sur son passage.

Alertés par le tapage, majordome, servantes et valets de pied se précipitèrent dans le couloir, avant de se pétrifier face à l'enfant, certains d'avoir affaire à un possédé. Les yeux écarquillés de stupeur, ils regardèrent le jeune comte saccager le hall. Aucune réprimande, pas un son ne leur parvint du premier étage. La porte du bureau de Sa Seigneurie demeura close, tel un défi au démon qui se déchaînait au-dessous.

Finalement, intriguée, la cuisinière quitta ses fourneaux, et découvrant la scène, se rua vers Sebastian pour l'enserrer dans ses énormes bras.

— Du calme, mon garçon, murmura-t-elle sans se préoccuper des coups de dents, de pied et de poing dont il l'abreuvait.

Ne craignant pas plus la fureur du maître des lieux que celle de prétendus démons, elle emporta l'enfant dans la cuisine, s'assit devant l'immense cheminée et le berça jusqu'à ce que, épuisé, il cesse de pleurer.

À l'instar de tous les autres domestiques, elle savait que la marquise de Dain s'était enfuie avec le fils d'un riche marchand. La maîtresse de maison n'était pas partie à Londres rejoindre son mari, mais à Darmouth, où elle s'était embarquée sur l'un des navires de son amant en partance pour les Indes occidentales.

Les cris du petit garçon à propos de chiens dévorant sa mère lui donnaient envie d'abattre son couperet à viande sur la tête de son employeur. Certes, le comte de Blackmoor était l'enfant le plus laid qu'on eût jamais vu dans le Devon – peut-être même dans toute la Cornouailles et le Dorset. Il était également lunatique, coléreux, et le plus souvent d'humeur maussade. Mais il n'en restait pas moins un enfant et méritait mieux, selon elle, que le triste sort qui était le sien.

Elle lui expliqua donc que son papa et sa maman ne s'entendaient pas et que celle-ci était tellement malheureuse qu'elle avait été obligée de partir. Malheureusement, s'enfuir était une bêtise encore plus grosse pour une femme adulte que pour un petit garçon, précisa-t-elle. Une bêtise si énorme qu'on ne pouvait pas la rattraper. C'est pourquoi la marquise de Dain ne reviendrait pas.

— Elle va aller en enfer ? interrogea Sebastian. Papa a d... dit...

Sa voix se mit à trembler.

— Dieu lui pardonnera, affirma la cuisinière d'un ton assuré. S'Il est juste et miséricordieux, Il le fera.

Sur ces mots, elle monta le petit dans sa chambre, en chassa la nurse au visage sévère, et le coucha.

Une fois seul, Sebastian s'assit dans son lit et prit sur la table de chevet le petit tableau de la Vierge à l'Enfant que lui avait offert sa mère. Le serrant contre son cœur, il pria.

Il avait appris toutes les prières de la religion de son père, mais ce soir-là, il chuchota celle que sa mère psalmodiait en égrenant les perles de son chapelet. Il l'avait entendue tant de fois qu'il la connaissait par cœur, même s'il ne savait pas encore assez de latin pour en comprendre le sens.

— *Ave Maria, gratia plena, Dominus tecum, benedica tu in mulieribus...*

Lorsque, debout derrière la porte, lord Dain entendit son fils réciter cet acte de foi papiste, il décida que, cette fois, la coupe était pleine.

Une quinzaine de jours plus tard, Sebastian fut jeté dans une calèche et conduit au collège d'Eton.

Après une brève entrevue avec le directeur, il se retrouva dans l'immense dortoir, abandonné aux bons soins de ses nouveaux camarades.

Le plus grand et le plus robuste d'entre eux, lord Wardell, le considéra un long moment en silence, avant d'éclater de rire. Les autres s'empressèrent de l'imiter. Pétrifié, Sebastian demeura debout devant eux à écouter ce qui ressemblait aux ricanements d'une horde de hyènes.

— Pas étonnant que sa mère se soit enfuie, lança Wardell, une fois son souffle retrouvé. Est-ce qu'elle a poussé un cri d'effroi le jour de ta naissance, Black-mort ?

— Je m'appelle Blackmoor, rectifia Sebastian en serrant les poings.

— C'est ce que je viens de dire, ver de terre. J'ai également dit que ta mère avait filé pour ne plus avoir à te regarder. Parce que tu ressembles à un lombric puant.

Les mains dans le dos, Wardell déambula autour de lui, tel un examinateur.

— Qu'est-ce que t'en penses, Black-mort ?

Abasourdi, Sebastian contempla les visages sardoniques qui l'entouraient. Phelps, le cocher, lui avait assuré qu'il se ferait des amis à l'école. N'ayant jamais eu personne avec qui jouer, Sebastian s'était accroché à cette idée tout au long du voyage.

Hélas, il n'y avait rien d'amical dans l'expression de ses « camarades » ! Et tous faisaient au moins une tête de plus que lui. De toute évidence, il était le plus jeune et le plus petit de l'immense chambrée.

— Je t'ai posé une question, ver de terre, insista Wardell. Quand tes supérieurs te posent une question, tu as intérêt à y répondre.

Sebastian plongea les yeux dans le regard bleu de son persécuteur.

— *Stronzo*.

— C'est quoi, ce baragouinage de macaroni ? Pas de ça ici, Black-mort.

— *Stronzo*, répéta Sebastian. Sale connard merdeux.

Wardell inclina légèrement la tête de côté.

— Vous avez entendu ça ? lança-t-il à ses compagnons. Non seulement, il est aussi laid que Belzébuth, mais en plus il est mal embouché. À votre avis, comment doit-on réagir, mes amis ?

— Il faut le frapper, suggéra un premier.

— Lui mettre la tête dans un baquet d'ordures, renchérit un deuxième.

— Dans les latrines, rectifia un troisième. Comme ça, il verra qui est merdeux.

Un hurlement enthousiaste accueillit cette proposition.

L'instant d'après, tous fondaient sur Sebastian.

Tandis qu'ils le conduisaient vers là où aurait lieu sa punition, ses nouveaux camarades lui donnèrent plusieurs fois l'occasion de se rétracter : s'il léchait les bottes de Wardell et le suppliait de lui pardonner, il serait épargné.

Mais il était trop tard, le monstre s'était emparé de lui. À chacune de leurs offres, Sebastian répondit par une bordée de jurons en anglais et en italien.

Cet acte de défi ne lui fut d'aucune aide. Les lois physiques, en revanche, lui permirent d'éviter le pire. Car, aussi petit fût-il, il était bizarrement proportionné, et ses épaules osseuses se révélèrent trop larges pour entrer dans les latrines. Wardell parvint juste à lui enfoncer la tête dans le trou et à l'y maintenir jusqu'à ce qu'il vomisse.

Mais au grand dam du jeune lord et de ses camarades, cela ne suffit pas à enseigner le respect au ver de terre. Bien qu'ils aient consacré une large partie de leur temps libre à son éducation, Sebastian refusait obstinément d'apprendre les bonnes manières. Ils se moquaient de son physique, de ses origines italiennes et chantaient des chansons obscènes à propos de sa mère. Ils le pendaient aux fenêtres par les pieds, l'enroulaient dans des couvertures et le lançaient à travers le dortoir, glissaient des dépouilles de rongeurs dans son lit. Quand il était seul – un luxe extrêmement rare à Eton –, il pleurait de tristesse et de rage ; devant les autres, il jurait et se battait, même si cela se terminait toujours mal.

Entre les sévices incessants en dehors de la classe et les punitions à l'intérieur, il lui fallut moins d'un an pour se débarrasser de toute trace de tendresse, de douceur et de confiance qui subsistait en lui. Si les méthodes d'Eton réussissaient à développer le meilleur chez certains, chez lui, elles exhumèrent le pire.

Il avait dix ans quand le directeur le convoqua pour lui annoncer la mort de sa mère, victime d'une mauvaise fièvre aux Indes occidentales. Sebastian l'écouta, puis, sans un mot, sortit se battre avec Wardell.

Son ennemi avait deux ans de plus que lui et faisait deux fois sa taille et son poids. Mais ce jour-là, le monstre en Sebastian, en proie à une colère amère, lutta froidement, et ne s'arrêta qu'après avoir envoyé son adversaire à terre, le nez en sang.

Puis, couvert de bleus et sanguinolent, il balaya l'assistance du regard et lança :

— Un autre volontaire ?

Pas de réponse. Quand il pivota pour partir, les pensionnaires s'écartèrent devant lui.

Sebastian avait atteint le centre de la cour lorsque la voix de Wardell rompit le silence.

— Bravo, Blackmoor !

Il s'arrêta et tourna la tête.

— Va au diable ! cracha-t-il.

Sur quoi, Wardell jeta son chapeau en l'air en criant « hourra ! ». Aussitôt, les autres l'imitèrent dans un chœur d'acclamations.

— Pauvres couillons ! marmonna Sebastian.

Malgré tout, il lança à son tour un chapeau imaginaire – le sien n'avait pas survécu à la bataille –, et les gratifia d'un simulacre de révérence.

Il n'en fallut pas plus pour que tous s'élancent vers lui, le soulèvent et le hissent sur les épaules de Wardell. Plus il les insultait, plus ces crétins paraissaient aux anges.

Après cet épisode, il devint le plus proche comparse de Wardell, annihilant ainsi ses dernières chances de rédemption.

Parmi tous les trublions que le collège d'Eton avait conduits vers l'âge d'homme à coups de trique et de punitions, Wardell et sa clique se classaient sans conteste dans les pires. Outre les farces et les sévices habituels à l'encontre de leurs malheureux congénères et de la population locale, ils jouaient, fumaient et s'enivraient – et cela bien avant d'avoir atteint la puberté. Avec elle arriva un nouveau vice.

Sebastian fut initié aux mystères érotiques lors de son treizième anniversaire. Ce jour-là, Wardell et Mallory – le garçon qui avait suggéré les latrines – le soûlèrent au gin, lui bandèrent les yeux et le baladèrent pendant une bonne heure avant de le conduire dans un endroit aux relents de moisi. Après l'avoir déshabillé et lui avoir ôté son bandeau, ils s'éclipsèrent en prenant soin de fermer la porte à clé.

La pièce contenait en tout et pour tout une lampe à huile, un matelas de paille et une fille plantureuse dotée d'yeux bleus, de joues roses, d'un nez minuscule et de longues anglaises blondes. Elle le considéra avec la même expression que si elle avait eu affaire à un rat mort.

Sebastian n'eut aucun mal à deviner pourquoi. Bien qu'il ait pris cinq centimètres depuis son dernier anniversaire, il ressemblait toujours à un gnome.

— Je le ferai pas, déclara-t-elle. Même pas pour cent livres.

À sa propre surprise, Sebastian découvrit qu'il n'était pas encore devenu totalement insensible. Autrement, il n'aurait pas eu mal. Or, sa gorge le brûlait et il avait envie de pleurer. Il détesta cette fille d'avoir réussi un tel exploit avec simplement deux phrases. C'était une petite truie stupide, et si elle avait été un garçon, il lui aurait fichu une rossée mémorable.

Néanmoins, grand maître dans l'art de dissimuler ses émotions, il se contenta de répondre :

— Dommage. C'est mon anniversaire, et j'étais de si bonne humeur que je pensais te donner dix shillings.

Wardell, il le savait, ne payait jamais une prostituée plus de six pence.

La fille le considéra d'un regard hésitant, qui s'abaissa vers ses parties intimes, et s'y arrêta. La réaction fut immédiate.

Un début de sourire apparut sur les lèvres de la donzelle. Sans lui laisser le temps de se moquer de lui, Sebastian enchaîna :

— Je t'ai dit que j'étais de bonne humeur. Dix shillings et six pence, pas un penny de plus. Si ce que j'ai à ma disposition ne te plaît pas, j'irai le proposer ailleurs.

— Je peux toujours fermer les yeux, répondit-elle.

Il haussa les épaules.

— Fermés ou ouverts, je m'en fous. En revanche, j'en veux pour mon argent.

Il ne fut pas déçu. Non seulement, la fille garda les yeux ouverts, mais elle fit preuve d'autant d'enthousiasme qu'il pouvait en espérer en ces circonstances.

Cet épisode contenait une précieuse leçon de vie, en conclut-il. Une leçon qu'il apprit aussi rapidement que les précédentes.

Désormais, décida-t-il, il ferait de ce vers d'Horace sa devise : « Amasse des trésors, justement, si tu peux, sinon, amasses-en par n'importe quel moyen. »

•

Hormis les brefs messages accompagnant sa pension trimestrielle, Sebastian n'avait eu aucun lien avec le château depuis son arrivée à Eton. Encore les courriers qui lui étaient adressés étaient-ils rédigés par le secrétaire de son père.

Peu avant la fin du collège, il reçut une lettre succincte l'informant des dispositions prises pour son entrée à Cambridge.

Cambridge était une bonne université, il le savait. Beaucoup plus progressiste, selon certains, que la très religieuse Oxford. Il devina cependant que son père ne l'avait pas choisie pour cette raison. Les Ballisters faisaient leurs études à Eton et à Oxford pratiquement depuis la fondation de ces deux institutions. Pour le marquis de Dain, envoyer son fils dans un autre établissement équivalait presque à un reniement ; une manière d'affirmer qu'il le considérait comme une souillure sur l'écusson familial.

Ce que Sebastian ne doutait pas d'être.

Non seulement, il se conduisait comme un monstre – sans pour autant aller jusqu'à risquer l'expulsion –, mais avec son mètre quatre-vingt-trois et son impressionnante musculature, il en avait bel et bien l'allure.

Il avait d'ailleurs passé la majeure partie de sa carrière à Eton à s'assurer qu'on se le rappellerait comme tel. Être surnommé « le fléau et la plaie des Ballisters » l'emplissait de fierté.

Mais si le marquis n'avait jamais émis le moindre commentaire sur les agissements de son fils, le ton et le contenu de sa missive prouvaient qu'il n'y était pas totalement indifférent.

Sa Seigneurie avait décidé de le punir en le bannissant dans une université où aucun Ballister n'avait jamais mis les pieds.

La sanction tomba trop tard. Entre-temps, Sebastian avait développé des moyens efficaces pour contrer toute mesure visant à le contrôler, le châtier ou l'humilier. Fidèle à la devise empruntée à Horace, il avait découvert que l'argent était souvent plus efficace que la force physique pour arriver à ses fins et parvenait à doubler, tripler, voire quadrupler sa pension grâce au jeu ou à de judicieux paris.

Il consacrait la moitié de ses gains aux femmes, à divers autres vices, et à des cours d'italien – dont il ne parlait jamais afin que personne ne suspectât son attachement au souvenir de sa mère.

L'autre moitié, il l'économisait pour acheter un cheval de course.

Il répondit à son père d'offrir l'argent qui lui était destiné à un garçon « nécessiteux » de Cambridge, car le comte de Blackmoor irait à Oxford et paierait lui-même ses frais de scolarité.

Sur quoi, il se rendit à un match de lutte et misa les économies destinées au cheval sur l'un des combattants.

Les gains, alliés à l'influence de l'oncle de Wardell, lui ouvrirent les portes d'Oxford.

La dernière fois qu'il reçut des nouvelles d'Athcourt, Sebastian avait vingt-quatre ans. Le message, laconique, l'informait du décès de son père.

Outre son titre, le nouveau marquis de Dain héritait de nombreuses terres, de plusieurs bâtisses magnifiques – parmi lesquelles le château ancestral d'Athcourt en lisière du Dartmoor – ainsi que de toutes les hypothèques et dettes afférentes.

Son père avait laissé les comptes dans une situation alarmante, et Sebastian ne doutait pas qu'il l'eût fait à dessein. Incapable de maîtriser son fils, le cher défunt avait visiblement décidé de se venger en le ruinant.

Mais si le vieux grigou souriait dans l'au-delà en espérant voir le quatrième marquis de Dain expédié en prison pour insolvabilité, il risquait d'être déçu.

Car Sebastian avait découvert le monde du commerce et commençait à s'y mouvoir comme un poisson dans l'eau. Grâce à son audace et à son intelligence, il avait gagné chaque penny de sa confortable fortune, transformant dans le même temps plusieurs entreprises au bord de la faillite en investissements lucratifs. Régler les problèmes financiers légués par son père lui fut un jeu d'enfant.

Il vendit tous les biens qui n'étaient pas inaliénables, paya les créanciers, réorganisa le système comptable, et remplaça le secrétaire, l'intendant et le notaire de la famille par des employés compétents auxquels il expliqua en détail ce qu'il attendait d'eux. Puis il galopa une dernière fois à travers la lande de son enfance et partit pour Paris.

1

Paris, mars 1828

— Non, c'est impossible, murmura sir Bertram Trent, atterré.

Ses yeux bleus écarquillés d'horreur, il appuya le front contre la vitre de la fenêtre surplombant la rue de Provence.

— Je crois que si, monsieur, répondit Withers, son valet de chambre.

Sir Bertram se coiffa rapidement avec les doigts. À 14 heures, il venait tout juste de quitter sa robe de chambre pour s'habiller.

— Genevieve, articula-t-il d'une voix blanche. Mon Dieu, c'est vraiment elle.

— Votre grand-mère, lady Pembury, sans le moindre doute. Accompagnée de votre sœur, Mlle Jessica.

Withers réprima un sourire. S'il s'était écouté, il ne se serait d'ailleurs pas contenté de sourire, mais aurait dansé de joie en criant Alleluia. Ils étaient sauvés ! Avec Mlle Jessica ici, les choses allaient enfin rentrer dans l'ordre. Et vite. Certes, il avait pris un grand risque en lui écrivant, mais il n'avait pas d'autre choix ; c'était une question de survie pour toute la famille.

Sir Bertram s'était laissé entraîner à de mauvaises fréquentations. Les pires canailles de toute la chrétienté. Une bande de propres-à-rien dégénérés conduits par un véritable monstre : le quatrième marquis de Dain.

Dieu merci, Mlle Jessica allait bientôt mettre un terme à toute cette folie, se rassura le vieux domestique en nouant rapidement la lavallière de son maître.

Avec sa longue chevelure noire et soyeuse, ses yeux gris en amande et son visage ovale au teint d'albâtre, la sœur de sir Bertram avait hérité de la beauté de sa grand-mère. Mais surtout – et c'était là le plus important selon Withers –, elle possédait l'intelligence, l'agilité physique et le courage de son père. À vingt-sept ans, elle montait à cheval, maniait l'épée et tirait au pistolet avec un art consommé. Elle surpassait d'ailleurs tous les membres de sa famille sur ce dernier plan, ce qui n'était pas peu dire. Au cours de ses deux brefs mariages, sa grand-mère avait eu quatre fils de son premier époux, sir Edmund Trent, et deux de son second, le vicomte Pembury. À l'instar des filles, ils avaient tous engendré une ribambelle de garçons. Pourtant, aucun de ces distingués représentants de la gent masculine n'arrivait à la cheville de Mlle Jessica face à une cible. Elle était capable de faire sauter un bouchon de champagne à vingt pas – un exploit dont Withers avait été témoin en personne.

Il ne serait pas mécontent de la voir répéter la même prouesse avec la tête du marquis de Dain, songea-t-il. Ce barbare était une abomination, une honte pour son pays, un dépravé paresseux doté d'autant de conscience qu'un bousier. Il avait entraîné sir Bertram – qui, hélas, n'était pas le plus subtil des gentlemen – dans son infâme sillage et sur la pente glissante de la ruine. Encore quelques mois sous son influence, et sir Bertram se retrouverait sans le sou – à moins que ses soirées de débauche ne le tuent avant.

Grâce à Dieu, il n'y aurait pas de « quelques mois », se rappela Withers, soulagé, en poussant son maître vers l'entrée. Mlle Jessica arrangerait tout. Comme toujours.

Bertram, nota Jessica, avait réussi à afficher une mine ravie en les découvrant, sa grand-mère et elle, sur le seuil. Mais aussitôt cette dernière partie se reposer dans sa chambre, il l'entraîna dans ce qui semblait être le salon de son minuscule – et bien trop coûteux – appartement en s'exclamant :

— Par tous les diables, Jessica, qu'est-ce que cela signifie ?

Elle prit les journaux sportifs empilés sur le fauteuil devant la cheminée, les jeta dans l'âtre, et s'assit en soupirant.

Poussiéreux et cahoteux, le trajet depuis Calais lui avait paru interminable. Grâce à l'état des routes françaises, elle devait avoir les fesses couvertes de bleus.

Pour l'heure, il ne lui aurait pas déplu de se venger sur celles de son frère. Malheureusement, bien qu'il fût son cadet de deux ans, celui-ci avait une tête et un bon nombre de kilos de plus qu'elle. L'époque où il lui suffisait d'un bon coup de trique pour le ramener à la raison était depuis longtemps révolue.

— C'est un cadeau d'anniversaire, répondit-elle.

L'espace d'un instant, le visage d'une pâleur maladive de son frère s'éclaira. Un sourire familier et adorablement stupide retroussa ses lèvres.

— Oh, Jessica, c'est tellement gentil de…

Le sourire s'évanouit. Il fronça les sourcils.

— Mais mon anniversaire est en juillet. Vous n'avez quand même pas l'intention de rester jusque…

— L'anniversaire de Genevieve, rectifia-t-elle.

Exiger que ses petits-enfants l'appellent par son prénom représentait l'une des nombreuses excentricités de lady Pembury. « Je suis une femme, expliquait-elle à ceux qui considéraient une telle attitude comme un manque de respect. J'ai un prénom. Maman, grand-mère… C'est si *anonyme*. »

— C'est quand ? interrogea Bertram, l'air soucieux.

— Son anniversaire, comme tu devrais le savoir, est après-demain.

Jessica ôta ses bottines grises et posa les pieds sur le repose-pieds.

— J'avais envie de lui faire plaisir. Elle n'est pas venue à Paris depuis des lustres, et elle a vécu des choses désagréables ces derniers temps. Plusieurs de nos tantes ont envisagé de l'envoyer chez les fous. Ce qui ne m'a pas surprise. Elles ne l'ont jamais comprise. Te rends-tu compte qu'elle a reçu trois demandes en mariage rien que le mois dernier ? À mon avis, c'est le troisième prétendant qui a fait déborder la coupe. Lord Fangiers a trente-quatre ans. Un détail extrêmement embarrassant d'après la famille.

— À son âge, cela manque un peu de dignité, en effet.

— Elle n'est pas encore morte, Bertram. Je ne vois pas pourquoi elle devrait se conduire comme si c'était le cas. Si elle désire épouser un blondin, c'est son affaire.

Jessica adressa un regard appuyé à son frère pour ajouter :

— Bien sûr, cela veut dire que son nouveau mari sera chargé de veiller sur sa fortune. Une perspective qui contrarie tout le monde.

Bertram s'empourpra.

— Ce n'est pas la peine de me regarder ainsi.

— Vraiment ? Tu sembles pourtant assez soucieux, toi aussi. Peut-être imaginais-tu qu'elle allait te sortir de tes difficultés ?

Il réajusta sa cravate, mal à l'aise.

— Je n'ai pas de difficultés.

— Oh, dans ce cas, c'est moi qui en ai ! À en croire ton homme d'affaires, une fois tes dettes remboursées, il devrait me rester très exactement quarante-sept livres, six shillings et trois pence pour finir l'année. Ce qui me laisse le choix entre retourner m'installer chez mes oncles et tantes ou travailler. Dix ans que je joue les bonnes d'enfants pour leurs nichées sans toucher un penny. Je n'ai pas l'intention de continuer une seconde de plus. Il me reste donc le travail.

— Le travail ? répéta-t-il, stupéfait. Tu veux recevoir des gages ?

Elle hocha la tête.

— Je ne vois pas d'alternative acceptable.

— As-tu perdu l'esprit, Jessica ? Tu es une fille. Tu dois te caser. Avec un type aux poches bien pleines. Comme Genevieve l'a fait. Deux fois. Tu as son physique, tu sais. Si tu n'étais pas aussi incroyablement difficile…

— Mais je le suis, coupa-t-elle. Par chance, je peux me le permettre.

Très tôt orphelins, Bertram et elle avaient été confiés aux soins de tantes, d'oncles et de cousins à peine capables de subvenir aux besoins de leur abondante progéniture. La famille aurait eu de quoi vivre très confortablement s'ils n'avaient été si nombreux. Mais Genevieve, qui descendait d'une lignée de prolifiques reproducteurs, notamment en garçons, avait transmis le talent à sa descendance.

C'était là une des raisons pour lesquelles Jessica recevait tant de propositions de mariages – six par an en moyenne, y compris aujourd'hui, à un âge où les femmes célibataires étaient cataloguées comme vieilles filles. Mais elle aurait préféré être pendue plutôt que de devenir l'épouse maussade d'un lourdaud croulant sous l'argent et les titres de noblesse.

Elle possédait un don pour dénicher de petits trésors dans les ventes aux enchères ou les brocantes qu'elle revendait avec un petit bénéfice. Depuis cinq ans, ces quelques revenus lui permettaient de s'offrir les vêtements et les accessoires qu'elle aimait au lieu de porter ceux, usagés, de ses parentes. C'était un début d'indépendance. Insuffisant à son goût. Aussi s'était-elle organisée au cours de l'année écoulée pour en obtenir plus.

Elle avait économisé de quoi louer un pas-de-porte pour ouvrir sa propre boutique. L'endroit serait chic et destiné à une clientèle triée sur le volet. Grâce à son expérience de la bonne société, elle avait une idée très précise des goûts des riches oisifs et de la manière de les attirer à elle.

Elle comptait commencer juste après avoir sorti son frère du pétrin dans lequel il s'était fourré. Ensuite, elle veillerait à ce que les erreurs de ce dernier ne perturbent plus jamais sa vie bien ordonnée. Bertram était un irresponsable, un serin écervelé indigne de confiance. Elle tremblait à l'idée de l'avenir qui l'attendait si elle continuait à dépendre de lui pour vivre.

— Tu sais très bien que je n'ai pas besoin de me marier pour avoir de l'argent. Il me suffit d'ouvrir ma boutique. J'ai choisi l'endroit et économisé suffisamment pour…

— Encore ce projet ridicule de bric-à-brac ! s'exclama-t-il.

— Pas un bric-à-brac, rectifia-t-elle posément. Je te l'ai déjà expliqué une dizaine de fois…

— Je ne te laisserai pas ouvrir ton bazar, décréta Bertram en se levant. Aucune de mes sœurs ne finira dans le commerce !

— Je serais curieuse de voir comment tu comptes m'en empêcher.

Il s'efforça de prendre une mine menaçante.

S'adossant à son fauteuil, Jessica le dévisagea avec un sourire amusé.

— Arrête, Bertram, tu ressembles à un cochon. D'ailleurs, tu as beaucoup grossi depuis la dernière fois que je t'ai vu. Tu as pris au moins dix kilos, non ? Peut-être même quinze. Et tout dans le ventre, on dirait, ajouta-t-elle en baissant les yeux sur ledit ventre. Tu me rappelles le roi.

— Cette baleine ! s'écria-t-il. Certainement pas. Retire ça tout de suite, Jessica.

— Sinon quoi ? Tu t'assiéras sur moi ? s'esclaffa-t-elle.

Il s'éloigna d'un pas raide et se laissa tomber sur le sofa.

— À ta place, reprit-elle, je m'inquiéterais moins des projets de ma sœur et un peu plus de mon propre avenir. Je suis tout à fait capable de m'occuper de moi, Bertram. Tandis que toi… Eh bien, épouser une femme riche ne serait pas une mauvaise idée.

— Le mariage est pour les pleutres, les imbéciles et les femmes.

Elle sourit.

— Tu me rappelles ces crétins ivres tout contents de lancer leurs remarques hautement philosophiques à leurs compagnons aussi crétins et ivres qu'eux avant de s'effondrer dans le saladier de punch. Le tout entre deux bonnes plaisanteries bien viriles autour de la fornication ou des processus excrétoires.

Sans laisser à Bertram le temps de dénicher au fond de son cerveau la définition de ses derniers mots, elle enchaîna :

— Je sais ce qui amuse les hommes. Je n'ai pas vécu avec toi ni élevé dix cousins pour rien. Alcoolisés ou non, ils adorent plaisanter sur ce qu'ils font – ou aimeraient faire – avec les femmes et éprouvent une fascination sans borne pour tous les vents, fluides et…

— Les femmes n'ont aucun sens de l'humour, coupa Bertram. Elles n'en ont pas besoin. Le Tout-Puissant leur a offert une source inépuisable de rires avec les hommes. D'où la conclusion logique que le Tout-puissant doit être une femme.

Il articulait lentement, comme s'il cherchait à retrouver les paroles d'une citation apprise par cœur.

— D'où provient cette profonde remarque philosophique, Bertram ?

— Pardon ?

— Qui t'a dit ça ?

— Pas un crétin ivre, mademoiselle Je-sais-tout, répliqua-t-il d'un ton suffisant. Je ne suis peut-être pas l'homme le plus malin du monde, mais je sais reconnaître un crétin, et Dain n'en est pas un.

— Il paraît, en effet, très intelligent. Qu'a-t-il d'autre à ajouter, très cher ?

Suivit une longue pause tandis que Bertram se demandait si elle se moquait ou non de lui. Comme d'habitude, il choisit la mauvaise réponse.

— C'est vrai, Jessica, il est intelligent. J'aurais dû me douter que tu t'en apercevrais. Chacune de ses remarques… Comment dire ? Son cerveau n'est jamais en repos, il réfléchit à toute allure. Je me demande avec quoi il le nourrit. Il ne mange pas beaucoup de poisson, donc ça ne doit pas être ça.

— Peut-être du whisky, marmonna sa sœur.

— Pardon ?

— Je disais qu'il semble avoir beaucoup d'esprit.

— Oui, approuva Bertram. Et ce n'est pas tout, il a également un don pour les affaires. Il joue avec l'argent comme un violoniste avec son archet. Sauf que le seul son qu'il produit, c'est le cliquetis des pièces. Et ça fait un sacré fracas, Jessica.

Jessica n'avait aucun doute à ce sujet. Selon le dire de tous, le marquis de Dain était l'un des hommes les plus riches d'Angleterre. Il pouvait se permettre toutes sortes d'extravagances. Et Bertram, qui n'en avait pas les moyens, ne rêvait que d'imiter son idole.

Car, comme l'avait écrit Withers dans sa lettre, il s'agissait bien d'idolâtrie. L'effort fourni par la cervelle paresseuse de Bertram pour mémoriser les propos de Dain prouvait que le valet de chambre ne s'était pas trompé.

Lord Dain régnait en maître sur l'univers de Bertrie… et le conduisait droit en enfer.

Dain ne leva pas la tête en entendant la porte de la boutique s'ouvrir dans son dos. Il se moquait de l'identité du nouvel arrivant, et Champtois, antiquaire et pourvoyeur de curiosités artistiques, n'avait pas plus de raison de s'en préoccuper puisque le meilleur client sur la place de Paris se trouvait déjà devant lui. Comme il s'y attendait, Dain conserva l'attention totale de son interlocuteur. Non seulement Champtois ne jeta pas un coup d'œil à la porte, mais il semblait totalement indifférent à tout ce qui n'était pas le marquis de Dain.

Malheureusement, l'indifférence, contrairement à la surdité, n'est pas une garantie de tranquillité. La sonnette s'était à peine tue que Dain entendit des chuchotements et reconnut la voix familière de Bertram Trent. Fait exceptionnel, celui-ci parlait assez bas pour qu'on ne comprenne pas ses paroles.

Malgré tout, il s'agissait bien de Bertram, le plus grand crétin de tout l'hémisphère Nord, ce qui impliquait un arrêt immédiat de la négociation en cours. Car continuer à marchander avec Trent dans les parages reviendrait à se tirer une balle dans le pied. Nul doute que celui-ci viendrait à son « aide », faisant monter davantage le prix à chaque phrase qu'il prononcerait dans l'intention d'obtenir une réduction.

— Incroyable ! s'exclama la voix, redevenue tonitruante. Ce ne serait pas… Mais si, par Jupiter, c'est bien lui !

En entendant les pas lourds se rapprocher, Dain se retourna avec un soupir et toisa le gêneur.

Trent s'immobilisa.

— Oh, je ne voudrais pas vous déranger, surtout en pleine discussion avec Champtois, précisa-t-il en désignant l'antiquaire du menton. Comme je le confiais à Jessica à l'instant, il faut savoir rester ferme face à lui et ne jamais proposer plus que la moitié de ce qu'on est prêt à débourser. Et, bien sûr, ne jamais oublier ce que représente la moitié ou le double tandis qu'il vous multiplie ou vous divise les francs et les sous pour les transformer en livres, shillings et pence. On se demande d'ailleurs pourquoi le calcul n'est pas déjà indiqué dans les deux monnaies – sauf, évidemment, si le but est d'estamper un peu plus le client.

— Je crois vous avoir déjà dit, Trent, que vous vous feriez sans doute moins estamper en épargnant à votre délicate constitution l'épreuve de tous ces calculs, rétorqua Dain.

Percevant un froissement d'étoffe sur la gauche, il tourna la tête. Penchée sur une vitrine, la femme qu'il avait entendue chuchoter avec Trent examinait des bijoux. Dans la lumière tamisée de la boutique, il ne distingua d'elle qu'un manteau bleu et l'un de ces hideux chapeaux à la mode surchargés de fioritures.

— Je vous conseille tout particulièrement d'oublier les chiffres, poursuivit-il sans détacher les yeux de la silhouette, si vous êtes venu acheter un présent pour votre amie. Les femmes évoluent dans un royaume mathématique supérieur à celui des hommes, surtout lorsqu'il est question de cadeaux.

— Cela, Bertram, parce que le cerveau féminin a atteint un stade de développement plus avancé que celui de l'homme, répondit la silhouette sans se retourner. Une femme sait qu'un cadeau pour être réussi dépend d'une équation complexe entre des considérations morales, psychologiques, esthétiques et sentimentales. Selon moi, aucun représentant de la gent masculine ne devrait s'aventurer à résoudre une telle équation, surtout avec des chiffres.

L'espace d'un instant, Dain eut la sensation troublante qu'on venait de lui plonger la tête dans des latrines. Les battements de son cœur s'accélérèrent et un frisson glacé le parcourut comme lors de son inoubliable rencontre avec ses nouveaux « camarades » d'Eton, vingt-cinq ans plus tôt.

Il devait avoir mal digéré son petit déjeuner, se dit-il. Le beurre devait être rance.

La réplique méprisante de l'inconnue n'avait sûrement aucun rapport avec ce brusque malaise. Pas plus que sa surprise en découvrant que cette femme à la langue acérée n'était pas, comme il l'avait d'abord cru, une traînée levée la veille au soir par Bertram.

À son accent, il s'agissait manifestement d'une dame. Pire – s'il existait une espèce pire que celle-là –

d'un bas-bleu. De sa vie, Dain n'avait jamais rencontré de femme utilisant le terme « équation »... Qui plus est, à bon escient.

Bertram se rapprocha de lui pour murmurer de sa voix tonitruante :

— Vous comprenez ce qu'elle raconte, Dain ?

— Oui.

— Alors ?

— Alors, selon elle, les hommes sont des brutes ignorantes.

— Vous en êtes certain ?

— Tout à fait.

Lâchant un soupir, Bertram pivota vers la femme, toujours perdue dans la contemplation des bijoux dans la vitrine.

— Tu m'avais promis de ne pas insulter mes amis, Jessica.

— Quels amis ? Je n'en ai pas encore rencontré.

Elle semblait avoir fait son choix. Le chapeau fleuri s'inclina d'un côté puis de l'autre tandis qu'elle examinait l'objet de son intérêt sous différents angles.

— Eh bien, veux-tu en rencontrer un ? s'énerva Trent. Ou as-tu l'intention de t'extasier devant ces pacotilles toute la journée ?

Elle se redressa, mais ne se retourna pas.

Bertram se racla la gorge.

— Jessica, dit-il d'un ton ferme. Dain. Dain... Sapristi, Jessica, tu ne peux pas abandonner ce truc une minute ?

Elle pivota.

— Dain, ma sœur.

Quand, enfin, elle leva les yeux, Dain sentit une vague de chaleur le parcourir du sommet de la tête jusqu'aux orteils. Puis la vague reflua, laissant sur sa peau une fine couche de transpiration glacée.

La jeune femme le salua brièvement.

— Milord.

— Mademoiselle Trent, répondit-il, incapable d'articuler une syllabe de plus.

Sous l'horrible chapeau se cachait un visage à l'ovale parfait. La sœur de l'insupportable Bertram avait un teint de porcelaine, des yeux gris en amande ourlés de longs cils noirs et des pommettes hautes. Sous le nez droit, ses lèvres étaient délicieusement pulpeuses.

Une véritable beauté, non pas classique au sens anglais du terme, certes, mais, à sa manière, sublime. S'il s'était agi d'un vase de Sèvres, d'une peinture ou d'une tapisserie, il l'aurait acheté sur-le-champ sans même marchander.

L'espace d'un instant dérangeant, tandis qu'il s'imaginait la lécher du haut de son front d'albâtre jusqu'à ses pieds délicats, il se demanda s'il y avait un prix. Et à combien il se montait.

Puis, du coin de l'œil, il aperçut son propre reflet dans la vitrine.

Avec son visage sombre taillé à la serpe, il ressemblait au diable en personne. Et l'intérieur, se rappela-t-il, correspondait à l'extérieur. Il était une créature du Dartmoor, ces terres balayées par les vents, où la pluie transformait la moindre étendue de verdure en un bourbier si profond qu'un bœuf pouvait s'y noyer.

Quiconque doté d'un minimum de jugeote était capable de déchiffrer le message : *Toi qui entres ici, renonce à tout espoir*, ou, de manière plus directe : *Danger. Sables mouvants.*

Heureusement, lui aussi était suffisamment intelligent pour lire les messages, et celui inscrit sur la jeune femme qui lui faisait face était on ne peut plus clair. Il s'agissait d'une dame. C'est-à-dire, dans son dictionnaire personnel, d'un fléau répertorié entre la peste, le choléra et la famine.

En retrouvant la raison, Dain se rendit compte que Bertram, probablement lassé d'attendre qu'il sorte de sa léthargie, s'était détourné pour examiner des soldats de bois.

Il rassembla vivement ses esprits.

— N'était-ce pas à votre tour de prendre la parole, mademoiselle Trent ? s'enquit-il d'un ton moqueur. En me parlant du temps qu'il fait, par exemple. Si je ne me trompe pas, c'est là la manière la plus courante – et la moins risquée – d'entamer une conversation, n'est-ce pas ?

— Vos yeux, dit-elle sans ciller, sont très noirs. C'est impossible, je le sais, il s'agit simplement d'un brun très sombre. Et pourtant, l'illusion est… stupéfiante.

Dain perçut une drôle de sensation au niveau du diaphragme. Dieu merci, des années de dur apprentissage lui permirent de rester de marbre.

— Cet échange est arrivé sur un plan personnel avec une rapidité étonnante, répliqua-t-il nonchalamment. Ainsi, mes yeux vous fascinent.

— C'est plus fort que moi. Ils sont extraordinaires. Tellement *noirs*. Mais je ne voudrais pas vous mettre mal à l'aise.

Sur ces mots, elle le gratifia d'un très léger sourire et pivota de nouveau vers les bijoux.

Bien qu'il ne parvînt pas à trouver quoi, Dain avait le sentiment que quelque chose clochait chez cette femme. Il était le seigneur Belzébuth, pas vrai ? Elle était supposée s'évanouir, ou du moins, reculer d'horreur. Au lieu de quoi, elle l'avait dévisagé avec hardiesse, et il avait même cru, à un moment, qu'elle flirtait avec lui.

Il décida de partir. Il serait aussi bien dehors pour réfléchir à cette incongruité. Il se dirigeait déjà vers la porte quand Bertram se précipita à sa suite.

— Vous vous en tirez bien, murmura celui-ci assez fort pour être entendu jusqu'à Notre-Dame. Je m'attendais qu'elle vous prenne à partie. Ce qu'elle n'aurait pas manqué de faire si elle avait été d'humeur – dans ces cas-là, elle s'attaque à n'importe qui. Vous êtes de taille à vous défendre, remarquez, mais discuter avec elle peut être tellement pénible ! D'ailleurs, si vous souhaitez prendre un verre…

— Champtois vient de recevoir un automate qui vous plaira beaucoup, coupa Dain. Vous devriez lui demander de vous le montrer.

Le visage carré de Bertram s'éclaira.

— Un automate ? Vraiment ? Qu'est-ce qu'il fait ?

— Pourquoi ne pas aller voir par vous-même ?

L'air béat, Bertram rejoignit Champtois, et commença à babiller avec un accent français à couper au couteau.

Débarrassé de l'importun, Dain n'avait plus qu'à parcourir un mètre ou deux pour sortir. Pourtant, en posant les yeux une dernière fois sur Mlle Trent, il hésita.

2

Par-dessus le cliquetis de l'automate, Jessica perçut l'hésitation du marquis aussi clairement que s'il s'était agi d'une sonnerie de clairon avant l'attaque. Puis il s'approcha en quelques enjambées sûres et arrogantes. Il était revenu sur sa décision et fonçait armé de la grosse artillerie.

Dain lui-même était de la grosse artillerie, songea-t-elle. Rien de ce que Bertram ou Withers lui avaient dit à son sujet ne l'avait préparée à cela. Avec ses cheveux noir corbeau, son regard effronté, son nez de conquérant et ses lèvres sensuelles, il semblait effectivement sorti tout droit de l'enfer.

Quant à son corps…

Bertram avait raison : Dain était impressionnant. Sauf qu'elle avait imaginé un gorille, et s'était retrouvée face à un étalon : grand, magnifiquement proportionné et, à en juger par les courbes de son pantalon moulant, doté d'une puissante musculature. Elle n'aurait jamais dû poser les yeux à cet endroit-*là*, même brièvement. Mais comment s'empêcher, face à un physique pareil, de détailler… tout ? Après ce bref moment d'inconvenance, elle avait dû se faire violence pour se détourner du marquis. Seules la crainte de perdre le peu de raison qui lui restait et la conscience de commettre un acte choquant lui avaient permis de réaliser cet exploit.

— Très bien, mademoiselle Trent, déclara-t-il de sa voix de basse. Vous avez piqué ma curiosité. Que diable avez-vous trouvé ici de si fascinant ?

Il se trouvait juste derrière elle, à une distance à la limite de la bienséance. Elle percevait l'odeur âcre du cigare qu'il avait fumé peu de temps auparavant mêlée à une eau de Cologne au parfum subtil. Le frémissement qui l'avait parcourue un instant plus tôt – et dont elle s'était à peine remise – la traversa de nouveau.

Elle avait besoin d'avoir une longue conversation avec Genevieve, décida-t-elle. Cette sensation ne pouvait être ce qu'elle soupçonnait qu'elle était.

— La montre, répondit-elle d'un ton posé. Celle avec la femme en rose.

Il se pencha par-dessus son épaule pour jeter un coup d'œil dans la vitrine.

— La femme sous l'arbre ?

Quand il posa sa main gantée sur la vitre, la bouche de Jessica se dessécha d'un coup. C'était une main large et puissante. Une main, songea-t-elle, fascinée, qui aurait pu la soulever de terre sans effort.

— Oui, acquiesça-t-elle en réprimant son envie de s'humecter les lèvres.

— Vous aimeriez la voir de plus près, je suppose.

Il tendit le bras pour décrocher la clé suspendue à un clou sur la poutre, contourna la vitrine, l'ouvrit et sortit la montre.

Champtois, à qui un tel sans-gêne n'avait sûrement pas échappé, ne pipa mot. Jessica se tourna vers lui. Il semblait en grande conversation avec Bertram. « Semblait » était le terme approprié, puisqu'une « grande conversation », surtout en français, avec Bertram relevait du domaine de l'impossible.

— Je devrais peut-être vous montrer comment ça marche, proposa Dain.

Jessica reconnut dans son ton, l'innocence feinte qui précède généralement l'une de ces plaisanteries stupides tant prisées par les hommes. Elle faillit rétorquer que, n'étant pas née de la dernière pluie, elle connaissait parfaitement le mécanisme de l'objet, mais une lueur dans le regard du marquis l'en dissuada. Il semblait tellement s'amuser qu'elle s'en serait voulu de lui gâcher sa joie. Du moins, pour l'instant…

— Ce serait très aimable de votre part, murmura-t-elle.

— Quand on tourne ce bouton, expliqua-t-il en joignant le geste à la parole, sa jupe s'ouvre, et là, entre ses jambes, il y a…

Il fit mine de se pencher pour mieux voir.

— Ciel ! C'est horriblement choquant ! On dirait un homme à genoux, s'exclama-t-il en approchant la montre de ses yeux pour qu'elle voie par elle-même.

— Je ne suis pas aveugle, milord, rétorqua-t-elle en s'en emparant. Vous avez raison, il s'agit bien d'un homme. L'amant de la jeune demoiselle, à en juger par les attentions qu'il lui prodigue.

Elle ouvrit son réticule, et en sortit une petite loupe pour étudier le dessin, consciente d'être elle-même l'objet d'une observation tout aussi scrupuleuse.

— L'émail est parti au niveau de la perruque de l'homme et il y a une légère éraflure sur le côté gauche de la jupe de la femme, constata-t-elle. Ces défauts mis à part, cette montre me paraît dans un état exceptionnel pour son âge, encore que je serais surprise qu'elle donne l'heure avec précision. Ce n'est pas une Breguet, après tout.

Elle rangea sa loupe et, plongeant les yeux dans ceux, mi-clos, du marquis, demanda :

— À votre avis, combien en voudra Champtois ?

— Vous désirez en faire l'acquisition, mademoiselle Trent ? Je doute que vos aînés approuvent un tel achat. Ou les notions anglaises de décence auraient-elles subi une révolution pendant mon absence ?

— Oh, ce n'est pas pour moi, mais pour ma grand-mère !

Si la réponse le surprit, Dain n'en laissa rien paraître.

— Ah, très bien, commenta-t-il. Dans ce cas, c'est différent.

— Pour son anniversaire, précisa-t-elle. À présent, si vous voulez bien m'excuser, il est temps que j'aille arracher Bertram à sa négociation. À en juger par le ton de sa voix, il essaie de calculer et, comme vous l'avez si judicieusement fait remarquer, ce n'est pas bon pour lui.

Il aurait pu la soulever d'une seule main, songea Dain en la regardant traverser la boutique d'un pas léger. Elle lui arrivait à peine à l'épaule et ne devait pas peser plus de cinquante kilos, chapeau compris.

Habitué à dominer les femmes, et la plupart des hommes, Dain avait fini par se sentir à l'aise dans son corps surdimensionné. D'autant qu'une pratique sportive régulière – la boxe et l'escrime, en particulier – lui avait permis de développer sa vivacité.

Près d'elle, pourtant, il avait eu l'impression d'être un grand lourdaud. Un lourdaud affreux et stupide. Mlle Trent avait compris depuis le début à quel genre d'objet elle avait affaire, tandis que lui en était encore à se demander quelle sorte de gourgandine elle était. La drôlesse avait plongé les yeux dans les siens sans ciller. Elle n'avait bougé d'un centimètre quand il s'était presque collé à elle. Puis, comme si cela ne suffisait pas, elle avait examiné le dessin de la montre aussi tranquillement que s'il s'était agi d'une illustration du Livre des Martyrs.

Il regrettait de ne pas avoir prêté plus attention aux propos de Trent quand celui-ci évoquait sa sœur. Cela dit, écouter ce dernier plus de cinq minutes aurait rendu fou n'importe qui.

Dain en était là de ses pensées lorsque les cris dudit Trent lui arrachèrent un sursaut.

— Non ! C'est hors de question ! Tu ne fais que l'encourager, Jessica, je ne suis pas d'accord. Vous pas vendre montre à elle, Champtois, ajouta-t-il en écorchant la langue de Molière.

— Si, vous allez me la vendre, Champtois, répliqua Mlle Trent dans un français impeccable. Ne vous préoccupez pas de mon petit frère. Il ne détient aucune autorité sur moi.

Elle traduisit ses propres paroles à Bertram, qui s'empourpra.

— Je ne suis pas *petit* ! Je suis le chef de cette maudite famille, et je...

— Va jouer avec l'automate, Bertram. Ou, mieux, pourquoi ne vas-tu pas boire un verre avec ton charmant ami ?

— Jessica...

La voix de Bertram se fit implorante.

— Tu sais qu'elle va la montrer à tout le monde, et... je serai mortifié.

— Bertram, c'est fou ce que tu es devenu collet monté depuis ton départ d'Angleterre !

Bertram ouvrit des yeux comme des soucoupes.

— Tellement *quoi* ? !

— Collet monté, très cher. Collet monté et pudibond. Un vrai bigot.

Bertram articula une suite de mots incompréhensibles, puis se tourna vers Dain, qui avait abandonné toute idée de partir. Appuyé contre la vitrine, il contemplait la sœur de Bertram Trent, fasciné.

— Vous avez entendu, Dain ? interrogea Bertram. Vous avez entendu ce que vient de dire cette abominable fille ?

— Difficile de faire autrement, répondit le marquis. J'étais bien trop attentif.

— Moi ! Un pudibond ! s'offusqua Bertram en appuyant l'index sur sa poitrine.

— C'est extrêmement choquant, en effet. Je vais être obligé de mettre un terme à notre relation. Je ne peux pas me permettre de m'acoquiner avec des hommes vertueux.

— Mais, Dain, je...

— Ton ami a raison, intervint Mlle Trent. Si jamais une telle chose s'apprenait, il ne peut prendre le risque d'être vu en ta compagnie. C'est sa réputation qui est en jeu.

— Ah. Vous avez eu vent de ma réputation, mademoiselle Trent ?

— Oh que oui ! Je sais que vous êtes le pire scélérat que le monde ait jamais connu. Et que vous dévorez les enfants qui ne sont pas sages en guise de petit déjeuner.

— Vous ne semblez guère effrayée, pourtant.

— C'est que l'heure du petit déjeuner est passée. Et je ne suis plus une enfant. Même si je comprends que, de la hauteur où vous êtes, vous puissiez vous méprendre.

Dain la considéra de la tête aux pieds.

— Non, je ne pense pas pouvoir commettre une telle erreur.

— Après t'avoir entendue m'insulter comme une harpie, ça ne risque pas, intervint Bertram.

— D'un autre côté, poursuivit Dain en ignorant ce dernier, si vous n'êtes vraiment pas sage, je pourrais être tenté de…

— Qu'est-ce que c'est que ça, Champtois ? l'interrompit brusquement Mlle Trent en français.

Elle s'approcha du comptoir pour jeter un coup d'œil aux objets qu'examinait Dain lorsque Bertram et elle étaient entrés.

L'antiquaire tenta maladroitement de les dissimuler avec la main.

— Rien, fit-il en jetant un coup d'œil nerveux à son client. Rien qui puisse vous plaire.

Elle se tourna à son tour vers le marquis.

— Vos acquisitions, milord ?

— Nullement, assura Dain. Même si, un instant, j'ai été tenté par l'encrier en argent qui, comme vous ne manquerez pas de le constater, est le seul article du lot digne d'un quelconque intérêt.

Loin de se concentrer sur l'encrier en question, Jessica plaça sa loupe au-dessus d'un petit tableau couvert de crasse juste à côté.

— Un portrait de femme, on dirait, observa-t-elle.

Dain la rejoignit près du comptoir.

— Ah oui, Champtois prétendait qu'il s'agissait d'un être humain. Prenez garde à ne pas salir vos gants, mademoiselle Trent.

Bertram s'approcha à son tour, l'air boudeur, et grimaça.

— Ça sent une drôle d'odeur.

— Parce que le cadre est pourri, répondit Dain.

— Parce qu'il est très ancien, rectifia Mlle Trent.

— Je dirais plutôt qu'il est resté au fond d'un égout pendant dix ans, déclara Dain.

— Son expression est intéressante, déclara Mlle Trent en français à Champtois. Je n'arrive pas à déterminer si elle est triste ou heureuse. Combien en voulez-vous ?

— Quarante sous.

Elle reposa la toile.

— Trente-cinq, dit-il.

Elle lâcha un rire.

Champtois lui expliqua qu'il l'avait acheté trente sous et que la vendre à un prix inférieur le ruinerait.

Elle lui adressa un regard désolé.

— Trente, mademoiselle, insista-t-il, les yeux larmoyants.

Dans ce cas, l'informa-t-elle, elle ne prendrait que la montre.

Finalement, elle acquit le portrait crasseux et nauséabond pour dix sous. Si elle avait négocié plus longtemps, Champtois aurait sans doute fini par la payer pour qu'elle l'emporte, estima Dain, surpris par la nervosité inhabituelle de l'antiquaire. L'homme, d'ordinaire si arrogant, semblait souffrir le martyre.

Quand Jessica Trent quitta la boutique – en emmenant son frère avec elle, Dieu merci –, Dain se rendit compte qu'il souffrait lui-même d'un atroce mal de tête. Il le mit aussitôt sur le compte de ce long moment passé en compagnie de Bertram Trent sans avoir d'alcool dans le sang.

Le soir même, dans un salon privé de son repaire favori innocemment nommé *Le Vingt-huit*, le marquis de Dain régalait ses compagnons des détails de ce qu'il appelait « la farce » du matin.

— Dix sous ? s'étonna Roland Vawtry en riant. La sœur de Trent a fait baisser Champtois de quarante à dix ? Bon sang, j'aurais aimé voir ça !

— Ce qui s'est passé semble à présent évident, non ? intervint Malcolm Goodridge. Elle est l'aînée. Elle a raflé toute l'intelligence à la naissance sans en laisser une miette à Trent.

— A-t-elle également pris toute la beauté ? interrogea Francis Beaumont en remplissant le verre vide de Dain.

Celui-ci but une gorgée avant de répondre :

— Je n'ai pas remarqué la plus petite ressemblance dans les traits, la couleur du teint ou l'allure.

— C'est tout ? fit Beaumont. Comptez-vous nous laisser dans l'incertitude ? À quoi ressemble-t-elle ?

Dain haussa les épaules.

— Cheveux bruns, yeux gris, environ un mètre soixante-cinq, et quarante-sept à cinquante kilos.

— Quarante-sept à cinquante kilos ? On dirait que vous l'avez pesée du regard, railla Goodridge. Ces quarante-sept à cinquante kilos vous ont-ils paru bien répartis ?

— Comment diable le saurais-je ? Qui pourrait répondre à une telle question avec tous ces corsets, bustiers et autres attirails derrière lesquels les femmes se dissimulent aujourd'hui ? Tout n'est que supercheries et mensonges jusqu'à ce qu'elles soient nues. Avant d'autres formes de mensonges, ajouta-t-il avec un sourire caustique.

— Les femmes ne mentent pas, marquis, lança une voix avec un léger accent sur le seuil. Nous avons cette impression parce qu'elles vivent dans une autre réalité.

Le comte d'Esmond entra et referma doucement la porte derrière lui.

Bien qu'il l'accueillît d'un hochement de tête distrait, Dain fut content de le voir. Beaumont avait une manière sournoise de pousser les gens à révéler ce qu'ils tenaient à garder secret. Éviter ses pièges réclamait une concentration parfois éprouvante.

Or, avec l'arrivée d'Esmond, Beaumont allait oublier tous ses compagnons. Car d'Esmond n'était pas seulement distrayant – ce que Dain lui-même reconnaissait parfois –, il était également d'une beauté à couper le souffle : mince, blond, des yeux bleus dans un visage d'ange.

Lorsqu'il les avait présentés l'un à l'autre la semaine précédente, Beaumont avait d'ailleurs suggéré en riant de demander à son épouse, qui était peintre, de les représenter ensemble sur un tableau. « Elle pourrait intituler sa toile *Enfer et Paradis* », avait-il plaisanté.

Beaumont désirait d'Esmond. D'Esmond désirait la femme de Beaumont. Et elle ne désirait personne.

Dain trouvait la situation délicieusement cocasse.

— Vous arrivez à point nommé, d'Esmond, lança Goodridge. Dain nous racontait son aventure de ce matin. Une jeune lady vient d'arriver d'Angleterre, et figurez-vous qu'il est le premier homme sur qui elle est tombée. Et il lui a parlé !

Un fait d'autant plus notable que tout le monde connaissait l'aversion de Dain pour les femmes du monde.

— Il s'agit de la sœur de Bertram Trent, précisa Beaumont.

La chaise près de lui était libre, et tout le monde savait à qui elle était destinée. Mais au lieu de s'y asseoir, le comte d'Esmond vint s'appuyer sur le dossier du fauteuil de Dain. Pour tourmenter Beaumont, évidemment. Car, en dépit de son apparence, d'Esmond n'avait rien d'un ange.

— Ah, je vois, commenta-t-il. Elle ne ressemble pas du tout à son frère. Elle tient manifestement de sa grand-mère Genevieve.

— J'aurais dû m'en douter, fit Beaumont en se resservant du vin. Vous l'avez déjà rencontrée, c'est ça ?

— J'ai croisé Trent et ses parentes chez *Tortoni*. Tout le restaurant était en émoi. Genevieve – lady Penbury – n'était pas revenue à Paris depuis la Paix d'Amiens. De toute évidence, vingt-cinq ans plus tard, son souvenir était toujours vivace dans les mémoires.

— Par Jupiter, bien sûr ! s'exclama Goodridge en frappant du poing sur la table. J'ai été tellement surpris par la réaction de Dain face à cette fille que je n'ai pas fait le lien. *Genevieve.* Voilà qui explique tout.

— Tout quoi ? s'enquit Vawtry, intrigué.

Goodridge croisa le regard de Dain. Une expression embarrassée apparut sur ses traits.

— Eh bien, il est normal que vous ayez été un tantinet… curieux, expliqua Goodridge. Genevieve est, disons, hors du commun. Si Mlle Trent lui ressemble, elle doit présenter des similitudes avec certains articles de Champtois. C'est amusant, d'ailleurs, que vous l'ayez trouvée chez lui. Comme la sacoche à double-fond que vous avez achetée le mois dernier.

— Une pièce étonnante, vous voulez dire ? Et outrageusement onéreuse, à n'en pas douter. Excellente comparaison, Goodridge, le félicita Dain en levant son verre. Je n'aurais pas trouvé mieux.

— Quoi qu'il en soit, intervint Beaumont en les considérant tour à tour, j'ai du mal à imaginer un restaurant parisien en émoi juste à cause de deux femmes un peu originales.

— Vous comprendrez quand vous verrez Genevieve, assura d'Esmond. Ce n'est pas simplement une beauté, c'est aussi une femme fatale. Les hommes les harcelaient tellement qu'elles pouvaient à peine manger. Notre ami Trent était ennuyé. Heureusement pour lui, Mlle Trent n'a pas joué de son charme, sinon il y aurait eu un bain de sang. Deux femmes de cette trempe…

Il poussa un soupir.

— C'est trop pour nous, Français.

— Vos compatriotes ont une étrange définition du charme. Personnellement, je n'ai vu qu'un bas-bleu à la langue trop bien pendue, objecta Dain en tendant un verre au comte.

— J'aime les femmes intelligentes, rétorqua celui-ci. C'est tellement stimulant. Mais chacun ses goûts. Je suis ravi qu'elle vous déplaise, Dain. Les rivaux sont déjà assez nombreux.

À cette remarque, Beaumont lâcha un rire.

— Dain ne rivalise pas, il attaque. Et comme nous le savons tous, il ne s'en prend qu'à un seul genre de femmes.

— Contre quelques pièces, les putains me donnent exactement ce que je veux. Et lorsque c'est fini, on n'en parle plus. Le monde ne risquant pas de manquer un jour de prostituées, je n'ai aucune raison de me compliquer inutilement la vie.

— Et l'amour ?

La question d'Esmond provoqua l'hilarité générale. Quand le dernier rire se fut tu, Dain lâcha :

— Il semblerait que le fossé de la langue nous sépare, messieurs. Ai-je employé le mot « amour » ?

— Je crois que vous parliez plutôt de fornication, répondit d'Esmond.

— Pour Dain, les deux termes sont synonymes, lança Beaumont en se levant. Je descends miser quelques francs dans ce piège à rats qu'est la roulette. Des amateurs ?

Vawtry et Goodridge acquiescèrent.

— D'Esmond ? interrogea-t-il avant de s'éloigner.

— Plus tard, peut-être, répondit le comte en prenant la place de Vawtry. Je termine mon verre.

Dès qu'il se retrouva seul avec lui, Dain alla droit au but :

— Ça ne me concerne pas, d'Esmond, mais je suis curieux. Pourquoi ne dites-vous pas simplement à Beaumont qu'il frappe à la mauvaise porte ?

D'Esmond sourit.

— Cela ne ferait aucune différence, je vous l'assure. Il a avec moi, je pense, le même problème qu'avec sa femme.

Tout le monde savait que l'épouse de Beaumont, écœurée de voir son mari sauter sur à peu près tout ce qui bougeait, refusait de le laisser la toucher depuis des années. Celui-ci n'en restait pas moins extrêmement possessif à son égard, et enrageait de voir d'Esmond lui faire les yeux doux. Une situation d'autant plus grotesque qu'il était lui-même fou de désir pour le comte.

— Un jour, je comprendrai peut-être pourquoi vous perdez votre temps avec des filles comme Leila Beaumont, observa Dain. Vous n'auriez aucun mal à en trouver une qui lui ressemble pour quelques sous, vous savez. Nous sommes d'ailleurs dans le lieu idéal pour ça.

Esmond vida son verre d'un trait.

— Justement, je crois qu'il est temps que je m'éclipse. Cet endroit me donne comme un... mauvais pressentiment. Ce soir, j'ai plutôt envie de flâner boulevard des Italiens. Vous m'accompagnez ? s'enquit-il en se levant.

Dain déclina l'offre : il n'était pas loin de une heure du matin, et il avait rendez-vous dans un quart d'heure avec une blonde nommée Chloé à l'étage supérieur.

Était-ce le « mauvais pressentiment » d'Esmond ? Ou le fait qu'il eût moins bu que d'habitude ? Quoi qu'il en fût, le marquis de Dain fit preuve d'une prudence inaccoutumée en pénétrant dans le petit salon rouge à la suite de Chloé.

Il s'apprêtait à ôter sa redingote quand il distingua un trou à peu près à hauteur du regard dans le mur à gauche du lit.

Saisissant Chloé par la main, il la plaça juste devant et lui demanda de se dévêtir lentement.

Puis il se précipita dans le couloir, ouvrit à la volée le placard contigu, et enfonça la porte qui se trouvait derrière d'un grand coup de pied. La pièce dans laquelle il déboucha était plongée dans le noir. Il n'eut cependant aucun mal à rattraper son occupant qui tentait de fuir par une autre issue.

Le saisissant par le nœud de sa lavallière, il le plaqua contre le mur.

— Je n'ai pas besoin de vous voir, gronda-t-il. Je reconnais votre odeur, Beaumont.

Identifier Beaumont à cette distance était un jeu d'enfant : ses vêtements et son haleine empestaient l'alcool et l'opium froid.

— Vous ai-je dit que j'avais envie de me lancer dans l'art, poursuivit-il en l'étranglant un peu plus. Je pensais justement intituler ma première œuvre *Portrait d'un homme mort*.

Beaumont émit un cri étranglé.

Dain desserra un instant sa prise.

— Oui ? Un commentaire, espèce de porc ?

— Pas... me tuer... sang-froid, articula péniblement Beaumont. Guillotine.

— Vous avez raison. Ce serait dommage de risquer ma tête pour votre carcasse répugnante. Un petit souvenir suffira...

Sur ces mots, Dain lui lança son poing droit en plein visage, puis l'envoya à terre d'un uppercut.

— Dorénavant, évitez de vous retrouver sur mon chemin, conseilla-t-il en pivotant pour sortir.

À cet instant précis, Jessica était en grande conversation avec sa grand-mère. Après avoir trépigné d'impatience toute la journée, elle s'était enfin retrouvée seule avec elle quand, après le dîner, Bertram s'était finalement décidé à sortir pour se livrer à l'un ou l'autre de ses vices. Allongée sur le lit, un verre de délicieux cognac à la main, elle avait alors détaillé par le menu à Genevieve sa rencontre avec le marquis.

— Une attirance animale, c'est évident, conclut son aïeule.

Avec ces paroles, Jessica sentit ses derniers espoirs s'envoler : la thèse d'une réaction physique aux émanations fétides des égouts devant la boutique de Champtois n'avait visiblement pas convaincu sa grand-mère. Les frémissements qui l'avaient parcourue face au marquis semblaient avoir une tout autre origine.

— Bon sang ! Voilà qui n'est pas seulement gênant, mais aussi inopportun. Du désir pour le marquis de Dain. Maintenant ! Et *lui*, parmi tous les hommes possibles !

— Cela tombe mal, j'en conviens, acquiesça Genevieve. Mais c'est un défi intéressant, non ?

— Le défi était de soustraire Bertram à l'influence du marquis et de son cercle de mufles dégénérés, rappela Jessica d'un ton grave.

— Il serait beaucoup plus judicieux de détourner Dain à ton profit, déclara sa grand-mère, les yeux brillants. Il est jeune, fortuné, d'une lignée irréprochable, en parfaite santé, et il t'attire énormément.

— Il n'a rien d'un mari.

— Les qualités que je viens d'énumérer m'apparaissent au contraire essentielles pour faire un bon mari.

— Je n'ai aucune envie de m'encombrer d'un époux.

— Jessica, aucune femme capable de regarder les hommes d'un point de vue objectif n'en a envie. Et tu as toujours fait preuve d'une très grande objectivité en ce domaine. Mais nous ne vivons pas dans un monde utopique. Si tu ouvres ta boutique, tu gagneras de quoi vivre, je n'ai aucun doute là-dessus. Mais la famille te tournera le dos, ta réputation sera fichue et toute la bonne société te regardera de haut. Tous les fats de Londres se croiront alors autorisés à te faire des propositions indécentes. Il faut être dans une situation désespérée pour se mettre dans une telle position, ma chérie. Et tu ne l'es pas. Ne serait-ce que parce que je suis là.

— Nous avons déjà eu cette conversation des dizaines de fois, Genevieve, rappela Jessica avec un soupir. Tu n'es pas Crésus, et nous avons toutes les deux des goûts de luxe. En outre, cela ne ferait qu'accroître le malaise au sein de la famille. Sans compter que j'aurais l'air d'une hypocrite de profiter de ton argent après avoir affirmé toutes ces années que tu n'étais pas responsable de nous.

Sa grand-mère lui tapota gentiment le genou.

— Tu es fière et courageuse, ma chérie – deux qualités que j'admire. Et tu es la seule qui me comprenne. Nos rapports ont toujours été plus proches de ceux de deux sœurs ou de deux amies que de ceux d'une grand-mère et sa petite-fille, n'est-ce pas ? Aussi, est-ce en sœur et en amie que je te conseille de ne pas laisser filer un homme comme le marquis de Dain. Tu dois le ferrer et ne plus le lâcher.

Jessica but une longue gorgée de cognac.

— Ce n'est pas une truite, Genevieve. Plutôt un requin.

— Dans ce cas, utilise un harpon.

Jessica secoua la tête.

— Bah, tu as sans doute raison, concéda Genevieve en s'adossant à ses oreillers, je ne devrais pas t'asticoter avec ça. Ce Dain n'a aucun intérêt. J'espère simplement qu'il n'a pas éprouvé la même attirance que toi, car il a la réputation de toujours obtenir ce qu'il désire, Jessica. À ta place, je prendrais garde à ce qu'il ne ferre le poisson le premier.

— Aucun danger, assura Jessica en réprimant un frisson. Il a pour principe de ne jamais fréquenter de femme respectable. D'après Bertram, il les considère comme des champignons vénéneux. Il m'a adressé la parole dans l'unique but de me choquer.

Genevieve émit un ricanement.

— Avec la montre, c'est ça ? C'est un cadeau délicieux. Et j'ai tellement aimé l'expression de Bertram quand j'ai ouvert la boîte. Je ne l'avais encore jamais vu aussi rouge.

— Parce qu'on était au restaurant probablement. À la table du comte d'Esmond.

Cette idée était peut-être la plus exaspérante de toutes, songea Jessica. Pourquoi diable ne s'était-elle pas sentie attirée par d'Esmond ? Lui aussi était extrêmement riche. Et fabuleusement beau. Et civilisé.

— Esmond est très amusant, observa Genevieve. Dommage que son cœur soit déjà pris. La lueur dans ses yeux quand il a évoqué Mme Beaumont ne laisse aucun doute à ce sujet.

Genevieve avait parlé au comte du portrait à dix sous qui, d'après Jessica, valait beaucoup plus. D'Esmond avait alors suggéré de demander à Mme Beaumont le nom d'experts capables de le nettoyer et de l'évaluer. Il avait proposé de présenter lui-même Jessica à la jeune femme le lendemain, lors d'une exposition organisée au bénéfice de la veuve de son ancien professeur.

— Eh bien, nous verrons si la même lueur apparaît dans les yeux de l'épouse de Beaumont demain – ou plutôt aujourd'hui, conclut Jessica en vidant son verre.

Elle sauta à bas du lit.

— J'aimerais y être déjà. J'ai le désagréable pressentiment que je vais rêver de requins.

3

Jessica aurait probablement été soulagée si elle avait su que le marquis de Dain faisait des cauchemars par sa faute.

En fait, les songes de Dain avaient plutôt bien commencé avec quelques activités lubriques à souhait. Rêvant couramment de femmes qu'il aurait refusé de toucher dans la vraie vie, Dain ne s'était nullement alarmé de rencontrer la sœur de Bertram Trent dans ses fantasmes nocturnes. Il avait pris au contraire, beaucoup de plaisir à remettre ce bas-bleu arrogant à sa place, c'est-à-dire sur le dos, à genoux, et dans d'autres positions plus ou moins improbables sur le plan anatomique.

L'ennui, c'était qu'à chaque fois qu'il s'apprêtait à inonder ses entrailles virginales de la semence des Ballisters, il se passait une chose effrayante : il se retrouvait soit au milieu d'un bourbier, soit enchaîné dans une cellule immonde avec des créatures qui le dévoraient vivant, soit encore allongé sur une table d'autopsie à la morgue.

Doté d'une belle intelligence, Dain comprenait sans difficulté le symbolisme de telles images. Ces situations horribles représentaient, sur un plan métaphorique, ce qui arrivait à un homme quand il se laissait mettre le grappin dessus par une femme. Ce qui lui échappait, en revanche, c'était pourquoi son cerveau prenait tant de peine pour lui signifier ce qu'il savait déjà.

Depuis des années, il rêvait de femmes avec qui il prenait soin d'éviter tout contact dans la vie. De nombreuses fois, il s'était amusé à remplacer en esprit les traits de la putain qu'il payait pour lui tenir compagnie par ceux d'une noble beauté croisée dans le monde. Ainsi, quelques jours plus tôt, une voluptueuse catin française était-elle devenue le double de Leila Beaumont. Il avait tiré autant de plaisir de leur entrevue que s'il s'était réellement agi de cette garce glaciale. Sans doute plus, rectifia-t-il pour lui-même, car la donzelle avait fait preuve d'un grand enthousiasme alors que Leila Beaumont lui aurait fracassé le crâne.

En résumé, Dain n'avait aucun problème pour différencier fantasme et réalité. Son désir pour Jessica Trent était donc parfaitement normal. N'avait-il pas envie de toutes les jolies femmes qu'il rencontrait ? Pour répondre à cet appétit sexuel débordant – sans doute hérité de la catin italienne qui lui avait servi de mère –, il avait trouvé la solution idéale : s'offrir les services de professionnelles. Et si l'objet de sa concupiscence était une femme respectable, il lui suffisait de payer une prostituée pour la remplacer et assouvir ses besoins.

Il avait d'ailleurs procédé de cette manière pour la sœur de Trent. Du moins avait-il *essayé* de procéder ainsi, car l'incident au *Vingt-huit* ne lui avait pas permis d'aller au bout de ses projets.

Et c'était là, avec les cauchemars, son deuxième problème : l'épisode, sans aller jusqu'à lui ôter son inclination pour les catins, lui avait laissé un mauvais goût dans la bouche. Résultat, il n'avait pas rejoint Chloé après s'être débarrassé de Beaumont, et n'avait couché avec aucune fille depuis. Le voyeurisme de Beaumont n'était tout de même pas une raison suffisante pour rejeter la compagnie des femmes de petite vertu dans son ensemble. Alors pourquoi rechignait-il à monter dans une chambre en compagnie de l'une d'elles depuis cette nuit-là ?

La situation était d'autant plus alarmante qu'entre les mauvais rêves et le mauvais goût dans la bouche,

Dain était incapable d'exorciser son attirance pour Mlle Trent. Après une semaine de ce régime, il se sentait au bord de l'explosion.

Aussi, la nouvelle que lui annonça Bertram Trent tombait-elle fort mal.

Il était un peu plus de midi quand ils se croisèrent par hasard rue de Provence. Occupé à éviter le contenu d'un baquet d'eau jeté du premier étage d'une maison, Dain ne vit pas venir Trent sur le trottoir d'en face. Quand il voulut lui échapper, il était déjà trop tard. Sans lui laisser le temps d'ouvrir la bouche, Bertram s'était déjà lancé dans un monologue enthousiaste dans lequel il expliquait comment le portrait crasseux acheté dix sous par sa sœur s'était révélé une icône russe de grande valeur.

Oubliant son désir de fuir le raseur, Dain fronça les sourcils.

— Une *quoi* ?!

— Une icône. Une sorte de tableau avec plein de peinture dorée et de dorures.

— Je sais ce qu'est une icône. Et je crains que votre sœur n'ait été victime d'un mauvais plaisant. Qui lui a raconté ces sornettes ?

— Le Feuvre, répondit Bertram en prononçant « Fou-ver ».

Lord Dain sentit un nœud se former au creux de son estomac. Le Feuvre était le plus grand expert sur la place de Paris. Même *Ackermann's* et *Christies's* le consultaient à l'occasion.

— Il y a quantité d'icônes à travers le monde, déclara-t-il. Malgré tout, si c'en est vraiment une, elle a fait une bonne affaire.

— Le cadre est incrusté de petites pierres : perles, rubis, et autres.

— Du strass, je suppose.

Bertram grimaça, comme chaque fois qu'il réfléchissait.

— Ce serait un peu bizarre, non, de décorer un joli cadre en or comme celui-là avec de la pacotille ?

— Le tableau que j'ai vu avait un cadre en bois, rappela Dain, en proie à un début de migraine.

— Mais c'était tellement astucieux, non ? Le bois faisait en fait partie du coffret dans lequel ils l'avaient enterré. Parce qu'ils l'avaient enterré, vous savez. Ce qui explique pourquoi il était dans un état aussi affreux. N'est-ce pas amusant ? Ce voleur de Champtois ne s'est douté de rien. Il va s'arracher les cheveux en apprenant la nouvelle.

Dain, quant à lui, aurait bien arraché la tête de Bertram. Dix sous ! Dire qu'il avait écarté la peinture sans l'once d'une hésitation. C'était à peine s'il lui avait jeté un coup d'œil, y compris quand cette peste de Mlle Trent l'avait examinée à la loupe. « Elle a une expression intéressante », avait-elle observé. Et lui, distrait par la femme de chair et de sang, n'avait rien soupçonné.

Parce qu'il n'y avait rien à soupçonner, tenta-t-il de se rassurer. Bertram avait un petit pois en guise de cervelle. À l'évidence, il avait tout compris de travers, comme d'habitude. La fameuse icône était juste une de ces images peintes que les fanatiques russes accrochent dans un coin de leur maison, et le cadre incrusté de pierres précieuses n'était en réalité qu'un châssis de bois recouvert de peinture dorée et orné de verroterie multicolore.

— Bien sûr, je n'en soufflerai pas un mot à Champtois, poursuivit Bertram en baissant la voix. Je n'en parlerai à personne en dehors de vous. Mais je ne suis pas un ours domestiqué qu'on traîne par un anneau dans le nez, n'est-ce pas ? C'est pour cela que je suis venu directement vous trouver. Car elle compte aller à la banque déposer le tableau dans un coffre juste après la sieste de Genevieve. Vous n'aurez alors plus d'occasion de le voir de près.

Le marquis de Dain était fou de rage, Jessica en était certaine. Enfoncé dans son fauteuil, les bras croisés, il parcourait lentement le salon de thé de son regard d'obsidienne, défiant quiconque de le déranger. Tout à fait le genre de regard sulfureux avec lequel Lucifer avait dû contempler la terre lorsqu'il était arrivé après la Chute, songea-t-elle. Pour un peu, elle n'aurait pas été surprise de découvrir un tapis de cendres rougeoyantes dans son sillage.

Les serveurs s'empressaient de se détourner chaque fois qu'ils entraient dans son champ de vision – même s'ils ne pouvaient s'empêcher de lui jeter de petits coups d'œil anxieux dès qu'il reportait son attention sur elle.

Bien qu'elle eût une idée assez précise de la manière de régler le problème, Jessica restait néanmoins persuadée que tout aurait été beaucoup plus simple si Bertram avait su tenir sa langue. Elle regrettait de l'avoir laissé l'accompagner lorsqu'elle était passée reprendre le tableau chez Le Feuvre, la veille. Mais comment aurait-elle pu se douter que le portrait n'était pas juste l'œuvre d'un inconnu talentueux ?

Le Feuvre lui-même avait été surpris de découvrir un deuxième cadre en or incrusté de pierreries sous le bois du premier.

Et bien sûr, en voyant l'or et les gemmes flamboyer de mille feux, Bertram avait commencé à s'enflammer. Au point qu'il avait été impossible de le raisonner. Jessica avait eu beau lui affirmer que révéler la vérité à Dain reviendrait à agiter un drapeau rouge devant un taureau, il n'avait rien voulu entendre. Dain n'était pas ce genre d'homme, assurait-il. Du reste, il devait avoir une dizaine de tableaux de ce genre chez lui et pouvait en acheter autant s'il le désirait.

Cependant, quelles que fussent les œuvres d'art en sa possession, le marquis de Dain ne détenait pas de Madone aussi rare que celle qu'elle venait d'acquérir, Jessica en était certaine. Et même si, un peu plus tôt, il avait considéré la peinture d'un air blasé, même s'il l'avait félicitée d'un ton condescendant et avait ri en proposant de les accompagner à la banque pour dissuader d'éventuels voleurs, elle savait qu'il aurait aimé l'étrangler.

Une fois l'icône en sûreté dans un coffre, c'était lui qui avait suggéré de s'arrêter dans ce salon de thé. À peine assis, il avait demandé à Bertram d'aller lui acheter un cigarillo bien particulier qui, Jessica l'aurait parié, n'existait pas. Ce qui signifiait que Bertram ne serait probablement pas de retour avant minuit. Disciple dévoué de son maître Belzébuth, il embarquerait peut-être même pour les Indes occidentales afin de dénicher le cigare fictif.

Après s'être débarrassé du frère encombrant, Dain n'avait plus eu qu'à faire comprendre d'un regard aux serveurs de se mêler de leurs affaires, quoi qu'il arrivât. S'il la saisissait à la gorge et la tuait devant leurs yeux, aucun ne bougerait le petit doigt pour la secourir, estima-t-elle.

— À combien Le Feuvre a-t-il évalué l'objet ? s'enquit-il.

C'étaient les premières paroles qu'il prononçait depuis qu'il avait passé commande au propriétaire de l'établissement. Car, bien sûr, quand le marquis de Dain pénétrait quelque part, le propriétaire en personne se précipitait pour le servir.

— Il m'a conseillé d'attendre un peu avant de le vendre, répondit-elle, évasive. Il voudrait prendre contact avec l'un de ses clients en Russie. Un cousin ou un neveu du tsar qui…

— Cinquante livres, coupa Dain. S'il n'est pas fou, comme la plupart des membres de la famille du tsar, ce cousin ne vous proposera pas un penny de plus.

— Dans ce cas, il doit l'être aussi. Le Feuvre a mentionné un montant très supérieur.

Dain lui jeta un regard dur. Face à son visage sombre et à son regard implacable, Jessica n'avait aucun mal à l'imaginer assis sur un immense trône d'ébène au fin fond des enfers. Elle aurait été à peine surprise de s'apercevoir que ses luxueuses bottes impeccablement cirées, à quelques centimètres de ses bottines, s'étaient soudain transformées en sabots.

N'importe quelle femme possédant une once de raison aurait empoigné ses jupons et fui en courant.

Manque de chance, Jessica ne se sentait pas le moins du monde raisonnable. Un courant magnétique courait le long de ses nerfs. Il se répandait en tournoyant à travers tout son corps, faisant naître une douce chaleur au creux de son ventre et transformant son cerveau en marmelade.

Elle mourait d'envie d'ôter ses bottines et de caresser de ses pieds nus les bottes noires hors de prix, de glisser les doigts sous les poignets amidonnés de la chemise immaculée pour percevoir les battements du pouls du marquis. Elle voulait par-dessus tout presser les lèvres sur la bouche dissolue et l'embrasser follement.

Évidemment, un tel assaut se traduirait aussitôt par son immobilisation à plat dos et la perte de sa virginité – très probablement devant tout le personnel du salon de thé. Ou alors, s'il était de bonne humeur, il se contenterait de lui donner une petite claque sur les fesses en lui conseillant de filer, songea-t-elle, maussade.

— Mademoiselle Trent, déclara-t-il, je ne doute pas que vos petites camarades d'école trouvaient votre humour hilarant. Néanmoins, si vous cessiez de battre des cils un instant, votre vision s'éclaircirait peut-être assez pour que vous vous rendiez compte que je ne suis pas une écolière.

Elle ne battait pas des cils. Quand elle jouait les coquettes, c'était à dessein et sans ambages. Et elle n'était pas stupide au point d'employer ce genre de méthode avec Belzébuth.

— Battre des cils ? s'étonna-t-elle. Je ne bas *jamais* des cils, milord. Quand je veux plaire, voilà comment je procède.

Elle se tourna vers un Français élégant assis à une table proche, le fixa avec insistance, puis lança un bref regard de biais en direction de Dain.

— Vous voyez, cela n'a aucun rapport avec battre des cils, conclut-elle en lâchant des yeux le Français ébloui.

Dain se rembrunit davantage.

— Je ne suis pas non plus un *collégien*, rappela-t-il. Je vous conseille de réserver ces œillades assassines aux béjaunes qui y succombent.

Le Français la contemplait à présent avec une fascination béate. Dain le toisa. L'homme se détourna aussitôt pour se plonger dans une discussion animée avec ses compagnons.

Jessica se souvint de l'avertissement de Genevieve. Si elle n'était pas certaine que Dain avait l'intention de la ferrer, il était, en revanche, évident qu'il venait de planter une pancarte *Pêche interdite*.

Un frisson la parcourut. Réaction normale. Celle, primitive, d'une femme qui se rend compte qu'un homme séduisant commence à la considérer comme sa propriété privée. Oui, songea-t-elle avec une pointe d'affolement, ses sentiments pour l'infernal marquis étaient décidément très primitifs.

Malgré tout, elle restait suffisamment lucide pour avoir conscience des ennuis qui l'attendaient si elle continuait dans cette voie.

— Je cherchais simplement à vous faire la démonstration d'une distinction subtile qui, apparemment, vous avait échappé, riposta-t-elle. Mais la subtilité, ai-je cru comprendre, n'est pas votre fort.

— Si c'est une manière *subtile* de me rappeler que je n'ai pas vu ce que vos yeux perçants ont perçu dans ce chef-d'œuvre couvert de crasse…

— Vous ne l'avez guère plus regardé après son nettoyage, coupa-t-elle. Sinon vous auriez reconnu la patte de l'école Stroganov et ne m'en auriez pas offert la somme insultante de cinquante livres.

— Je ne vous ai rien offert. J'ai exprimé une opinion.

— Pour me tester, répliqua-t-elle. Manque de chance, je sais aussi bien que vous que, non seulement, il s'agit d'une œuvre de l'école Stroganov, mais qu'en outre, cette pièce possède des qualités exceptionnelles. Elle est encadrée d'or, alors que la plupart de ces miniatures, même les plus élaborées, sont le plus souvent enchâssées dans de l'argent. Et je ne parle pas des yeux de la Madone qui sont…

— Gris et non bruns, termina Dain d'un ton las.

— Et elle sourit presque. Généralement, elles ont l'air triste.

— Furieuses, mademoiselle Trent. Généralement, elles ont l'air furieuses. D'une humeur massacrante. Parce qu'elles sont vierges, je suppose, et qu'elles doivent subir les inconvénients de la maternité sans avoir profité de l'aspect le plus agréable de l'expérience.

— Si je peux parler au nom de toutes les vierges, milord, fit-elle en se penchant vers lui, je puis vous assurer qu'il existe quantité d'expériences agréables. Se retrouver en possession d'une œuvre valant au bas mot cinq cents livres en fait partie.

Il s'esclaffa.

— Inutile de me préciser que vous êtes vierge. Je les repère à cinquante pas.

— Fort heureusement, je ne suis pas aussi inexpérimentée dans tous les domaines, riposta-t-elle sans le moindre embarras. Je suis persuadée que le Russe fou de Le Feuvre paiera cinq cents livres. Je sais également que Le Feuvre compte prendre une confortable commission au passage. Ce qui signifie que j'ai des chances d'obtenir beaucoup plus en vendant l'icône aux enchères.

Elle lissa ses gants.

— J'ai souvent constaté que les hommes perdaient toute raison une fois emportés par la fièvre des enchères. Imaginez le profit que je pourrai en tirer!

Dain plissa les yeux.

Le propriétaire de l'établissement choisit ce moment pour apporter leurs commandes. Les quatre serveurs qui l'accompagnaient s'affairèrent, disposant les serviettes, les couverts et la vaisselle selon un rituel d'une douloureuse précision. Aucune miette ne devait souiller les assiettes immaculées, et la moindre trace de doigts sur l'argenterie aurait équivalu à un crime de lèse-majesté. Jusqu'au sucre qui était taillé en petits cubes parfaits – un travail de titan si l'on songeait qu'un pain de sucre était à peu près aussi dur que du granit. Jessica s'était toujours demandé comment les garçons de cuisine réussissaient un tel exploit sans l'aide d'explosifs.

Elle choisit une part de gâteau jaune surmonté de sucre glace.

Dain laissa le patron déposer servilement sur son assiette un assortiment de tartes aux fruits.

Ils dégustèrent leurs pâtisseries en silence, jusqu'à ce que Dain, après avoir avalé son content de sucreries, repose sa fourchette et fixe les mains de Jessica, sourcils froncés.

— Toutes les règles de bienséance auraient-elles changé depuis mon départ d'Angleterre ? interrogea-t-il. J'ai conscience qu'une dame n'expose pas négligemment ses mains en public, mais j'avais néanmoins cru comprendre qu'elle était autorisée à ôter ses gants pour manger.

— C'est autorisé, en effet. Mais ce n'est pas possible, répondit Jessica en montrant la longue rangée de boutons qui lui enserrait le poignet. Il me faudrait l'après-midi pour les déboutonner sans l'aide de ma femme de chambre.

— Pourquoi diable s'encombrer d'un harnachement pareil ?

— Genevieve les a achetés tout spécialement pour aller avec cette pelisse. Si je ne les portais pas, elle serait horriblement vexée.

Il contemplait toujours les gants.

— Genevieve est ma grand-mère, expliqua-t-elle.

Le marquis de Dain ne l'avait pas rencontrée. Il était arrivé juste après qu'elle fut allée faire sa sieste – encore que Jessica était certaine que sa grand-mère s'était promptement relevée pour regarder par le trou de la serrure en entendant une voix masculine.

Dain redressa la tête. Une étincelle pétillait dans ses yeux noirs.

— Ah oui. La montre, dit-il.

— Là aussi, j'ai été perspicace, déclara-t-elle en posant à son tour sa fourchette. Elle a été enchantée.

Comprenant immédiatement l'allusion, il répliqua :

— Je ne suis pas votre petite grand-mère aux cheveux blancs. Je ne suis pas enchanté par les icônes – même peintes par un artiste de l'école Stroganov – au point de dépenser un penny de plus que ce qu'elles valent. À mon avis, elle ne mérite pas plus d'un millier de livres. Cependant, si vous me promettez de ne plus m'ennuyer avec vos marchandages et vos regards menaçants, je vous en donnerai volontiers quinze cents.

Elle avait pensé arriver à ses fins petit à petit, mais le ton de Dain lui indiqua qu'il ne la laisserait pas progresser jusque-là. Il fallait donc aller droit au but – le but qu'elle s'était fixé quelques heures plus tôt, après avoir surpris l'expression de son regard noir tandis qu'il examinait le portrait.

— Je serais ravie de vous l'offrir, milord.

— Personne ne m'*offre* quoi que ce soit. Amusez-vous à votre petit jeu, quel qu'il soit, avec un autre. Je vous en propose quinze cents livres. C'est mon dernier prix.

— Si vous cessez de fréquenter Bertram, l'icône est à vous, déclara-t-elle. Sinon, elle sera vendue aux enchères chez *Christie's*.

Si Jessica Trent avait compris dans quel état il se trouvait, elle n'aurait pas été plus loin que la première phrase, songea Dain. Ou plutôt, elle se serait levée et aurait pris ses jambes à son cou. Mais comment aurait-elle pu comprendre ce qui le laissait lui-même perplexe ? Il désirait la madone russe avec son demi-sourire, son visage mélancolique et l'enfant Jésus assis sur ses genoux comme jamais il n'avait désiré quoi que ce soit. En la voyant, il avait senti les larmes lui monter aux yeux sans savoir pourquoi.

Ce n'était pas la première fois qu'il était ému par un tableau. Et celui-ci, divin et humain à la fois, était sans conteste assez sublime pour provoquer une telle réaction. Mais ce qu'il avait éprouvé à ce moment-là n'avait rien à voir avec cette sensation délicieuse. Non, ce qui s'était réveillé à sa vue, c'était le monstre hurlant de son enfance. Il n'avait pas plus réussi à mettre un nom sur ce qu'il ressentait que lorsqu'il avait huit ans. Cela, du reste, lui importait peu. Tout ce qu'il voulait, c'était repousser hors de lui ces sentiments jusqu'à ce qu'ils cessent de le tourmenter.

N'ayant jamais eu l'occasion de mûrir, ils étaient restés enfouis en lui dans leur état d'origine. Et maintenant qu'il se retrouvait pris dans leurs griffes, Dain se sentait incapable de raisonner en adulte. Il ne parvenait pas à se dire que Bertram Trent était un fléau infernal dont il aurait dû se libérer depuis longtemps. Il ne lui vint même pas à l'idée de se réjouir que la sœur de cet imbécile offrît de le payer – ou plus exactement de le soudoyer – grassement pour l'en débarrasser.

Tout ce qu'il voyait, c'était une fille bien trop jolie qui s'amusait à le titiller en lui agitant sous le nez un jouet qu'il désirait.

Plus tard, il comprendrait ce qui s'était passé en lui, mais il serait trop tard.

Pour l'instant, il avait huit ans au-dedans de lui et ne pouvait rien y faire.

Il se pencha vers Jessica.

— Mademoiselle Trent, il n'y a pas d'autre condition, prévint-il d'une voix menaçante. Je paye quinze cents livres, vous déclarez « marché conclu » et chacun s'en va satisfait.

— Non, décréta-t-elle en redressant le menton. Si vous continuez à fréquenter Bertram, je ne ferai pas affaire avec vous. Vous êtes en train de détruire sa vie. Aucune somme d'argent ne compensera cela. Je refuserais de vous vendre l'icône même si je mourais de faim.

— Facile à dire l'estomac plein, railla-t-il.

Citant en latin Publilius Syrus, il ajouta, moqueur :

— « Par mer calme, tout le monde est capable de tenir la barre. »

Ce à quoi elle rétorqua par une autre citation du même auteur :

— « À chaque pied son soulier. »

— Il semblerait que vous ayez parcouru Publilius, commenta-t-il sans rien laisser paraître de sa surprise. Encore plus étrange, dans ce cas, qu'une femme aussi intelligente n'arrive pas à voir ce qui crève les yeux. Je ne suis pas une langue morte avec laquelle s'amuser, mademoiselle Trent. Vous vous aventurez dans des eaux dangereuses.

— Parce que mon frère s'y noie. Et que vous lui maintenez la tête dessous. Je ne suis pas assez forte ni assez puissante pour retirer cette main. Je possède juste une chose que vous désirez et dont vous ne pouvez pas vous emparer. Il n'y a qu'un seul moyen de l'obtenir, seigneur Belzébuth : renvoyez Bertram à la maison !

S'il avait été capable de raisonner en adulte, Dain aurait trouvé la démonstration parfaite. Peut-être même aurait-il apprécié que Jessica lui annonçât clairement et sans ambages son objectif au lieu d'essayer de le manipuler par des ruses féminines.

Hélas, c'était au-dessus de ses capacités !

Le ton vindicatif de Mlle Trent aurait dû glisser sur lui. Au lieu de quoi, il l'emplit d'une rage incontrôlable. Si elle avait été un homme, il l'aurait attrapée par le col et écrasée contre le mur. Mais comme il s'agissait d'une femme, il devait trouver un moyen tout aussi efficace de lui donner une bonne leçon.

Il ignorait que les leçons qu'il désirait vraiment lui apprendre étaient celles de Vénus, non de Mars, l'*Ars Armatoria* d'Ovide plutôt que le *De Bello Gallico* de César.

Résultat, il commit sa première erreur.

— Vous vous trompez, mademoiselle Trent, déclara-t-il. Il y a toujours un autre moyen. Vous ne le voyez pas parce que vous vous attendez que je respecte les règles instaurées par la société. Par exemple, vous pensez que puisque vous êtes une dame et que nous nous trouvons dans un endroit public, je vais me conduire en gentleman. Peut-être même imaginez-vous que je me soucie de votre réputation.

Il marqua une pause, avant d'ajouter avec un sourire malveillant :

— Souhaitez-vous prendre un moment pour réfléchir de nouveau, mademoiselle Trent ?

Elle plissa les yeux.

— J'ai l'impression que vous me menacez.

— Laissez-moi être aussi clair que vous l'avez été, murmura-t-il en se penchant vers elle. Je peux faire une brèche dans votre réputation en moins de trente secondes, la réduire à néant en trois minutes. Nous savons vous et moi qu'étant ce que je suis, je n'aurai pas beaucoup de mal à me donner. Vous êtes déjà devenu un objet de spéculation en acceptant de vous afficher en ma compagnie.

Il se tut de nouveau, le temps que ses paroles fassent leur chemin.

Elle ne répondit pas. Ses yeux gris étincelaient.

— Voilà comment ça marche, reprit-il. Si vous acceptez mon offre de quinze cents livres, je me tiendrai bien, vous escorterai jusqu'à un fiacre et m'assurerai que le cocher vous raccompagne chez vous.

— Et si je refuse, vous essaierez de ternir ma réputation, acheva-t-elle à sa place.

— Je n'essaierai pas, je le ferai.

Elle se redressa sur son siège, croisa ses mains gantées sur la table.

— J'adorerais voir cela, lâcha-t-elle.

4

Dain avait donné suffisamment d'occasions à Mlle Trent de prendre conscience de son erreur. Ses avertissements n'auraient pu être plus explicites.

Dans ces conditions, la moindre hésitation de sa part risquait d'être interprétée comme un manque d'assurance ou, pire, de la faiblesse. Or, s'il était dangereux d'agir ainsi avec un homme, face à une femme, cela pouvait se révéler fatal.

Aussi le marquis se pencha-t-il jusqu'à ce que son grand nez Usignuolo se trouvât à quelques centimètres de celui de la jeune femme pour chuchoter :

— Faites vos prières, maemoiselle Trent.

Puis il glissa la main dans la manche de la pelisse de la jeune femme et referma les doigts sur le premier bouton de ses gants gris.

Il fit sauter la petite perle hors de la boutonnière. Jessica Trent le regarda faire sans bouger.

Conscient du brusque silence et des dizaines de paires d'yeux fixés sur eux, il commença à lui parler en italien. Dans un murmure tendre, il évoqua le temps, l'étalon qu'il comptait acquérir et l'état des égouts parisiens. Bien qu'il n'eût jamais tenté ni cherché à séduire une femme, il avait vu suffisamment de pauvres bougres se livrer à ce jeu pour pouvoir reproduire cette parade ridicule à la perfection. Tout le monde allait penser qu'il était l'amant de Jessica Trent. D'autant qu'il continuait à déboutonner tranquillement son gant.

Elle demeura silencieuse, se contentant de regarder tour à tour sa main et son visage avec une expression qu'il interpréta comme d'horreur muette.

Son interprétation aurait peut-être été plus correcte s'il s'était senti aussi sûr de lui qu'il l'affichait extérieurement. En vérité, il avait de plus en plus de mal à ne pas perdre pied depuis qu'il s'était rendu compte, vers le sixième bouton, que son pouls s'était accéléré. Au douzième, il s'affolait carrément. Au quinzième, il dut se concentrer pour empêcher sa respiration de s'emballer.

Il avait soulagé des courtisanes d'un nombre incalculable de robes, corsets, chemises, bas et jarretières, mais jamais encore il n'avait déboutonné le gant d'une jeune fille convenable. Il avait commis toutes sortes d'actes lubriques, mais pas une fois il ne s'était senti aussi dépravé qu'en cet instant, tandis que la dernière perle sortie de sa boutonnière, il faisait glisser le tissu gris sur le poignet de Mlle Trent et effleurait de ses doigts hâlés la peau nue et délicate.

Il était trop occupé à chercher dans son dictionnaire personnel la définition de son état – et trop troublé par ce qu'il y lisait – pour remarquer que le regard gris de Jessica Trent avait pris l'expression perplexe d'une vieille fille respectable séduite bien malgré elle.

Du reste, même s'il s'en était rendu compte, il n'aurait pas voulu le croire. Comme il n'arrivait pas à croire qu'un gant ridicule et un carré de peau féminine – situé sur le *poignet*, qui plus était ! – aient réussi à le mettre dans un tel état d'excitation.

Le pire, c'était qu'il ne pouvait pas s'arrêter. Que son simulacre de passion était devenu presque sincère et qu'il ne parlait plus de chevaux ou d'égouts, mais de son envie de déboutonner, de dégrafer, de dénouer chaque bouton, agrafe, ruban pour caresser de ses mains monstrueuses le satin de sa peau virginale.

Et tandis qu'il détaillait ses fantasmes en italien, il déroula lentement le gant. Puis il tira doucement, une fois, deux fois… Le gant de soie lui resta entre les doigts. Il le laissa tomber sur la table et referma sa grande main chaude sur celle, petite et fraîche, de Mlle Trent. Elle poussa un petit cri, mais ne chercha pas à se libérer. De toute façon, il ne l'aurait pas lâchée.

Il avait chaud, le souffle court, et son cœur tambourinait comme s'il avait couru à toutes jambes après quelque chose. Et juste au moment où il pensait avoir atteint son but, il ne parvenait plus à s'arrêter. Il resserra son étreinte sur la main de Jessica Trent et lui adressa un regard farouche la défiant de tenter – juste *tenter* – de lui échapper.

Elle arborait toujours la même expression ébahie. Puis elle cilla et, baissant les yeux sur leurs mains jointes, déclara d'une petite voix haletante :

— Je suis vraiment désolée, milord.

Bien qu'il eût toujours du mal à contrôler sa respiration, Dain parvint à articuler :

— Je n'en doute pas. Mais il est trop tard, voyez-vous.

— Je sais, fit-elle en secouant tristement la tête. Je crains que votre réputation ne s'en remette pas.

Il ressentit un petit picotement désagréable dans la nuque. L'ignorant, il lâcha un rire, et se tourna vers la salle, fascinée.

— *Cara mia*, c'est votre répu…

— Le marquis de Dain a été vu en compagnie d'une *dame*, l'interrompit-elle. On l'a vu et entendu lui faire la cour. C'était charmant, ajouta-t-elle, les yeux pétillants de malice. J'ignorais que l'italien était aussi… émouvant.

— Je vous ai parlé des égouts, dit-il d'un ton sec.

— Vraiment ? Je ne l'aurais jamais cru. Personne ici ne s'en est douté, j'en suis certaine. Ils ont tous pensé que vous me chuchotiez des mots doux. À la sœur de ce crétin de Bertram Trent, précisa-t-elle avec un sourire.

Alors, trop tard, il comprit son erreur. Et se souvint de la remarque d'Esmond à propos de l'inoubliable

Genevieve. Tout le monde penserait que la petite-fille Trent, comme sa grand-mère, était une femme fatale et qu'il avait succombé à son charme.

— Dain, menaça-t-elle d'une voix dure, si vous ne me lâchez pas la main immédiatement, je vous embrasse. Devant tout le monde.

L'horrible soupçon qu'il lui rendrait son baiser – au vu de tous – lui traversa l'esprit. Dain, Belzébuth en personne embrassant une dame, une *vierge* ! Il refoula une bouffée de panique.

— Mademoiselle Trent, prévint-il sur le même ton, je vous prends au mot.

— Pardieu ! s'exclama alors une voix atrocement familière. J'ai cru que je ne trouverais jamais ! Ce n'est pas exactement ce que vous vouliez, je sais, mais j'en ai goûté un et je crois pouvoir assurer que vous ne serez pas déçu.

Totalement inconscient de la tension qui régnait, Bertram posa une petite boîte de cigarillos sur la table, juste à côté de la main de Dain… toujours serrée autour de celle de Mlle Trent.

Bertram ouvrit des yeux comme des soucoupes.

— Bon sang, Jessica ! s'exclama-t-il, contrarié. On ne peut pas te laisser une seconde. Combien de fois devrais-je te répéter de laisser mes amis tranquilles ?

Jessica Trent ôta tranquillement sa main.

Son frère adressa à Dain un regard d'excuse.

— Ne vous occupez pas d'elle, Dain. Elle fait ça avec tous les hommes. Je ne comprends pas pourquoi, vu qu'elle ne veut pas d'eux. Elle me fait penser aux chats de la tante Louisa. Ils se mettent en quatre pour attraper des souris, et quand ils en tiennent une, ces idiots ne la mangent même pas. Ils se contentent d'abandonner son cadavre.

Jessica Trent réprimait visiblement une envie de rire.

Il n'en fallut pas plus pour écraser, battre, fouetter le maelström tumultueux à l'intérieur de Dain, et le transformer en rage froide.

À son arrivée au collège, on lui avait plongé la tête dans des latrines. Il avait l'habitude qu'on le tourmente et se moque de lui. Mais pas pour longtemps.

— Par chance, Trent, vous avez le don d'arriver toujours au bon moment, dit-il. Et puisque les mots ne peuvent vous exprimer mon soulagement et ma gratitude, je choisis les actes : que diriez-vous de venir passer la soirée chez moi après avoir raccompagné votre irrésistible sœur ? Vawtry et quelques autres doivent passer prendre un verre et jouer aux cartes.

Une fois les effusions de Trent terminées, Dain prit froidement congé de la sœur et du frère, et quitta les lieux, déterminé à maintenir la tête de ce dernier sous l'eau jusqu'à ce qu'il se noie.

Dain n'était pas arrivé chez lui, que les rumeurs concernant son tête-à-tête avec Jessica Trent se propageaient déjà dans tout Paris.

Peu avant l'aube, alors que Bertram Trent était reconduit chez lui ivre mort, et allégé de quelques centaines de livres après une nuit de jeux et de beuveries, les paris concernant les intentions du marquis envers Mlle Trent commençaient déjà à être lancés.

À 15 heures, chez *Tortoni*, Roland Vawtry lui-même fut invité à miser cent cinquante livres sur son ami par Francis Beaumont qui affirmait que Dain serait enchaîné à Mlle Trent avant l'anniversaire du roi.

— Dain ?! s'exclama-t-il, abasourdi. *Marié ?* À une vieille fille issue de la bonne société ? La sœur de *Trent ?*

Il éclata de rire. Quand, au bout de dix minutes, il eut enfin repris son souffle, Beaumont réitéra son offre.

— C'est trop facile, répondit Vawtry. J'aurais l'impression de vous escroquer. Je connais Dain depuis Oxford. Cet épisode du salon de thé est une nouvelle plaisanterie destinée à choquer. En ce moment même, il doit être en train de se tordre de rire en pensant à la manière dont il a trompé son monde.

— Deux cents, insista Beaumont. Deux cents livres qu'il n'aura plus envie de rire avant la fin de la semaine.

— Je vois. Vous cherchez une occasion de gaspiller votre argent. Parfait, mon ami, je vous écoute. Quels sont les termes exacts du pari ?

— D'ici une semaine, quelqu'un l'aura vu courir après elle : la suivre dans la rue ou dans un lieu quelconque, lui prendre la main ou Dieu sait quoi d'autre. La saisir par les cheveux, peut-être, ce serait plus son style, pas vrai ?

— Courir après une femme n'est pas le style de Dain, rappela Vawtry d'un ton condescendant. Il se contente de dire « Je veux celle-ci », de poser l'argent sur la table et d'attendre que la fille le suive.

— Deux cents livres que quelqu'un le surprendra en train de courir derrière celle-là dans les sept prochains jours.

Ce ne serait pas la première fois que Vawtry gagnerait de l'argent grâce à Dain. En fait, sa connaissance approfondie de Belzébuth lui valait plus de la moitié de ses revenus. Depuis le temps, Beaumont aurait dû en tirer des leçons. Mais puisque ce n'était visiblement pas le cas, Vawtry afficha un air désolé, histoire de l'irriter, et releva le pari.

Six jours plus tard, Jessica scrutait la rue depuis l'appartement de son frère, de plus en plus agacée.

— Dain, je vous tuerai, murmura-t-elle. Je vous collerai une balle entre les sourcils, juste au-dessus de votre grand nez d'Italien.

Il était presque 18 heures. Bertram avait promis de rentrer à 16 heures pour avoir le temps de se préparer afin de les accompagner, Genevieve et elle, à la soirée donnée par Mme Vraisses. On devait dévoiler le portrait que leur hôtesse avait commandé à Mme Beaumont à 20 heures tapantes, et vu qu'il fallait au moins deux heures et demie à Bertram pour se pomponner, elles n'arriveraient jamais à temps.

Tout cela par la faute de Dain.

Depuis leur échange au salon de thé, celui-ci ne se lassait pas de la compagnie de Bertram. Où qu'il allât, quoi qu'il fît, il lui fallait la compagnie de ce dernier.

Bertram, bien sûr, en avait déduit qu'il avait enfin gagné l'amitié du marquis. Dans sa crédulité, il n'imaginait pas un instant que cette affection subite n'était qu'un moyen de se venger d'elle. Ce qui rendait Dain encore plus méprisable, estimait-elle. Au lieu de l'attaquer de front, il préférait s'en prendre à ce pauvre crétin inoffensif qu'était son frère.

Car Bertram ne savait pas plus refuser un verre que quitter une table de jeu, repousser un pari ou protester quand une catin lui demandait trois fois le prix habituel. Si Dain buvait, il voulait boire, même s'il ne tenait pas l'alcool ; si Dain jouait, pariait ou allait voir des filles, il voulait jouer, parier ou aller voir des filles.

Non que Jessica condamnât ces pratiques. Elle avait été éméchée plus d'une fois, et il lui arrivait à l'occasion de jouer ou de parier dans des limites raisonnables. Quant aux prostituées, si elle avait été un homme, elle aurait probablement eu recours à leurs services de temps à autre – à condition de ne pas dépenser plus qu'elles ne valaient. À ce propos, elle avait du mal à croire que Dain les payait autant que l'affirmait Bertram. Mais ce dernier avait juré sur l'honneur avoir vu l'argent changer de mains.

— Si c'est vrai, avait-elle rétorqué, exaspérée, la veille au soir, cela signifie simplement qu'il a de grandes exigences. Que les femmes doivent travailler plus, tu comprends ?

Bertram avait simplement compris qu'elle l'estimait moins vigoureux que son idole. Blessé dans sa virilité, il avait pris la porte, furieux, pour ne rentrer – ou plutôt, être raccompagné – qu'à 7 heures ce matin.

En attendant, elle était restée éveillée presque toute la nuit à se demander ce que Dain exigeait exactement de ses partenaires sexuelles.

Grâce à Genevieve, Jessica avait une idée de ce qu'un homme lambda demandait – ou proposait, selon le point de vue adopté. Elle savait, par exemple, ce que le gentleman de la montre faisait sous les jupes de la dame, de même qu'elle savait que ce genre de poses étaient assez rarement représentées dans les montres grivoises. Raison pour laquelle, d'ailleurs, elle l'avait achetée.

Mais que recherchait exactement un homme aussi peu ordinaire que Dain ? À cela, elle n'avait pas de réponse. Et cette question éveillait en elle un mélange de peur, de curiosité… et de fantasmes, devait-elle admettre, plus affolants les uns que les autres.

Elle était obsédée par le souvenir de ses mains. Non pas qu'elle n'eût pas remarqué d'autres parties de sa personne, mais il se trouvait qu'elle avait eu un contact physique direct, et ô combien brûlant, avec ses grandes mains expertes.

Le simple fait d'y penser, même en cet instant, alors qu'elle bouillait de rage, faisait naître une délicieuse chaleur au creux de son ventre.

Ce qui redoublait sa colère.

La pendule sur la cheminée sonna 18 heures.

Elle commencerait par égorger Dain, décida-t-elle, puis elle tuerait son frère.

Withers apparut sur le seuil du salon.

— Tesson est de retour de chez le marquis, annonça-t-il.

Selon la coutume parisienne, Bertram confiait au concierge de son immeuble les tâches normalement dévolues aux valets de pied, femmes de chambre et coursiers. C'était donc à celui-ci que Jessica s'était adressée pour aller chercher son frère chez le marquis.

— Manifestement, il est rentré bredouille, répondit-elle. Sinon on entendrait déjà Bertram hurler dans l'escalier.

— Les domestiques du marquis ont refusé de transmettre le message de Tesson, expliqua Withers. Quand le concierge a insisté, le valet de chambre l'a empoigné et l'a jeté au bas des marches. Les serviteurs, mademoiselle Trent, sont aussi abominables que leur maître.

Que Dain profitât de la faiblesse de son frère, passait encore, mais qu'il permît à ses laquais de molester un pauvre concierge venu transmettre un message, cela dépassait les bornes !

— En pardonnant une offense, on en encourage de nombreuses autres, marmonna-t-elle en se dirigeant, poings serrés, vers la porte. Il est hors de question que je laisse passer celle-là. Et je me moque bien que son valet soit Méphistophélès en personne. Qu'il essaye donc de m'éjecter !

Peu après, alors que sa femme de chambre, Flora, attendait recroquevillée de peur à l'intérieur d'un fiacre crasseux, Jessica cognait à la porte du marquis.

Un valet de pied anglais en livrée ouvrit. Il devait mesurer un mètre quatre-vingt-dix. Jessica n'eut aucun mal à deviner ses pensées tandis qu'il la considérait effrontément de haut en bas. N'importe quel domestique doté d'une once d'intelligence pouvait se rendre compte qu'elle était une dame. Cela dit, aucune dame digne de ce nom ne viendrait frapper à la porte d'un gentleman célibataire. Sauf que le marquis de Dain n'était pas un gentleman.

— Mon nom est Trent, annonça-t-elle d'un ton brusque sans laisser au domestique le temps d'y voir clair dans cet imbroglio. Et je n'ai pas l'habitude qu'on me fasse attendre sur le seuil pendant qu'un laquais rustre et paresseux m'examine. Je vous donne exactement trois secondes pour vous écarter. Un. Deux…

Il s'effaça. Elle pénétra d'un pas décidé dans le vestibule.

— Allez chercher mon frère, ordonna-t-elle.

Il la fixa d'un air incrédule.

— Mademoiselle... Mademoiselle...

— Trent. La sœur de sir Bertram. J'exige de le voir. Sur-le-champ, ajouta-t-elle en frappant le sol en marbre du bout de son parapluie.

Jessica utilisait ce ton et ces manières chaque fois que ses petits cousins dépassaient les bornes ou que les domestiques de ses oncles et tantes émettaient des remarques stupides telles que « Monsieur n'aimerait pas ça » ou « Madame a dit que je ne devais pas faire ça ». Ils s'avérèrent aussi efficaces cette fois que les précédentes.

Le valet lança un coup d'œil effaré en direction de l'escalier au bout du couloir.

— Je... je ne peux pas, mademoiselle, bredouilla-t-il, effrayé. Il... il va me tuer. Il ne veut pas être dérangé. Sous aucun prétexte.

— Je vois. Vous êtes assez courageux pour jeter un homme deux fois plus petit que vous dans la rue, mais vous...

Un coup de feu retentit.

— Bertram ! s'écria-t-elle.

Lâchant son parapluie, elle se rua vers l'escalier.

En temps normal, Jessica n'était pas du genre à s'affoler pour un coup de feu, même suivi, comme dans le cas présent, de hurlements féminins. Mais Bertram se trouvait dans les parages. Or, s'il se trouvait à proximité d'un fossé, son frère était à peu près sûr de finir dedans, comme de tomber d'une fenêtre si par malheur quelqu'un l'avait laissée ouverte.

Donc, si Bertram était proche d'un pistolet, la balle serait forcément pour lui.

Jessica ne perdit pas de temps à espérer qu'il n'avait pas été touché. Elle pria juste pour que la blessure ne soit pas mortelle.

Guidée par les cris et les jurons, elle gravit à toute allure le grand escalier, courut le long du couloir et ouvrit une porte à la volée.

La première chose qu'elle vit fut son frère allongé sur le tapis.

Elle se précipita vers lui. Au moment où elle s'agenouillait, la poitrine de Bertram se souleva lourdement et il émit un ronflement de soudard aviné qui la fit se relever sur-le-champ.

Alors seulement elle se rendit compte qu'un silence de mort régnait dans la pièce.

Elle balaya la pièce du regard.

Une dizaine d'hommes plus ou moins dévêtus – parmi lesquels elle reconnut Vawtry, Sellowy et Goodridge – étaient afffalés sur des sofas en compagnie de jeunes femmes tout aussi dévêtues. Presque au centre, enfoncé dans un fauteuil gigantesque, se tenait Dain. Il avait un pistolet dans la main droite et une prostituée sur chaque genou. À l'instar de tous les occupants de la pièce, les deux femmes – une brune et une blonde – semblaient s'être figées sur place. La brune s'apprêtait visiblement à tirer la chemise du marquis hors de son pantalon, tandis que l'autre avait encore les doigts sur sa braguette.

Se retrouver au cœur de ce qui ressemblait à une orgie, entourée d'hommes et de femmes ivres et à peine vêtus, n'affecta pas le moins du monde Jessica. Elle avait vu des tas de petits garçons courir nus à travers la maison – généralement pour faire hurler les servantes – et s'était retrouvée plus d'une fois face aux fesses de ses cousins pour qui l'exhibition de cette partie de leur anatomie tenait souvent lieu de repartie.

Quant au revolver, il ne lui fit ni chaud ni froid dans la mesure où aucun autre coup ne pourrait en partir avant qu'on le recharge.

Non, son malaise avait une autre origine : une sensation étrange qui lui donnait l'envie irrationnelle d'attraper ces deux catins par les cheveux et de leur briser les doigts un à un. Ce qui était d'autant plus ridicule, elle en était consciente, qu'il s'agissait de simples professionnelles exerçant leur métier.

Préférant ne pas s'appesantir sur le sujet, elle se redressa et désigna son frère du menton.

— J'ai cru qu'il était mort, mais il est juste *ivre* mort. Au temps pour moi. Je vous en prie, continuez, lança-t-elle en se tournant vers la porte. Messieurs, mesdemoiselles...

Les saluant d'un hochement de tête, elle sortit.

Jusqu'à cette brusque interruption, Dain était plutôt content de lui. En invitant des filles de joie chez lui, il semblait avoir enfin mis un terme à sa phobie des voyeurs et aux conséquences désagréables de sa rencontre involontaire avec Beaumont.

Faire venir des catins était une solution à laquelle il aurait probablement pensé plus tôt si une expérience passée ne l'avait conduit à préférer assouvir ses besoins sexuels dans un cadre moins personnel.

L'histoire remontait au jour de l'enterrement de son père, neuf ans auparavant. En passant à la taverne après la messe, Dain avait eu l'œil attiré par une jeune gourgandine à la jambe ronde nommée Charity Graves. Le temps de partager une cruche de vin ou deux avec elle, et il l'avait entraînée dans le grand lit paternel. Si la donzelle s'était montrée d'une compagnie très distrayante, le plaisir qu'il en avait tiré n'était rien comparé à celui que lui avait procuré la pensée de son défunt père en train de se retourner dans le caveau de ses nobles ancêtres.

Malheureusement, une conséquence fâcheuse était née de cet épisode neuf mois plus tard. En homme pragmatique, Dain avait su y faire face grâce à une rente annuelle de cinquante livres, mais s'était juré qu'à l'avenir il choisirait ses partenaires uniquement parmi les prostituées avérées, celles qui avaient le bon goût de respecter les usages commerciaux sans tenter de l'escroquer avec des mioches braillards.

Denise et Marguerite se pliaient à ces règles, et il avait bien l'intention de conclure l'affaire entamée avec elles.

Une fois qu'il en aurait terminé avec Mlle Trent…

Il savait certes qu'elle l'accosterait tôt ou tard, mais n'avait néanmoins jamais imaginé qu'elle déboulerait au beau milieu de son salon. Cela dit, d'une certaine manière, les choses s'étaient déroulées selon ses plans.

En effet, depuis qu'il le fréquentait assidûment, Bertram se détruisait avec une rapidité très satisfaisante. Jessica Trent étant une femme intelligente, Dain se doutait qu'elle en devinerait la raison. Il avait alors pensé qu'elle reconnaîtrait avoir commis une grave erreur en le prenant pour un imbécile et le supplierait à genoux d'avoir pitié.

C'était là que la situation avait pris une direction imprévue.

Jessica Trent était bien venue, mais elle s'était contentée de jeter un regard désabusé à son frère puis à ses autres invités, avant de le considérer, lui, d'un air amusé. Puis, aussi tranquillement que si elle s'était trouvée à une soirée mondaine, l'insupportable créature avait pris congé.

Cela faisait six jours que Dain passait presque tout son temps en compagnie de ce maudit Bertram Trent. Six jours qu'il se comportait avec cet imbécile comme s'il s'agissait d'un intime, supportait ses braillements, sa maladresse maladive et son comportement obséquieux. Et après une semaine de ce régime, tout ce qu'il récoltait, c'était un regard moqueur de Mlle Trent.

— Allez-vous-en, ordonna-t-il aux deux filles.

Elles se levèrent promptement et filèrent à l'autre bout de la pièce.

— Écoute, Dain… commença Vawtry d'un ton apaisant.

Le coup d'œil assassin qu'il reçut en retour lui cloua le bec.

Dain posa le pistolet sur une table, traversa la pièce en deux enjambées et descendit l'escalier quatre à quatre.

Il n'avait pas atteint le rez-de-chaussée qu'il vit la sœur de Bertram qui semblait chercher quelque chose dans le hall.

— Mademoiselle Trent, appela-t-il.

Il n'eut pas besoin de crier. Sa voix de basse résonna dans le couloir comme un coup de tonnerre.

Jessica Trent sursauta, puis elle ouvrit la porte brutalement et franchit le seuil.

Il regarda le battant se refermer, abasourdi. Un instant, il songea à remonter chercher son arme afin de passer ses nerfs sur les chérubins en stuc du plafond. S'il la suivait, il risquait de la tuer. Et aucun homme digne de ce nom ne perdait son sang-froid à ce point pour une femme.

Il en était encore à se raisonner lorsqu'il dévala les dernières marches et traversa le hall au pas de course.

Le bâtiment entier vibra quand la porte d'entrée claqua dans son dos.

5

Dain faillit percuter Mlle Trent qui, pour quelque folle raison, avait fait demi-tour et remontait vers le perron.

— Confondre son insolence ! fulminait-elle en gravissant les marches. Je vais lui briser le nez. D'abord le concierge, et maintenant ma femme de chambre *et* le cocher ! Ça dépasse les bornes.

Dain s'interposa entre elle et la porte d'entrée.

— Oh non, vous ne le ferez pas ! J'ignore à quel jeu vous jouez et me moque de le savoir…

— À quel jeu *je* joue ? !

Elle recula, les mains sur les hanches, pour le toiser. Du moins, lui donna-t-elle l'impression de le toiser, car la lumière déclinante l'empêchait de distinguer ses yeux sous le bord de son immense chapeau.

En effet, bien qu'il fît encore jour, les gros nuages gris qui s'amoncelaient dans le ciel plongeaient la rue dans la pénombre. Un roulement de tonnerre retentit au loin.

— À quel jeu *je* joue ? répéta-t-elle, outrée. C'est votre gros butor de valet qui, suivant l'exemple de son maître, je suppose… Humilier ainsi des innocents ! Sans doute a-t-il trouvé très amusant d'effrayer le cocher et ma femme de chambre, et de me laisser en plan devant chez vous. Après avoir préalablement volé mon parapluie, bien sûr !

Sur ces mots, elle pivota sur les talons et s'éloigna d'un pas raide.

Apparemment, conclut Dain de cette tirade vociférante, Herbert avait réussi à intimider la domestique de Mlle Trent – ainsi que le cocher de son fiacre – au point de l'obliger à partir sans attendre sa maîtresse. Puis il avait subtilisé le parapluie de cette dernière, sachant que ses chances de trouver un autre fiacre à cette heure-là et avec ce temps étaient quasi nulles.

Dain sourit.

— Adieu, mademoiselle Trent. Bonne promenade.

— Adieu, milord, répondit-elle sans se retourner. Bonne soirée avec vos vaches laitières.

Vos vaches laitières ?

Elle essayait juste de le provoquer, comprit Dain. Cette pique était un effort pathétique pour se venger. S'en offusquer reviendrait à admettre qu'elle avait fait mouche. Mieux valait en rire, estima-t-il, et rejoindre ses… vaches laitières.

Il la rattrapa en deux enjambées furibondes.

— Cette attaque est-elle due à la pruderie ou à l'envie ? Vous sentez-vous offensée par le fait qu'elles vendent leurs charmes ou parce qu'elles sont plus généreusement dotées que vous ?

— Quand Bertram m'a dit combien vous les payiez, j'ai cru que c'était pour la qualité de leurs services, répondit-elle sans cesser de marcher. Maintenant, je comprends mon erreur. Manifestement, vous les payez au poids.

— C'est vrai, le prix peut paraître exorbitant. Mais je n'ai pas votre don pour marchander. Peut-être accepteriez-vous de vous charger des négociations à ma place la prochaine fois ? Dans ce cas, il serait préférable que je vous expose mes besoins. J'aime…

— … les grosses gourdes stupides, termina-t-elle.

— L'intelligence n'a pas grand-chose à voir dans l'histoire, répliqua-t-il en se retenant de lui arracher son chapeau pour le piétiner. Je ne loue pas leurs services pour parler métaphysique. Mais puisque vous semblez déjà avoir une idée précise de mes goûts esthétiques, il serait plus utile que je vous explique le genre de services que j'attends.

— Je sais déjà que vous aimez qu'on vous déshabille, répliqua-t-elle. Ou qu'on vous rhabille, peut-être. J'avoue n'avoir pas vraiment eu le temps de me rendre compte si j'arrivais au début ou à la fin de la performance.

— J'apprécie l'un et l'autre, articula-t-il entre ses dents. Et entre les deux, j'aime qu'elles me...

— Pour l'instant, je vous conseillerais de vous reboutonner tout seul, l'interrompit-elle. Votre pantalon commence à plisser sur vos bottes de façon fort disgracieuse.

À cette remarque, Dain prit brusquement conscience de son apparence. Les manchettes de sa chemise bâillaient autour de ses poignets et les pans claquaient au vent.

Si les mots « timidité » et « pudeur » ne faisaient pas partie de son vocabulaire, il mettait néanmoins un point d'honneur à sortir toujours tiré à quatre épingles. Surtout en habitant la ville la plus critique du monde en matière de mode vestimentaire.

Dissimulant sa gêne, il répondit d'un ton nonchalant :

— Merci, mademoiselle Trent, d'avoir attiré mon attention sur ce point.

Puis tout aussi tranquillement, et sans cesser de marcher aux côtés de la jeune femme, il déboutonna entièrement son pantalon, rentra les pans de sa chemise à l'intérieur et referma tout aussi négligemment sa braguette.

Mlle Trent émit un petit son étranglé.

Dain la considéra d'un regard perçant. Difficile d'en être certain avec ce fichu chapeau, mais il lui sembla qu'elle avait rougi.

— Vous sentez-vous sur le point de défaillir, mademoiselle Trent ? s'enquit-il. Est-ce la raison pour laquelle vous venez de dépasser la rue où vous deviez tourner ?

Elle s'arrêta net.

— Je l'ai dépassée, expliqua-t-elle d'une voix étouffée, car j'ignorais que je devais la prendre.

Il sourit.

— Vous ne connaissez pas la route pour rentrer chez votre frère ?

Elle se remit en marche en direction de la rue qu'il lui avait indiquée.

— Je me débrouillerai.

Il lui emboîta le pas.

— Vous vous apprêtiez à regagner seule l'appartement de Bertram, en pleine nuit, sans avoir la moindre idée du chemin à suivre ? Vous ne manqueriez pas un peu de jugeote ?

— Il fait sombre en effet, concéda-t-elle, mais nous sommes loin d'être en pleine nuit. En outre, je ne suis pas seule, et ce n'est pas manquer de jugeote que d'être escortée par l'homme le plus terrifiant de Paris. C'est très chevaleresque de votre part, milord. Très gentil, même. Ah, je me reconnais ! enchaîna-t-elle en débouchant dans une rue étroite. La rue de Provence est au bout, n'est-ce pas ?

— Qu'avez-vous dit ? articula-t-il d'une voix dangereusement basse.

— J'ai dit : « La rue de Pro… »

— *Gentil,* proféra-t-il en la suivant.

— Oui, c'est bien là.

Elle accéléra l'allure.

— Je reconnais le réverbère.

Si elle avait été un homme, il lui aurait écrabouillé la tête contre le réverbère en question.

Il devrait faire demi-tour et rentrer, se dit-il en s'apercevant qu'il serrait les poings. Tout de suite. Avant de perdre tout contrôle et, pour la première fois de sa vie, de lever la main sur une femme.

— Puisque, apparemment, vous ne risquez pas d'errer sans fin dans les rues de Paris ni de déclencher un soulèvement populaire, déclara-t-il sèchement, je crois que je peux en toute bonne conscience vous laisser terminer seule.

Elle se tourna vers lui en souriant.

— Je vous comprends. La rue de Provence est très fréquentée à cette heure-ci, vous pourriez croiser l'un de vos amis. Mieux vaut filer. Je vous promets de ne pas souffler un mot de votre galanterie.

Il aurait dû s'esclaffer et prendre congé. Il avait agi ainsi un millier de fois auparavant et savait que c'était là la meilleure des sorties. Il n'y avait aucun moyen de l'atteindre ou le blesser lorsqu'il riait ainsi de son interlocuteur.

Sauf qu'en cet instant, il n'avait aucune envie de rire. Pas plus que de tourner les talons.

Mlle Trent, en revanche, avait déjà pivoté pour se remettre en route.

Il s'élança derrière elle et la saisit par le bras.

— Maintenant, tenez votre langue une seconde, et *écoutez-moi*, ordonna-t-il. Je ne suis pas un de ces gandins écervelés qui vous entourent pour laisser une gamine de rien se moquer de moi sous prétexte qu'elle se croit intelligente. Je me fiche de ce que les autres pensent ou disent à mon sujet. Je ne suis ni chevaleresque ni *gentil*, mademoiselle Trent. Que le diable vous emporte, vous et votre insolence !

— Et moi, je ne suis pas une de vos vaches stupides ! riposta-t-elle. Je ne suis pas payée pour faire vos quatre volontés, et aucune loi au monde ne m'y obligera. Je dis et fais ce qui me plaît, et à cet instant, vous mettre en colère me procure un immense plaisir. Parce que c'est exactement ce que je ressens contre vous. Vous avez gâché ma soirée, et rien ne me satisferait plus que de ruiner la vôtre, espèce de méprisable brute !

Comme pour ponctuer son dernier mot, elle lui envoya un coup de pied dans la cheville.

De surprise, Dain lui lâcha le bras.

Il baissa les yeux sur la minuscule bottine et éclata de rire.

— Dieu du Ciel, vous avez vraiment cru pouvoir me faire mal avec ça ? Vous avez perdu l'esprit, Jessica ?

— Espèce de crétin ivrogne ! Comment osez-vous ? s'énerva-t-elle.

Elle arracha son chapeau et lui en donna un grand coup sur le torse.

— Je ne vous ai pas autorisé à m'appeler par mon prénom. Et je ne suis pas une gamine de rien, espèce d'âne bâté ! ajouta-t-elle en se remettant à le frapper.

Dain la considéra, médusé. Espérait-elle vraiment le blesser avec son galurin ridicule ?

Elle semblait folle de rage. En même temps qu'elle lui chatouillait la poitrine avec son chapeau, elle débitait une suite de phrases à peine compréhensibles à propos d'un portrait, de Mme Beaumont et de sa soirée qu'il avait gâchée, ce qu'il devrait regretter parce qu'à présent, elle se fichait complètement de Bertram, qui ne servait à rien ni à personne, et qu'elle allait rentrer en Angleterre, ouvrir une boutique et vendre l'icône elle-même aux enchères et en récupérer dix mille livres, et elle espérait qu'il s'étranglerait en l'apprenant.

Dain eut surtout l'impression que s'il devait s'étrangler, ce serait de rire. Il n'avait jamais assisté à rien d'aussi amusant de sa vie.

Les joues de Mlle Trent étaient empourprées, ses yeux lançaient des éclairs, et de longues mèches de cheveux soyeux s'étaient échappées de son chignon. Il les regarda danser sur son buste tandis qu'elle continuait à tempêter. Ce fut à cet instant qu'il devint distrait.

La pelisse verte, boutonnée jusqu'au col, épousait les seins de Mlle Trent. Ceux-ci, bien que beaucoup plus petits que ceux de Denise, semblaient cependant plus que pleins sur sa silhouette gracile.

Dain sentit des fourmillements dans les doigts et une brusque chaleur au creux du ventre.

Les coups de chapeau devenaient fort agaçants. Il attrapa ce dernier, l'écrasa entre ses mains, et le jeta au sol en lançant :

— Ça suffit. Vous commencez à m'ennuyer.

— Je vous ennuie ? s'écria-t-elle. Je vous *ennuie* ! Eh bien, vous allez voir ce que c'est d'être vraiment ennuyé, espèce de baudruche arrogante !

Reculant d'un pas, elle lui expédia son poing dans le plexus.

C'était un bon coup, percutant. Un homme moins solidement bâti que lui aurait chancelé.

Il lui fit à peu près autant d'effet que les gouttes de pluie qui commençaient à tomber sur son crâne.

En revanche, quand elle grimaça, il comprit qu'elle s'était fait mal, et eut envie de hurler. Instinctivement, il lui prit la main pour vérifier si elle n'avait rien de cassé, avant de la relâcher aussitôt de crainte de la broyer.

— Bon Dieu ! Pourquoi ne me laissez-vous pas en paix, espèce de peste insupportable, gronda-t-il.

Un chien errant, qui s'était arrêté pour renifler le réverbère, bondit sur le côté avec un jappement effrayé.

Mlle Trent, quant à elle, ne cilla pas. Elle se contenta de fixer d'un air buté l'endroit où elle avait frappé, comme si elle attendait quelque chose.

Quoi ? Il n'en avait aucune idée. Tout ce qu'il savait – et il ignorait comment il le savait, même si cela lui paraissait aussi inéluctable que l'orage au-dessus d'eux –, c'était qu'elle n'en avait pas fini et ne partirait pas avant d'avoir obtenu ce qu'elle voulait.

— Que diable voulez-vous ? cria-t-il. Qu'est-ce qui ne tourne pas rond chez vous ?

Elle ne répondit pas.

La pluie s'était intensifiée. Une goutte tomba sur le front de la jeune femme, roula le long de sa joue rosie et au coin de sa bouche.

— Enfer et damnation ! jura-t-il.

Puis, sans plus se préoccuper de ce qu'il risquait de broyer ou de briser, il referma ses énormes mains autour de la taille de Jessica Trent et la souleva à hauteur de son visage.

Et, sans lui laisser le temps de crier, il écrasa sa bouche sur la sienne.

Le ciel s'ouvrit, déversant un torrent sur leurs têtes.

Il sentit l'eau dégouliner dans ses cheveux, sentit les poings gantés lui frapper les épaules et le torse.

Il ne s'en troubla pas. N'était-il pas le marquis de Dain, lord Belzébuth en personne ? Il ne craignait ni la colère des cieux ni la société civilisée. Et sûrement pas l'indignation de Jessica Trent.

Gentil, lui ? Il était un débauché, un porc vulgaire et écœurant. Et si elle pensait s'en tirer avec juste un bécot répugnant de ses lèvres corrompues, elle allait déchanter. Car son baiser n'avait rien de chevaleresque, il s'agissait plutôt d'un abordage, une charge directe et hardie sous laquelle elle renversa la tête.

L'espace d'un instant terrifiant, il crut lui avoir brisé la nuque.

Mais il se rassura en la sentant continuer à s'agiter. Glissant un bras autour de sa taille, il se servit de sa main libre pour lui immobiliser la tête.

Elle cessa aussitôt de se débattre. Au même moment, ses lèvres cédèrent à son assaut d'une manière si inattendue qu'il chancela en arrière.

Elle noua les bras autour de son cou.

Madonna in cielo.

Sainte mère de Dieu, cette démente lui rendait son baiser !

Elle pressait contre les siennes ses lèvres tièdes, douces et fraîches comme une pluie de printemps. Elle sentait le savon à la camomille, la laine mouillée et la Femme.

Il crut que ses jambes allaient se dérober sous lui ; ses muscles semblaient en caoutchouc.

Incapable de tenir debout, il s'adossa au réverbère derrière lui et relâcha son étreinte. Au lieu de lui échapper, elle se laissa glisser le long de lui, continuant à presser son corps souple contre le sien jusqu'à ce que ses pieds touchent le sol. Et même là, elle n'ôta pas les mains de son cou, n'éloigna pas ses lèvres. Son baiser était aussi doux et innocemment ardent que le sien avait été impudent et avide.

Il fondit sous son ardeur virginale comme une statue de sel sous la pluie.

Depuis le jour où son père l'avait expédié à Eton, aucune femme n'avait fait quoi que ce fût pour lui sans qu'il l'eût payée pour. Ou – comme dans le cas de cette respectable demoiselle dont il avait eu le malheur de s'amouracher huit ans plus tôt – sans lui demander en échange son âme et sa fortune.

Mlle Jessica Trent s'accrochait à lui comme si sa vie en dépendait. Elle l'embrassait fiévreusement sans avoir posé la moindre condition.

À la fois dérouté et excité, il lui caressa le dos et referma ses doigts tremblants autour de sa taille. Il n'avait jamais étreint de corps aussi fin et délicat. Quelque chose se serra à l'intérieur de sa poitrine, et il eut envie de pleurer.

Sognavo di te.

J'ai rêvé de toi.

Ti desideravo nelle mia braccia dal primo momento che ti vedi.

J'ai eu envie de te serrer dans mes bras à l'instant où je t'ai vue.

Il se tenait là, sous la pluie, en proie à un sentiment d'impuissance totale, incapable d'empêcher sa bouche de désirer, ses mains de vouloir tandis que les battements affolés de son cœur semblaient lui hurler l'honteuse vérité.

Ho bisogno di te.

J'ai besoin de toi.

Comme si la monstruosité de l'outrage avait attiré l'attention de Dieu lui-même, un éclair aveuglant déchira le ciel, immédiatement suivi d'un grondement de tonnerre qui fit vibrer la chaussée.

Jessica s'arracha brusquement à lui et porta la main à la bouche.

— Jessica, dit-il en tentant de la ramener à lui. *Cara*, je...

— Non. Ô mon Dieu !

Elle repoussa ses cheveux mouillés de son visage.

— Que le diable vous emporte, Dain !
Sur ces mots, elle pivota et s'enfuit en courant.

Jessica Trent n'était pas femme à se voiler la face. Et tandis que, dégoulinante de pluie, elle gravissait les marches qui menaient à l'appartement de son frère, elle s'obligea à affronter les faits.

Premièrement, elle avait saisi le premier prétexte pour revoir Dain.

Deuxièmement, elle avait éprouvé une profonde déception, immédiatement suivie d'une affreuse bouffée de jalousie en le découvrant avec ces femmes sur les genoux.

Troisièmement, elle avait failli pleurer quand il avait paru mépriser ses appâts et l'avait traitée de « gamine de rien ».

Quatrièmement, elle l'avait incité à l'embrasser de force.

Et cinquièmement, il lui avait fallu un éclair et un coup de tonnerre pour reprendre ses esprits et se détacher de lui.

En arrivant sur le palier, elle éprouvait une sérieuse envie de se cogner la tête contre le mur.

— Idiote, idiote, idiote, marmonna-t-elle en sonnant à la porte.

Withers ouvrit. Il demeura bouche bée en la découvrant trempée de la tête aux pieds.

— Withers, j'ai échoué lamentablement, annonça-t-elle. Où est Flora ?

Le domestique fronça les sourcils d'un air inquiet.

— Elle n'est pas avec vous ?

— Non, et apparemment, elle n'est pas rentrée. Ce qui ne me surprend qu'à moitié. La pauvre ! Vu la situation, je comprendrais qu'elle ait demandé au fiacre de la conduire à Calais et qu'elle ait embarqué directement pour l'Angleterre, dit-elle en filant vers la chambre de sa grand-mère.

Elle cogna à la porte.

Genevieve ouvrit, la considéra un long moment, puis se tourna vers Withers.

— Mlle Trent a besoin d'un bain chaud. Veillez à ce que quelqu'un s'en occupe, s'il vous plaît. Vite.

Sur ce, elle la tira par le bras, la fit asseoir et lui ôta ses bottines détrempées.

— J'irai chez Mme Vraisses, décréta Jessica en se débattant avec les agrafes de sa pelisse. Dain peut me ridiculiser si ça l'amuse, mais il ne me gâchera pas ma soirée. Même si tout Paris m'a vue, je m'en moque. C'est lui qui devrait être gêné, de toute façon – courir à moitié nu dans la rue ! Et savez-vous ce qu'il a fait quand je le lui ai fait remarquer ?

— Je n'en ai pas la moindre idée, ma chérie, répondit Genevieve en lui ôtant ses bas.

Jessica lui décrivit la manière dont il avait reboutonné son pantalon.

Sa grand-mère éclata de rire.

— J'ai eu beaucoup de mal à garder mon sérieux, reconnut Jessica. Mais cela n'est rien à côté de la suite. Le plus difficile, c'est…

Elle poussa un soupir.

— Oh, Genevieve ! Il était tellement adorable. Je mourais d'envie de l'embrasser. Directement sur son beau grand nez. Et partout ailleurs. C'était horriblement frustrant. J'avais décidé de ne pas m'énerver, mais je n'ai pas pu résister. Alors, je l'ai frappé, encore et encore jusqu'à ce que ce soit lui qui m'embrasse. Et j'ai continué jusqu'à ce qu'il le fasse correctement. Et je vous assure, aussi humiliant cela soit-il, que si la foudre n'était pas tombée sur nous – ou quasiment – je serais perdue à l'heure qu'il est. Vous vous rendez compte ? Rue de Provence, contre un réverbère ! Et vous savez le pire ? demanda-t-elle, mortifiée. C'est que je regrette presque de ne pas l'être.

— Je comprends, fit Genevieve d'une voix apaisante. Crois-moi, ma chérie, je comprends.

Incapable de faire autre chose que de débiter son histoire et de contempler stupidement les meubles,

Jessica laissa sa grand-mère l'envelopper dans une robe de chambre douillette et l'installer devant la cheminée avec un cognac.

Près d'une heure après son départ précipité, le marquis de Dain rentra chez lui, trempé, un chapeau de femme écrasé à la main. Ignorant le valet de pied tremblant près de la porte, il fonça vers l'escalier et monta directement dans sa chambre. Après avoir jeté le chapeau sur une chaise, il se déshabilla et enfila des vêtements secs avant de rejoindre ses invités.

Aucun d'eux ne se risqua à lui demander ce qui s'était passé durant son absence. Dain, tout le monde le savait, ne prenait jamais la peine de justifier ses actes. Il ne rendait de compte à personne.

Il se contenta de leur annoncer qu'il avait faim et sortait dîner. Libre à eux de se joindre à lui. Tous, à l'exception de Trent, qui continuait de ronfler bruyamment, décidèrent de l'accompagner dans un restaurant près du Palais-Royal. Puis la petite troupe se rendit au *Vingt-huit* qui, découvrirent-ils, avait été fermé le jour même. Comme aucun autre établissement n'offrait des divertissements aussi variés, ils se divisèrent, et Dain décida de terminer la nuit dans un tripot, en compagnie de ses… vaches laitières et de Vawtry et sa propre vache.

À 3 heures du matin, il quitta l'endroit, seul, pour marcher sans but dans les rues.

Son errance le conduisit devant la maison de Mme Vraisses, juste au moment où les invités commençaient à partir.

Dans l'ombre d'un arbre, il les regarda sortir les uns après les autres.

Il ruminait des idées noires depuis une vingtaine de minutes quand il vit apparaître Jessica Trent au bras de d'Esmond. Le couple parlait et riait.

Elle ne portait plus de chapeau, nota-t-il, mais un chignon élaboré encore plus ridicule. Des perles et des plumes émergeaient de sa chevelure sombre, ainsi que quelques anglaises. Une coiffure totalement saugrenue, décréta-t-il.

Ce qui expliquait sûrement son envie d'arracher perles, plumes et épingles à cheveux… et de regarder le voile épais et soyeux se répandre en cascade sur ses épaules éclaboussées de lumière.

Des épaules beaucoup trop dénudées, nota-t-il avec irritation. Les manches bouffantes de sa robe bleu glacier lui couvraient les bras jusqu'au-dessus du coude, mais exposaient à la vue de tous ce qui aurait dû, au contraire, rester caché.

Tous les invités de sexe masculin avaient ainsi eu l'occasion de contempler à loisir ces rondeurs délicates, alors que lui, comme le Prince des Ténèbres pour lequel ils le prenaient tous, se dissimulait dans l'ombre.

En réalité, il ne se sentait pas très satanique pour le moment. Plutôt semblable – et cette comparaison lui fit honte – à un pauvre gamin affamé devant la vitrine d'une pâtisserie.

Il la regarda monter dans un fiacre. La portière se referma et le véhicule s'éloigna.

Il lâcha un petit rire méprisant. Il avait beaucoup ri cette nuit. Hélas, cette fausse hilarité ne suffisait pas à dissimuler la vérité : il savait, avait su dès le départ, qu'elle était une menace – comme toute femme respectable.

« Épouse ou maîtresse, c'est la même chose, répétait-il à ses amis. Laissez une femme vous embobiner, et vous devenez le propriétaire d'une maison dont les locataires se révoltent sans cesse et dans laquelle vous engloutissez toujours plus d'énergie et d'argent. Et tout ça pour quoi ? Pour obtenir d'elle – selon son humeur – ce que n'importe quelle fille de rue peut vous donner pour quelques shillings. »

Il avait envie d'elle, soit, mais ce n'était pas la première fois, loin de là, que ce genre de femme éveillait son désir. S'il les convoitait, il restait néanmoins conscient du piège vers lequel elles l'attiraient irrémédiablement. N'étaient-elles pas nées et éduquées dans cet objectif précis ?

« Dans ce cas, pourquoi restes-tu ici ? s'interrogea-t-il. Qu'est-ce qui t'a poussé à venir devant cette maison sous prétexte qu'elle se trouvait à l'intérieur ? Et quelles chaînes t'ont maintenu là, dans l'espoir de l'apercevoir ? »

Une étreinte. Un baiser.

« C'est inacceptable », décréta-t-il.

Sans doute, mais c'était ainsi, et il la détestait de l'avoir mis dans cette situation.

Il aurait dû la sortir de force de ce fiacre, arracher ces colifichets de ses cheveux, prendre ce qu'il voulait et s'en aller en riant comme le monstre sans conscience qu'il était.

Qu'est-ce qui l'arrêtait ? Avant la Révolution, d'innombrables aristocrates corrompus avaient agi de cette manière. Même aujourd'hui, qui l'en blâmerait ? Tout le monde savait ce qu'il était. Elle n'avait qu'à pas se trouver en travers de sa route, dirait-on, et aucune loi ne vengerait son honneur. Ce rôle serait dévolu à Bertram Trent, au pistolet, à vingt pas.

Avec un mauvais sourire, Dain quitta son poste d'observation et remonta la rue. Elle l'avait piégé, certes, mais d'autres en avaient fait autant auparavant. Ce n'était pas la première fois qu'il souffrait de se sentir seul et mis à l'écart. Mais, au bout du compte, il gagnait toujours. Ses tortionnaires au collège avaient fini par le respecter et l'envier, et son père avait payé au centuple chaque coup de fouet et chaque humiliation jusqu'à voir en lui son pire cauchemar et, espérait-il, son pire tourment en enfer.

Quant à Susannah, qui l'avait mené par le bout du nez pendant six mois, elle continuerait encore longtemps à en subir les conséquences.

Certes, il n'avait pas vu les choses sous cet angle à l'époque, mais un homme ne distinguait jamais clairement les choses tant qu'une femme avait les griffes plantées dans sa chair. Aujourd'hui, en revanche, tout lui paraissait limpide.

L'histoire avait commencé un jour d'été, en 1820, à un autre enterrement, presque un an après celui de son père.

Cette fois, c'était Wardell qui gisait au fond du cercueil recouvert de fleurs. Durant une bagarre d'ivrognes dans la cour d'une taverne, il était tombé sur les pavés et s'était fendu le crâne.

Après les funérailles, Susannah, l'aînée de ses cinq sœurs, avait pris Dain à part pour le remercier d'avoir effectué le trajet depuis Paris. Son pauvre frère pensait le plus grand bien de lui, avait-elle déclaré en essuyant une larme. Sur quoi, elle lui avait brièvement pressé les doigts avant d'ôter sa main en rosissant.

— Oh oui, mon bouton de rose, murmura Dain, cynique. C'était parfait.

Le stratagème avait d'ailleurs parfaitement fonctionné puisque ce simple contact avait suffi à Susannah pour arriver à ses fins. Elle l'avait attiré dans son monde, cette bonne société qu'il avait toujours fuie parce qu'il lui suffisait de regarder une jeune fille pour qu'elle pâlisse et que ses chaperons fassent une crise de nerfs. Les seules filles avec qui il dansait étaient les sœurs de ses amis, et encore s'agissait-il pour elles d'un devoir désagréable dont elles se débarrassaient le plus rapidement possible.

Mais pas Susannah. S'il lui était impossible de danser avec lui à cause de son deuil, la jeune fille pouvait néanmoins lui parler, et le manger des yeux comme s'il avait été un preux chevalier, sir Galahad en personne.

Au bout de quatre mois, il avait eu le droit de tenir sa main gantée pendant vingt secondes. Il lui en avait fallu deux de plus pour trouver le courage de l'embrasser.

Dans la roseraie de son oncle, le chevalier avait déposé un chaste baiser sur la joue de la belle damoiselle.

Instantanément, une dizaine de femelles hurlantes – mère, tantes, sœurs – avaient surgi des buissons. Peu après, il s'était retrouvé dans le bureau de l'oncle de Susannah, qui lui avait demandé d'un ton autoritaire d'exposer ses intentions. Naïf et entiché comme il l'était, il avait assuré qu'elles étaient honorables.

On avait alors placé une énorme pile de documents devant lui en lui ordonnant de signer.

Aujourd'hui encore, Dain était incapable d'expliquer où ni comment il avait trouvé la présence d'esprit de les lire. Peut-être était-ce le fait d'avoir reçu deux ordres de suite, lui qui n'en recevait de personne.

Quoi qu'il en soit, il avait reposé sa plume et parcouru les papiers.

Il avait alors découvert qu'en échange du privilège d'épouser son bouton de rose, il était autorisé à rembourser toutes les dettes de son défunt frère, ainsi que celles de son oncle, de sa tante, de sa mère et d'elle-même, maintenant et à jamais jusqu'à ce que la mort nous sépare, amen.

C'était un investissement téméraire, et il l'avait déclaré sans ambages.

On lui avait alors sévèrement rappelé qu'il avait compromis une innocente jeune fille de bonne famille.

— Eh bien, tuez-moi, avait-il répliqué.

Puis il était sorti.

Personne n'avait essayé de le tuer. Quelques semaines plus tard, de retour à Paris, il avait appris que Susannah avait épousé le comte de Linglay.

Linglay était un vieux débauché fardé de soixante-cinq ans qui en paraissait plus de quatre-vingts. Il collectionnait les tabatières obscènes et pinçait les fesses de toutes les servantes assez stupides pour rester à portée de ses mains tremblotantes. Tout le monde pensait qu'il ne survivrait pas à la nuit de noces.

Non seulement il avait survécu, mais il avait réussi à féconder sa jeune épouse, et avait continué à le faire à un rythme soutenu. Elle avait à peine accouché qu'un autre marmot était déjà en route.

Dain se délectait de la vision de Susannah dans les bras de son vieux mari lubrique et suant quand il entendit les cloches de Notre-Dame sonner au loin.

Beaucoup trop loin, se dit-il avant de constater qu'il avait dépassé sa rue depuis longtemps.

Surpris, il regarda autour de lui… et remarqua un réverbère à l'aspect familier.

Ses pensées, que la vision du purgatoire terrestre de Susannah avait égayées, s'assombrirent de nouveau.

Caresse-moi. Serre-moi. Embrasse-moi.

Il bifurqua dans une ruelle obscure où les murs aveugles ne pouvaient rien dire ni rien voir, et appuya le front contre la pierre froide. Puis il laissa le flot d'images et de mots monter parce qu'il ne pouvait l'endiguer. Il ne pouvait arrêter ce qui se débattait et souffrait au fond de lui.

J'ai besoin de toi.

Ses lèvres sur les siennes, ses mains s'agrippant à lui. Elle était douce et tiède et sentait la pluie. Comme c'était bon, incroyablement bon d'imaginer, pour un instant, qu'elle avait désiré être dans ses bras.

Il l'avait cru sur le moment, avait encore envie de le croire, et se détestait, *la* détestait pour cela.

Alors, les dents serrées, Dain se redressa et reprit sa route en se promettant que, le moment venu, elle paierait.

Comme tout le monde. Le moment venu.

6

Le lendemain de la soirée chez Mme Vraisses, Roland Vawtry, fort contrarié, versa deux cents livres à Francis Beaumont.

— Je l'ai vu de mes propres yeux, reconnut-il en secouant la tête. De la fenêtre. Pourtant, je ne le croirais toujours pas s'il n'y avait eu d'autres témoins. Il est sorti et a couru derrière elle. Dans le but de lui flanquer une frousse de tous les diables, j'imagine. À mon avis, en ce moment même, elle est en train de faire ses malles.

— Elle était à la soirée de Mme Vraisses hier soir, indiqua Beaumont en souriant. L'air parfaitement détendu et sûr d'elle, au milieu d'un groupe d'admirateurs pantelants. Quand Mlle Trent remplira ses malles, ce sera avec son trousseau. Et sur le linge sera brodée la lettre *D* comme *Dain*.

Vawtry fronça les sourcils.

— Vous vous trompez complètement. Je sais ce qui s'est passé. Dain a horreur d'être interrompu ; il déteste les visites imprévues. Et lorsqu'une chose lui déplaît, il s'en débarrasse. Si elle était un homme, il l'aurait cognée. Puisqu'elle n'en est pas un, il l'a obligée à partir.

— Trois cents, proposa Beaumont. Trois cents livres qu'elle sera marquise avant l'anniversaire du roi.

Vawtry réprima un sourire. Quoi qu'il décidât de faire de Mlle Jessica Trent, Dain ne risquait sûrement pas de l'épouser.

Ce qui ne voulait pas dire qu'il ne se marierait jamais. Mais dans ce cas, ce ne serait que pour salir davantage le nom et l'honneur des Ballisters. Son épouse serait la maîtresse, la veuve ou la fille d'un traître ou d'un assassin célèbre. En plus d'être une catin renommée, évidemment. L'idéal serait une mère maquerelle dont on aurait pendu l'amant précédent pour avoir sodomisé puis étranglé la petite Alexandrina Victoria, seule fille légitime du duc de Kent. Une marquise de Dain vierge et issue d'une famille, excentrique, certes, mais respectable, était tout bonnement impensable.

Tout comme le fait que Dain se marie dans les deux mois à venir.

Vawtry releva le pari.

Ce dernier ne fut d'ailleurs pas le seul – ni du montant le plus élevé – dans lequel les noms de Dain et de Trent figurèrent cette semaine-là.

Les prostituées qui avaient assisté à l'irruption de Mlle Trent dans le salon du marquis, et à la poursuite qui s'était ensuivie, avaient raconté l'histoire à tous leurs amis et clients, qui l'avaient eux-mêmes relatée – avec les embellissements de rigueur – à ceux qui voulaient bien l'entendre, c'est-à-dire tout Paris.

Et tout Paris, bien sûr, telle la foule romaine avant un combat, s'était empressé de miser sur l'un des deux gladiateurs.

Le problème, c'était de les réunir dans la même arène. Car si Mlle Trent évoluait dans la bonne société, le marquis, lui, hantait plutôt les salons du demi-monde. Ils s'évitaient sans même le vouloir, et ni la ruse ni la persuasion ne parvenaient à les faire se rencontrer.

Lady Wallingdon, qui après dix-huit mois d'efforts décevants pour devenir l'hôtesse la plus recherchée de sa nouvelle ville d'adoption, vit dans cette situation l'occasion rêvée d'arriver à ses fins.

Elle organisa donc une grande soirée à la date choisie par sa plus grande rivale pour un bal masqué, c'est-à-dire exactement deux semaines après qu'on eut vu le marquis de Dain pourchasser Mlle Trent dans la rue. Bien que lady Pembury et ses deux petits-enfants ne fissent pas partie du gratin de la société parisienne ni londonienne, lady Wallingdon, qui n'aurait pas pris la peine de les inviter en temps normal, les convia à la soirée.

Elle envoya également un carton au marquis de Dain.

Puis elle répandit la nouvelle. Même si la moitié de Paris le disait entiché de Mlle Trent, lady Wallingdon n'attendait pas vraiment de réponse positive du marquis. Le marquis de Dain, tout le monde le savait, ne se rendrait pas plus à une fête mondaine qu'il ne proposerait son cou au bourreau pour essayer la lame de la guillotine. Néanmoins, sa conduite inhabituelle vis-à-vis de Mlle Jessica Trent laissait espérer un autre miracle. Et cette seule perspective suffirait à convaincre la plupart des invités de se déplacer.

De fait, lady Wallingdon ne reçut aucune réponse négative. Pas même, à sa grande inquiétude, du marquis. Mais n'ayant pas reçu non plus de réponse positive, cela lui avait permis de laisser ses futurs invités dans le doute quant à sa venue sans avoir à leur mentir. Si tout se passait bien, elle réunirait la crème de Paris chez elle sans avoir à souffrir la présence de l'infâme marquis de Dain. Sinon… Afin de parer à toute éventualité, elle loua les services d'une dizaine de valets musclés en sus de sa domesticité habituelle.

Pendant ce temps, Jessica prenait la mesure de sa défaite. L'attirance charnelle qu'elle avait ressentie pour Dain lors de leur première rencontre s'était muée en une véritable obsession. Pire, elle s'accompagnait à présent de sentiments passionnés de plus en plus difficiles à dissimuler.

Ainsi avait-elle répondu avec une sécheresse exagérée à M. Beaumont lorsque celui-ci avait lancé une remarque perfide à propos du marquis à la soirée de Mme Vraisses. Le sourire entendu dont le Français l'avait gratifiée en retour disait mieux que des mots qu'il avait deviné ses états d'âme. Et elle ne doutait pas qu'il se ferait un plaisir d'en parler à Dain.

Dieu merci, Beaumont avait quitté inopinément la capitale une semaine plus tard, et elle n'avait pas croisé le marquis depuis leur baiser dévastateur sous l'orage.

Ce qui signifiait que, même s'il avait appris que Jessica Trent était folle de lui, il s'en moquait. Cela lui convenait parfaitement, estima-t-elle.

Car confronté à l'intérêt d'une femme, le marquis de Dain ne connaissait qu'une réponse : la renverser sur un lit, ou la table d'une taverne, déboutonner son pantalon, s'exécuter, et se reboutonner.

Or, entichée ou non, elle n'avait pas perdu la tête au point de prendre le risque de tomber entre ses griffes.

Elle venait de se convaincre que le mieux à faire était de quitter Paris sans tarder quand l'invitation de lady Wallingdon arriva.

Comme tout le monde, elle apprit dans la journée que Dain avait reçu la même.

Pas besoin d'être un génie pour en deviner la raison : le marquis et elle devaient représenter l'attraction principale de la soirée. Et faire l'objet, elle en était certaine, de nombreux paris.

Elle décida de ne pas se prêter au jeu.

Mais Genevieve voyait les choses différemment.

— S'il s'y rend et que tu n'y es pas, il se sentira humilié, expliqua-t-elle. Il en sera de même s'il s'y rend pour une raison qui n'a rien à voir avec toi. Je sais, c'est irrationnel et injuste, mais les hommes sont souvent ainsi, surtout lorsqu'il s'agit de questions dont ils imaginent qu'elles mettent en jeu leur amour-propre. Si tu ne veux pas qu'il se déchaîne contre toi pour avoir bafoué ses sentiments, tu ferais mieux de te rendre à cette soirée.

Bien qu'elle imaginât mal Dain capable de quelconques sentiments, Jessica choisit de faire confiance à la longue expérience de sa grand-mère. Elle accepta donc l'invitation.

Dain ne savait pas quoi faire du carton d'invitation de lady Wallingdon.

Une partie de lui-même lui conseillait de le brûler.

Une autre de pisser dessus.

Une troisième de le fourrer dans la bouche de sa respectable hôtesse pour qu'elle s'étrangle avec.

Finalement, il le jeta dans un coffre contenant déjà, parmi quelques souvenirs de voyages, un chapeau écrabouillé et un parapluie féminin. Dans six mois, se dit-il, il contemplerait ces objets en riant. Puis il les brûlerait, comme il avait brûlé quelques années plus tôt la plume tombée du chapeau de Susannah, les gants qu'il portait le jour où elle lui avait effleuré la main pour la première fois et le message l'invitant à ce dîner fatal chez son oncle.

Il savait pourquoi lady Wallingdon l'invitait. Tous les crétins bien-pensants de la capitale espéraient assister à sa chute et priaient pour sa défaite face à une vieille fille anglaise.

Ils voulaient une pièce moraliste, « Le triomphe de la Vertu » ou quelque bêtise de cet acabit.

Il pouvait les laisser attendre, les laisser retenir leur souffle jusqu'à l'asphyxie devant la scène vide. Cette vision lui plaisait : quelques centaines d'âmes se mourant d'impatience alors que Belzébuth badinait ailleurs, une coupe de champagne à la main et une fille sur chaque genou.

D'un autre côté, ce serait fort agréable de se moquer d'eux en leur offrant un spectacle inoubliable : une heure ou deux de scandale dans l'une des salles de bal les plus élégantes du faubourg Saint-Germain, suivies de l'enlèvement de Mlle Jessica Trent et de sa propre disparition dans un nuage de soufre.

Non, se reprit-il, une telle action irait à l'encontre de ses objectifs. Il devait ignorer Mlle Trent, montrer à tous – et à elle – qu'elle n'avait aucun pouvoir sur lui. Il ferait mieux de choisir une poignée de femmes au hasard, les entraîner de force dans une folle équipée, et les abandonner, terrorisées, dans un cimetière.

Mais cela impliquait beaucoup d'efforts, et la bonne société parisienne n'en méritait pas tant. Mieux valait les laisser mourir de déception.

Il ne fit qu'hésiter ainsi jusqu'au soir du bal.

Après avoir passé des heures à se tracasser pour sa coiffure, sa tenue et les accessoires qui allaient avec, Jessica arriva à la soirée dans un état d'énervement que les événements qui s'ensuivirent n'améliorèrent en rien.

Comme s'il ne lui suffisait pas de supporter les insinuations plus ou moins subtiles de son hôtesse et de ses invités, elle fut contrainte de regarder Bertram dilapider son argent aux cartes et avaler verre sur verre si bien qu'il fallut le reconduire chez lui, ivre mort, avant minuit. Genevieve, quant à elle, avait déjà entamé sa deuxième danse avec le duc d'Abonville. Et à en juger par son air extatique, il était inutile d'attendre une aide quelconque de ce côté. En effet, dès qu'elle tombait sous le charme d'un homme, Genevieve était incapable de se concentrer sur autre chose.

Jessica s'était souvent amusée du caractère exagérément romantique de sa grand-mère, mais à présent qu'elle se trouvait elle aussi en proie aux affres de la passion, elle n'avait plus du tout envie d'en rire.

Il n'y avait en effet rien de drôle à se sentir à bout de nerfs sous prétexte que minuit allait bientôt sonner et qu'une brute méprisable n'avait même pas pris la peine de faire une apparition au bal. Rien de drôle non plus à savoir que c'était mieux ainsi, et de continuer néanmoins à espérer sa venue en se détestant d'être aussi bête.

Elle avait même gardé deux danses de libres dans l'espoir honteux que Sa Majesté satanique émettrait le souhait de l'entraîner sur la piste. Et tandis qu'elle regardait Genevieve virevolter entre les bras du bel aristocrate français, Jessica sentit son cœur se serrer. Rien de tel ne lui arriverait avec Dain.

Il ne la contemplerait jamais avec ce sourire attendrissant, et lui rirait au nez si elle s'aventurait à lever vers lui le même regard énamouré que Genevieve vers d'Abonville.

Refusant de se laisser aller au désespoir, Jessica céda à la demande de ses deux soupirants les plus empressés : elle accorda l'une des danses réservées à Malcolm Goodridge, l'autre à lord Sellowby.

— Je vois qu'il ne reste pas de place pour Dain, remarqua celui-ci tandis qu'elle inscrivait son nom sur le dernier pli vierge de son éventail. Vous êtes certaine qu'il ne viendra pas ?

— Quelque chose vous fait penser le contraire ? répliqua-t-elle. Avez-vous senti une odeur de soufre ou aperçu un nuage de fumée annonçant son arrivée ?

— J'ai parié cent livres qu'il se montrerait à…

Il sortit sa montre gousset.

— … Eh bien, nous n'allons pas tarder à être fixés.

À l'instant où l'aiguille des minutes se superposait sur celle des heures, Jessica entendit une horloge sonner dans une autre pièce.

Au dixième coup, plusieurs têtes se tournèrent vers l'entrée et le brouhaha s'atténua. Au douzième, un silence de mort s'abattit sur la salle.

Le cœur battant, Jessica pivota vers l'entrée.

L'immense arcade sculptée semblait presque trop petite pour l'imposante silhouette qui s'y encadrait.

Le marquis demeura un moment immobile comme pour rendre son arrivée encore plus théâtrale. En accord avec sa réputation de Prince des Ténèbres, il était entièrement vêtu de noir.

Malgré la distance, Jessica lut la satisfaction au fond des prunelles sombres tandis qu'il parcourait la salle, un sourire hautain aux lèvres.

Sentant ses joues s'enflammer, elle s'éventa. Elle n'avait pas besoin de regarder Sellowby pour savoir qu'il l'observait. Mais qu'importait ce qu'ils pensaient, lui et tous les autres ? Dain était venu, cela seul comptait.

Il était venu et elle était là, donc, il ne pourrait pas lui en vouloir. À présent restait à comprendre à quel jeu il avait l'intention de jouer et se plier à ses règles en priant pour que celles-ci restent dans les limites de la bienséance. Alors, apaisé, il tournerait les talons en riant, et elle pourrait regagner l'Angleterre sans craindre sa vengeance. Elle reprendrait sa vie là où elle l'avait laissée, et dans peu de temps, l'aurait complètement effacé de sa mémoire. Ou alors, elle se souviendrait de lui comme d'un mauvais rêve ou d'un accès de fièvre, soulagée que cela soit terminé.

Il ne pouvait pas en être autrement, se rappela-t-elle. À moins d'accepter de gâcher sa vie entière pour un moment de folie.

Il fallut exactement neuf secondes à Dain pour repérer Jessica Trent dans la foule. Elle se trouvait au fond de la salle en compagnie de Sellowby et de quelques autres minables. Elle portait une robe bleu-argent qui chatoyait à la lumière et une multitude de colifichets tout aussi brillants dans les cheveux. Ridicule, estima-t-il, même si ces parures – du dernier cri, au même titre que les manches bouffantes et les chapeaux croulant sous les ornements – semblaient presque sobres comparés aux oiseaux de paradis surmontant la coiffe de lady Wallingdon.

Un sourire de bienvenue crispé fendait le visage bouffi de cette dernière. Dain se dirigea vers elle et la gratifia d'une profonde inclination en déclarant qu'il était enchanté, honoré et ravi au-delà de toute expression de la rencontrer.

Puis, sans lui laisser de possibilité de retraite, il la pria de la présenter à ses invités. La brusque pâleur et la lueur de consternation dans les yeux ronds de son hôtesse l'emplirent d'un malin plaisir.

Entre-temps, l'assemblée pétrifiée était revenue à la vie. Sur un signe tremblotant de la maîtresse des lieux, les musiciens se remirent à jouer et tout reprit une apparence normale.

Il régnait cependant une tension qui n'échappa pas à Dain tandis qu'il suivait lady Wallingdon de groupe en groupe. Chacun, de toute évidence, attendait qu'il commette un outrage, et quelques-uns, il en était sûr, avaient déjà parié sur la nature de celui-ci.

Dain ne demandait qu'à les obliger.

Cela faisait presque huit ans qu'il avait cessé de fréquenter leur monde, et bien que leur apparence et leurs attitudes fussent conformes à ses souvenirs, il avait oublié ce que l'on ressentait à être considéré comme un phénomène de foire. Certes, il se rappelait encore la politesse guindée qui ne parvenait pas à dissimuler la peur et la répulsion, la brusque pâleur des femmes à son approche et la sympathie feinte des hommes. Il avait, en revanche, oublié ce sentiment de solitude insupportable, cette douleur aux tréfonds de ses entrailles qui lui donnait envie de hurler et de tout casser.

Au bout d'une demi-heure, à bout de nerfs, il décida de partir. Mais pas avant d'avoir remis la cause de son malaise à sa place une fois pour toutes.

Le quadrille terminé, Malcolm Goodridge reconduisait Mlle Trent vers le cercle de ses admirateurs, en grande conversation près d'une fougère géante.

Dain libéra lady Wallingdon. Tandis qu'elle s'effondrait sur une chaise, il traversa la salle à grandes enjambées et fondit sur Jessica Trent. Les hommes s'écartèrent sur son passage tout en prenant soin de rester suffisamment proches pour ne rien manquer de la scène.

— Laissez-nous, ordonna-t-il calmement.

Ils s'exécutèrent sans broncher.

Dain regarda Mlle Trent de la tête aux pieds, lentement.

Elle lui rendit la pareille.

Ignorant la sensation troublante que son regard gris faisait naître en lui, il s'attarda sur son corsage, contemplant sans la moindre gêne ses épaules dénudées et le galbe de ses seins.

— Il y a des tiges de fer ou votre couturier a-t-il découvert un moyen de défier les lois de la gravité ?

— Le tissu est imprégné d'un produit durcissant et renforcé de baleines, comme pour un corset, répondit-elle d'un ton tranquille. C'est affreusement inconfortable, mais c'est à la pointe de la mode et je ne voulais pas risquer de vous mécontenter en arrivant mal habillée.

— Je vois, vous étiez sûre que je viendrais. Parce que vous êtes irrésistible, sans doute ?

— J'espère ne pas être suicidaire au point de désirer que vous me trouviez irrésistible, rétorqua-t-elle en s'éventant. Il se trouve simplement qu'une farce se prépare et que nous en sommes les protagonistes. J'ai l'intention de prendre les mesures nécessaires pour essayer d'y mettre fin. Votre attitude au salon de thé a fait marcher les langues… même si je dois reconnaître que je vous avais provoqué, s'empressa-t-elle d'ajouter en le voyant prêt à répliquer. Et que la rumeur se serait peut-être arrêtée si je n'avais pas déboulé chez vous.

Elle s'empourpra.

— Quant à ce qui s'est passé ensuite, personne ne semble au courant, reprit-elle. C'est donc sans importance pour notre problème actuel.

Elle avait les doigts crispés autour de son éventail, remarqua-t-il. Sa poitrine se soulevait et s'abaissait à un rythme rapide.

Il sourit.

— Sur le moment, vous n'aviez pas l'air de trouver ça sans importance. Au contraire…

— Dain, je vous ai embrassée, déclara-t-elle posément. Il n'y a aucune raison d'en faire toute une affaire. Ce n'était pas la première fois que cela vous arrivait, et ce ne sera sûrement pas la dernière.

— Dieu du Ciel, mademoiselle Trent, me menaceriez-vous de recommencer ? s'exclama-t-il, faussement horrifié.

Elle lâcha un soupir.

— Je savais qu'un comportement raisonnable de votre part était trop demander.

— Pour une femme, un homme « raisonnable » est un homme qu'elle peut manipuler. Vous avez raison, mademoiselle Trent, c'était trop demander. J'entends que les musiciens entament un nouveau morceau, une valse ou une chose de ce genre.

— En effet.

— Dans ce cas, dansons.

— Impossible. J'avais gardé deux danses pour… Peu importe. J'ai déjà un cavalier.

— En effet, moi.

Elle leva son éventail pour lui montrer le nom inscrit.

— Regardez bien. Voyez-vous écrit « Belzébuth » ?

— Je ne suis pas myope, fit-il en lui prenant l'éventail de la main. Ce n'est pas la peine de me le mettre devant le nez. Ah oui, c'est celui-là ? ajouta-t-il en désignant l'un des plis. Rouvier ?

— Oui.

Elle regarda derrière lui.

— Le voici.

Dain pivota. Un jeune Français approchait d'un pas prudent, la mine pâle. Dain s'éventa. L'homme s'arrêta. En souriant, Dain prit entre le pouce et l'index la flèche où le nom de Rouvier était inscrit. Et la cassa net.

Ce dernier s'éloigna.

Dain se retourna vers Mlle Trent et, sans cesser de sourire, brisa une à une les lames de l'éventail. Puis il jeta le tout dans le pot qui contenait la fougère.

— Ma danse, je crois, déclara-t-il en tendant la main.

C'était une scène primitive, songea Jessica. Sur l'échelle de l'évolution sociale, cela devait se situer juste au-dessus de l'époque où les hommes empoignaient les femmes par les cheveux et les traînaient dans leur caverne.

Seul Dain pouvait se permettre d'agir ainsi, tout comme il pouvait se débarrasser de ses rivaux en leur ordonnant sans la moindre gêne ni subtilité de lui laisser le champ libre.

Et il n'y avait qu'elle, entichée comme elle l'était, pour trouver cela follement romantique.

Elle prit la main qu'il lui tendait.

Tous deux portaient des gants, mais cela n'atténua en rien l'intensité foudroyante du contact. Le courant remonta le long de ses bras et se répercuta jusque dans ses jambes, soudain aussi molles que du coton. Dain, s'aperçut-elle en levant la tête, avait écarquillé les yeux et son sourire s'était évanoui. Était-il possible qu'il eût ressenti le même choc ?

En tout cas, cela ne l'empêcha pas de l'enlacer avec hardiesse pour l'entraîner sur la piste.

Retenant un hoquet de surprise, elle posa la main sur son épaule.

Alors, le monde se mit à tournoyer, loin, très loin d'eux, tandis qu'il l'entraînait dans une valse comme elle n'en avait jamais dansé auparavant.

Cela ne ressemblait en rien à la manière de valser en vigueur en Angleterre. Les pas étaient rapides, les mouvements du corps fluides et ouvertement sensuels, le tout procurant une ivresse sans commune mesure avec tout ce qu'elle avait connu. Sans doute, Dain dansait-il ainsi avec les filles qu'il fréquentait.

Et bien sûr, il n'avait aucune intention de modifier ses habitudes sous prétexte qu'il se trouvait dans la bonne société. Il dansait comme il lui plaisait, et aussi insensé cela fût-il, elle se réjouissait d'être sa cavalière.

Il se déplaçait avec une grâce naturelle ; ses bras étaient puissants, ses pas assurés. Elle n'avait qu'à le suivre, à se laisser griser par la sensation de son corps tout proche. Des effluves envoûtants de tabac mêlé d'eau de Cologne lui chatouillaient les narines tandis qu'elle tournait encore et encore, consciente du torse puissant de Dain à quelques millimètres du sien, de la chaleur de sa paume pressée sur sa taille, de ses jambes musclées frôlant les siennes…

Elle plongea les yeux dans les siens.

— Vous ne résistez pas beaucoup, fit-il remarquer.

— À quoi cela servirait-il ? répondit-elle en réprimant un soupir.

— Vous ne voulez même pas essayer ?

— Non. Et c'est bien là le pire.

Il la dévisagea un long moment, puis un sourire moqueur se dessina sur ses lèvres.

— Je vois. Vous me trouvez irrésistible.

— Ça me passera. Je repars demain pour l'Angleterre.

Il ne répondit pas, mais resserra son étreinte.

La valse touchait à sa fin. Dans quelques secondes, il s'éloignerait en riant, et elle retomberait enfin sur terre. Alors elle pourrait reprendre le cours d'une existence dans laquelle le marquis de Dain ne pouvait, ne devait avoir aucune part.

— Je regrette d'avoir terni votre réputation, reprit-elle. Mais vous m'y avez aidée. Vous auriez pu m'ignorer, rien ne vous obligeait à venir ici ce soir. Malgré tout, vous avez encore la possibilité de prouver à tous qu'ils se sont trompés et que je ne représente rien pour vous en quittant la scène sur un grand éclat de rire.

Il la fit tournoyer une dernière fois et la garda enlacée un instant de plus qu'il n'aurait dû après la fin du morceau. Finalement, il lui lâcha la taille, mais conserva la main serrée autour de la sienne pour demander :

— Que se passerait-il, Jessica, s'ils avaient raison ?

Surprise par la tension dans sa voix, elle leva de nouveau les yeux vers les siens. Et le regretta aussitôt. Il y avait un tel trouble au fond de ses prunelles sombres. Était-ce le reflet de son propre état ? se demanda-t-elle, incapable d'imaginer Dain bouleversé.

— Qu'importe puisque c'est impossible, dit-elle. Vous êtes venu dans l'unique but de vous gausser d'eux, et surtout de moi. Vous êtes entré et les avez forcés à vous faire des courbettes, que cela leur plaise ou non. De la même manière, vous m'avez obligée à danser avec vous

— Cela a eu l'air de vous plaire.

— Ce qui ne signifie pas que *vous* me plaisez. À présent, vous feriez mieux de lâcher ma main avant que les gens commencent à croire que *je* vous plais.

— Je me fiche de ce qu'ils croient. *Andiamo*.

Resserrant les doigts autour des siens, il l'entraîna vers la sortie. Comprenant qu'il la tirerait derrière lui plutôt que d'accepter de la lâcher, Jessica le suivit en jetant un regard affolé autour d'elle, prête à appeler au secours. À cet instant, un grand fracas retentit dans la salle de jeu. Un cri fusa, puis d'autres, suivis par des bruits de coups. L'instant d'après, tout le monde se précipitait vers la pièce d'où provenait le tumulte.

Tout le monde sauf Dain, qui continua à marcher vers la sortie comme si de rien n'était.

— On dirait qu'ils se battent, fit-elle remarquer en tentant de se libérer. Vous allez rater le meilleur, Dain.

En guise de réponse, il éclata de rire et lui fit franchir le seuil.

7

Dain connaissait la maison. Elle avait été la scène de nombreuses orgies à l'époque où elle appartenait à l'ancien marquis d'Avory. Elle n'était d'ailleurs pas loin de devenir l'une des résidences les plus célèbres de Paris quand le marquis avait été emporté inopinément dans l'au-delà, deux ans auparavant. Depuis, les lieux avaient subi d'importantes transformations. Malgré tout, Dain n'eut aucune difficulté à reconnaître le petit salon d'hiver dont les portes à double battant ouvraient sur le jardin.

Ce fut là qu'il entraîna Jessica.

Pour négocier.

Car comme il aurait dû s'y attendre avec Jessica Trent, les choses ne se déroulaient pas comme il l'avait escompté.

Dans les cinq minutes suivant son arrivée, il lui avait fallu se rendre à l'évidence : le double honneur des Ballisters et des Usignuolos l'empêchait de mettre ses plans à exécution.

Quels que fussent ses sentiments, il ne se comporterait pas comme une bête.

Pas devant elle, en tout cas.

Il s'était souvenu du regard de mépris qu'elle avait jeté sur son frère deux semaines plus tôt. Quant à lui, elle l'avait toisé avec un amusement empreint d'un tel dédain qu'il avait fini par se comporter comme un parfait idiot.

Malgré ses efforts, il n'avait rien oublié de cette dernière rencontre. L'humiliation, la colère, la frustration, la passion, et surtout cette incroyable minute de bonheur étaient gravées au fer rouge dans sa mémoire.

Ce soir encore, il avait éprouvé toutes sortes d'émotions désagréables, qui avaient été instantanément balayées à l'instant où il avait dansé avec elle.

Elle était mince, souple et légère entre ses bras. L'odeur de savon à la camomille mêlée à celle de sa peau lui tournait la tête, et quand sa robe s'était enroulée autour de ses jambes, l'image de son corps nu entre des draps s'était imposée à lui… ses longs cheveux de soie noirs déployés sur l'oreiller, elle s'offrait à ses caresses, à sa bouche…

Des fantasmes ridicules, s'était-il dit. Aucune femme du milieu de Mlle Trent ne s'allongerait jamais dans son lit de son plein gré.

Et pourtant, elle avait semblé aimé valser avec lui. Le regard brillant d'excitation, elle n'avait même pas eu de mouvement de recul quand il l'avait serrée plus fort. Ce qui était un leurre, bien sûr, une ruse féminine pour arriver à ses fins.

Cependant, il existait plusieurs moyens de transformer un mensonge en demi-vérité, et il en connaissait au moins un : Mlle Trent, comme toutes les créatures humaines depuis la Création, avait un prix.

Il suffisait donc qu'il le trouve, et décide s'il était prêt à le payer.

Il la conduisit dans un coin reculé du jardin, loin de la lumière. Les fausses statues romaines de l'ancien marquis d'Avory s'élevaient encore au milieu des fourrés, aussi hideuses que gigantesques.

Dain souleva Mlle Trent par la taille pour l'asseoir sur un sarcophage de pierre.

— Si je ne rentre pas rapidement, observa-t-elle d'une voix crispée, ma réputation sera en lambeaux. Ce dont vous vous moquez, j'en suis certaine. Pourtant, je vous préviens, Dain, je ne subirai pas docilement…

— Ma réputation est déjà en lambeaux, coupa-t-il. Et *vous* vous en moquez.

— Pas du tout ! se récria-t-elle. J'ai essayé de vous le dire : je compatis, et je suis prête à vous aider à arranger les choses. Dans les limites du raisonnable, évidemment. Mais vous ne m'avez pas écoutée. Sans doute parce que, à l'instar de tous les hommes, vous êtes incapable de penser à deux choses à la fois.

— Tandis que les femmes n'ont aucun mal à manier trente-six notions contradictoires en même temps. Ce qui explique pourquoi elles ne parviennent jamais à adhérer à un seul principe.

Il lui prit la main et commença à lui ôter son gant.

— Vous feriez mieux d'arrêter tout de suite, l'avertit-elle. Vous allez aggraver la situation.

— Je vois mal comment cela pourrait être pire, murmura-t-il en faisant glisser le gant le long de ses doigts délicats.

Soudain, tous ses projets de négociation s'étaient évanouis.

— Je suis déjà ensorcelé par une *dame* vaniteuse et contrariante à la langue acérée.

Elle releva brusquement la tête, les yeux écarquillés de surprise.

— Ensorcelé ? Voilà qui me surprendrait. Irrité, en rage, me semblerait plus juste.

Il s'attaqua avec une efficacité remarquable à l'autre gant.

— Je dois être ensorcelé, insista-t-il. Autrement, il ne me viendrait pas à l'idée de croire que vous êtes la plus jolie fille que j'aie jamais rencontrée. Votre coiffure mise à part, ajouta-t-il en jetant un coup d'œil dégoûté aux anglaises, plumes et perles. C'est affreux.

— Vos effusions romantiques me laissent sans voix, railla-t-elle.

En réponse, il pressa la bouche sur son poignet.

— *Sono il tuo schiavo.*

Il sentit le pouls de Jessica s'accélérer sous ses lèvres.

— Cela veut dire : « Je suis ton esclave », traduisit-il tandis qu'elle ôtait vivement sa main. *Carissima*. Chérie.

Elle déglutit.

— Je crois que vous devriez vous en tenir à l'anglais.

— Mais l'italien est si vibrant. *Ti ho voluto dal primo momento che ti vedi*.

Je t'ai désirée au premier regard.

— *Mi tormenti ancora*.

Depuis, tu me tourmentes.

Il continua à lui confier ses pensées et ses sentiments dans cette langue qu'elle ne comprenait pas. Il vit son regard s'adoucir, entendit son souffle se précipiter, et retira ses propres gants.

— Oh, non, murmura-t-elle.

Sans cesser de parler ce langage qui semblait l'hypnotiser, il se rapprocha.

— Vous ne devriez pas utiliser ces ruses masculines, protesta-t-elle avec peine. Qu'ai-je fait d'aussi impardonnable ? ajouta-t-elle en lui effleurant la manche.

— Tu m'as fait te désirer, répondit-il dans sa langue maternelle. Par ta faute, je me suis senti seul, abandonné. Tu m'as fait me languir de ce que je m'étais juré de ne jamais rechercher.

Si elle perçut la colère et la frustration sous le désir contenu dans ses paroles, elle ne chercha cependant pas à fuir. Et lorsqu'il referma les bras autour d'elle, elle se contenta de retenir son souffle, puis lâcha un petit soupir, qu'il cueillit sur ses lèvres.

Dès qu'elle perçut le trouble dans la voix de Dain, Jessica comprit que les choses s'annonçaient mal. Plus de cent fois, elle s'ordonna de fuir, certaine que Dain ne s'y opposerait pas. Il était beaucoup trop fier pour la retenir de force ou lui courir après, elle le savait.

Et pourtant, elle ne bougea pas.

Elle en était tout simplement incapable.

Elle ignorait ce qu'il voulait, et l'aurait su qu'elle doutait de pouvoir le lui donner. Néanmoins, elle sentait qu'il en avait désespérément besoin, et cette sensation était si aiguë qu'elle l'empêchait, contre toute raison, de l'abandonner.

Alors, elle s'abandonna elle-même, comme elle avait été tentée de le faire lors de leur première rencontre, ou le jour où il lui avait ôté son gant dans le salon de thé, ou encore, de manière quasiment irrépressible, le soir de leur baiser sous l'orage.

Il était grand, fort et beau ; il sentait un mélange envoûtant de tabac, d'alcool, d'eau de Cologne et d'Homme. Soudain, elle se rendait compte qu'elle n'avait jamais rien désiré aussi ardemment que ses bras autour de son corps et sa bouche corrompue sur la sienne.

Sans volonté, elle répondait fougueusement à son baiser, glissait les mains sur son gilet, enfiévrée par la tiédeur de son torse, les battements de son cœur sous sa paume aussi puissants et rapides que les siens.

Il frissonna à ce contact, et se pressa entre ses cuisses, l'attirant contre lui tandis qu'il déposait sur sa gorge des baisers brûlants... Elle percevait sa virilité qui pulsait contre son ventre, y faisant naître une onde de chaleur aussi brûlante qu'une coulée de lave. « Tout va beaucoup trop vite », murmura une petite voix dans sa tête. Elle devait arrêter avant que les choses s'emballent, battre en retraite alors qu'il en était encore temps.

Mais il était déjà trop tard.

Elle était comme une poupée de cire entre ses doigts, fondait sous les baisers qu'il déposait à la naissance de ses seins.

Elle avait pris pour du désir cette faim indomptable qui la tenait éveillée la nuit, et s'apercevait tout à coup que le désir, c'était beaucoup plus que cela. C'était un tourbillon dévorant, une force sombre, irrésistible qui l'entraînait dans des profondeurs au-delà desquelles n'existaient plus ni raison, ni volonté, ni honte.

Quand il tira fiévreusement sur les lacets de son corsage pour les dénouer, elle ne ressentit rien d'autre que sa propre impatience, son envie de lui offrir ce qu'il convoitait. Un long frisson la parcourut lorsqu'il posa les doigts sur sa peau nue.

— *Baciami*, murmura-t-il d'une voix rauque. Embrasse-moi, Jessica. Encore. Comme si tu en avais envie.

Si elle en avait envie ? Son corps entier était tendu vers ce baiser, un baiser audacieux, sans la moindre trace de honte. Les doigts enfouis dans ses boucles brunes, elle mêla sa langue à la sienne, s'abandonna à ses caresses, écrasa son sein contre sa grande main chaude.

C'était cela qu'elle attendait depuis qu'elle l'avait rencontré, comprenait-elle à présent. Cet homme avait beau être un monstre, elle avait besoin de lui. Besoin de ce qu'il y avait de pire comme de meilleur en lui : de ce corps massif vibrant de puissance, d'insolence, de grâce animale… de ce regard noir et hardi, froid comme la glace un instant et ardent comme la braise le suivant… de sa voix grave et moqueuse, glaciale ou tendre, méprisante ou emplie de désir.

Elle le désirait depuis le début sans même savoir ce qu'était le désir. Et maintenant qu'il le lui avait appris, elle en voulait davantage.

S'arrachant à sa bouche, elle déposa une traînée de petits baisers sur son beau nez fier et arrogant, son sourcil, la ligne de sa mâchoire…

— Oh, Jessica, lâcha-t-il dans un gémissement. *Si. Ancora, Bacciami. Abbraciami.*

Elle n'entendait rien d'autre que la passion dans sa voix, que le froissement de ses jupons quand il glissa la main dessous, embrasant la chair de sa cuisse sous la douceur de ses caresses.

Et soudain, tout s'arrêta. Elle le sentit se raidir, puis il la repoussa brutalement. Surprise, elle ouvrit les yeux. Dain la fixait d'un regard dur.

Alors seulement, elle perçut le frou-frou de robes effleurant les buissons, des voix étouffées.

— Il semblerait que nous ayons un public, mademoiselle Trent, déclara-t-il d'un ton méprisant.

L'air froid et détaché, il remonta son corsage sur ses seins et rabattit sa jupe. Il n'y avait aucune trace de galanterie ni d'attention dans son geste. Il donnait plutôt l'impression d'avoir contemplé ce qu'elle avait à offrir et décidé qu'il n'était pas intéressé. Comme si elle était un objet de pacotille ne méritant même pas un second coup d'œil sur le comptoir de Champtois.

Ce qui était exactement ce qu'il voulait faire croire à leurs observateurs, comprit-elle alors avec effroi. Il allait la jeter en pâture aux lions. Telle serait sa revanche.

— Vous savez que nous sommes autant l'un que l'autre à blâmer, chuchota-t-elle. Vous m'avez aidée à me retrouver dans cette situation, Dain. La moindre des choses serait de m'aider à en sortir.

— Ah oui, répondit-il assez fort pour être entendu à la ronde. Je dois annoncer nos fiançailles, c'est ça ? Mais expliquez-moi, mademoiselle Trent, pour quelle raison j'achèterais au prix d'une alliance ce que je peux obtenir gratis ?

Des hoquets de surprise s'élevèrent derrière lui. Quelqu'un ricana.

— Je serai déshonorée, lui rappela-t-elle, la gorge nouée. Une telle attitude est indigne de vous... et impardonnable.

— Eh bien, tuez-moi, rétorqua-t-il en s'esclaffant.

Sur quoi, il adressa un regard moqueur aux silhouettes dans les buissons et s'éloigna.

Dain traversa le jardin, arracha le petit portail de ses gonds pour sortir, et fonça droit devant lui, aveuglé par la rage et l'humiliation.

Il lui fallut plus d'une heure pour s'apaiser, et ce n'est qu'au niveau du Palais-Royal qu'il parvint à retrouver un semblant de sang-froid.

Jessica Trent était comme les autres. Meilleure actrice même que Susannah, et plus habile encore dans la construction de son piège. Et lui, en dépit de ses années d'expérience, était tombé dedans tête la première. Pire, cette fois, il ne s'était pas contenté de lui voler un baiser en présence de toute sa famille, mais s'était ridiculisé devant l'élite de l'aristocratie parisienne. À l'heure qu'il était, tout le monde devait déjà savoir que le marquis de Dain avait été vu pantelant de désir devant Mlle Trent.

Même adolescent, il ne s'était jamais comporté aussi bêtement.

Oh, Jessica.

Il sentit sa gorge se nouer. Il s'arrêta, déglutit pour ravaler sa douleur et, lèvres serrées, se remit en route.

Au Palais-Royal il ramassa trois filles de joie bien en chair et quelques camarades de ripailles, et chercha l'oubli dans la débauche. Les putains, le jeu et le champagne, c'était là son monde, se répéta-t-il. Celui auquel il appartenait et où il était heureux.

Alors, il joua, se saoula, raconta des histoires salaces et, malgré la répulsion que lui inspirait l'odeur familière de parfum, de poudre et de fards, il prit les catins sur ses genoux et étouffa sa souffrance sous les rires.

Le rire de Dain résonnait encore dans le jardin quand Jessica réussit à s'extraire du gouffre d'humiliation dans lequel il l'avait jetée. Elle n'avait d'autre choix que de redresser la tête et d'affronter le moment à venir, ainsi que tous ceux qui suivraient. Alors, le menton haut, elle toisa ceux qui les avaient surpris, les défiant d'émettre le moindre commentaire. Un par un, ils se détournèrent et s'éloignèrent en silence.

Un seul s'avança vers elle. Tandis qu'elle maintenait le devant de son corsage plaqué sur sa poitrine pour descendre du sarcophage, Vawtry ôta son manteau et le lui drapa sur les épaules.

— J'ai essayé, annonça-t-il, l'air peiné. Je leur ai dit que Dain était seul et que vous cherchiez votre grand-mère. Malheureusement, un domestique vous avait vus entrer ensemble dans le jardin d'hiver… Je suis désolé.

— J'aimerais sortir discrètement. Auriez-vous l'amabilité d'aller prévenir lady Pembury ?

— Vous êtes certaine de pouvoir rester seule ?

— Je ne vais pas m'évanouir, rassurez-vous.

Vawtry lui lança un regard inquiet, puis s'éloigna.

Dès qu'il fut parti, Jessica retira le manteau et relaça son corsage de son mieux tout en s'efforçant d'examiner la situation le plus objectivement possible.

Que Dain l'eût juste caressée et non violée ne changeait pas grand-chose à l'affaire, elle en était consciente. Ce qui importait, c'était qu'il s'agît de lui. Ce simple fait suffirait à lui fermer à jamais les portes de la bonne société.

Dans moins de vingt-quatre heures, l'histoire aurait fait le tour de Paris, dans une semaine, elle atteindrait Londres, et dès lors, son avenir serait tout tracé.

Aucun noble n'accepterait de salir le nom de ses ancêtres en épousant une femme dont le marquis de Dain n'avait pas voulu. Après cela, elle n'aurait plus aucune chance d'attirer dans sa boutique ces clients fortunés et honorables dont elle avait besoin pour que son commerce prospère. Quand elles la croiseraient, les femmes respectables rassembleraient leurs jupons pour ne pas risquer de frôler les siens ou changeraient de trottoir. Quant aux hommes, ils cesseraient de se conduire en gentleman et la traiteraient comme une fille des rues.

En résumé, Dain avait détruit sa vie en quelques mots. Intentionnellement.

Il lui aurait suffi de balayer le petit groupe d'un de ses regards assassins en déclarant qu'il ne s'était rien passé, et l'affaire aurait été close. Tout le monde, y compris ses soi-disant amis, le craignait trop pour prendre le risque d'encourir ses foudres. Il pouvait leur faire dire et croire ce qu'il voulait.

Mais tout ce qu'il désirait, c'était se venger d'elle. Il l'avait entraînée dans le jardin dans cet unique but. Il avait probablement adressé un signe à un complice afin d'être sûr qu'on les surprît au moment le plus humiliant : alors qu'il l'embrasserait à pleine bouche, la main glissée sous sa jupe.

Ses joues s'empourprèrent à ce souvenir, mais elle se refusa à éprouver de la honte. Sa conduite était peut-être indécente du point de vue de la société – et totalement irraisonnable du sien –, mais ce n'était pas un péché. Après tout, elle était une jeune femme en pleine santé qui avait simplement succombé à des besoins auxquels cédaient des milliers d'autres femmes – et cela en toute impunité, à condition d'être mariées ou veuves et discrètes.

Certes, son statut de célibataire aurait dû dissuader Dain de l'approcher, néanmoins, elle ne pouvait le blâmer d'avoir pris ce qu'elle lui offrait de si bon cœur.

En revanche, qu'il eût refusé de la protéger une fois découverts était impardonnable. Il n'avait rien à perdre, et savait fort bien qu'elle, au contraire, risquait sa réputation et son avenir. L'aider ne lui aurait pas coûté grand-chose, à peine un effort. Au lieu de quoi, il l'avait insultée et abandonnée à son sort.

Cela, c'était un péché. Une faute ineffaçable.

Celle pour laquelle il paierait.

À 4 h 30 du matin, Dain avait réuni sa cour chez *Antoine*, un restaurant du Palais-Royal. Une poignée d'invités de lady Wallingdon – Sellowby, Goodridge, Vawtry et d'Esmond – avait rejoint le cercle de ses compagnons. Tout le monde prenait soin d'éviter le sujet de Jessica Trent, préférant évoquer l'altercation dans la salle de jeu entre un officier prussien et un Français républicain. Tous se plaisaient à évoquer avec force détails la bagarre qui s'était ensuivie et à argumenter en faveur de l'un ou de l'autre.

Dain, qui n'y avait pas assisté, n'avait aucune opinion sur la question. Les filles affalées sur ses genoux, en revanche, ne se privaient pas pour exprimer la leur, qui attestait d'un manque d'analyse et de culture politique si abyssal qu'auprès d'elles Bertram Trent faisait figure de génie.

Aïe ! songea Dain en réprimant un soupir. Il n'aurait pas dû penser à Bertram. À peine le nom de Trent lui était-il venu à l'esprit que l'image de Jessica s'était imposée à lui : Jessica sous sa coiffure impossible… le regardant lui déboutonner son gant… le frappant de son chapeau et de ses petits poings… l'embrassant sous l'orage… valsant entre ses bras, le visage rayonnant. Et après, dans le jardin… quand elle avait déposé des baisers sur son nez en lui donnant presque l'impression qu'il était beau.

Des mensonges, se rappela-t-il. Tout cela n'était qu'une suite de mensonges et de ruses pour le piéger. Maintenant qu'il avait ruiné son frère, elle n'avait plus rien, et à l'exemple de Susannah dont le frère avait dilapidé au jeu le patrimoine familial, elle avait tenté de remédier à sa situation désespérée en ferrant un mari riche et titré.

Comme cette pensée lui traversait l'esprit, Dain ne put s'empêcher de considérer les hommes qui l'entouraient. Plus beaux que lui, ils avaient en outre meilleure réputation et offraient pour beaucoup de belles perspectives d'avenir.

Il examina d'Esmond à sa droite. Non seulement, le comte avait un physique à faire se pâmer toutes les femmes, mais, à en croire la rumeur, le montant de sa fortune dépassait celui de la sienne.

Alors pourquoi Jessica Trent n'avait-elle pas jeté son dévolu sur lui ? Si elle avait besoin d'un riche époux, pourquoi une femme aussi futée avait-elle préféré Belzébuth à l'ange Gabriel ? L'enfer au paradis ?

D'Esmond surprit son regard.

— *Amore è cieco*, murmura-t-il avec un accent florentin parfait.

L'amour est aveugle.

Dain se souvint du « mauvais pressentiment » dont le comte lui avait fait part quelques semaines plus tôt au *Vingt-huit*. Juste après, il découvrait Beaumont dissimulé dans le placard. D'Esmond avait-il le pouvoir de lire dans ses pensées comme il avait eu celui de déceler les indices concernant la véritable nature du défunt palais du vice ?

Dain s'apprêtait à le rembarrer, quand il le vit soudain se raidir et tourner légèrement la tête vers la porte.

Dain l'imita, et se figea.

Jessica portait une robe rouge sombre boutonnée jusqu'au menton. Sous le châle noir qui dissimulait ses cheveux, ses yeux étincelaient dans son visage blême. Le menton haut, elle se dirigea vers la table, et s'immobilisa à quelques pas.

Il sentit son cœur s'emballer. Il ouvrit la bouche pour parler, mais aucun son n'en sortit.

Jessica jeta un rapide coup d'œil à ses compagnons.

— Laissez-nous, ordonna-t-elle d'une voix sourde.

Les catins ne se le firent pas répéter. Sautant à terre, elles filèrent vers la sortie en renversant un verre dans leur hâte. Les hommes se contentèrent de reculer sans un mot, à l'exception d'Esmond qui la salua d'un signe de tête.

— Mademoiselle... commença-t-il d'un ton lénifiant.

Écartant le châle qui retombait sur ses épaules, elle leva le bras droit. Elle avait un revolver à la main.

— Laissez-nous, répéta-t-elle en le pointant sur le marquis.

Tandis qu'il contemplait le canon, incrédule, Dain entendit d'Esmond se lever.

— Mademoiselle...

— Faites vos prières, Dain, lança-t-elle.

— Jessica, murmura-t-il en croisant son regard.

Elle appuya sur la détente.

8

L'impact expédia Dain contre le dossier de sa chaise, qui bascula en arrière avec lui.

Jessica abaissa le pistolet, expira profondément, puis tourna les talons.

Il fallut un moment aux témoins pour reprendre leurs esprits et comprendre la scène à laquelle ils venaient d'assister. Un moment dont Jessica profita pour quitter les lieux et grimper dans un fiacre.

Un peu plus tard, elle se faisait déposer devant le poste de police le plus proche pour se constituer prisonnière.

Bien qu'elle lui eût remis son arme, l'agent qui la reçut ne crut pas un mot de son histoire. Il lui offrit un verre d'alcool pour se remettre, et envoya deux gendarmes chez *Antoine*. Les deux hommes revinrent environ une heure plus tard, accompagnés du comte d'Esmond.

Ce dernier annonça qu'il était venu la libérer. Tout cela était une méprise, un accident, assura-t-il. La blessure de Dain était superficielle. Une simple éraflure. Le marquis n'avait pas l'intention de porter plainte contre elle.

Une décision qui n'étonna pas Jessica. Après tout, on était à Paris, la seule ville d'Europe où le marquis était à peu près certain de perdre contre elle devant un jury.

— Dans ce cas, je déposerai plainte contre moi-même, répliqua-t-elle. Et vous pouvez prévenir votre ami que…

— Mademoiselle, je serai honoré de transmettre un message de votre part, répondit posément d'Esmond, mais nous serons plus à l'aise pour parler dans ma voiture, il me semble.

— N'y comptez pas. Je veux être incarcérée pour ma propre protection. Ainsi, il ne pourra pas me tuer pour m'obliger à me taire. Car, monsieur, il n'existe aucun autre moyen de m'empêcher de dire ce que j'ai à dire.

Jessica se tourna vers l'agent de police.

— Je suis prête à rédiger des aveux circonstanciés et complets. Je n'ai rien à cacher. Je serai ravie de discuter avec les journalistes qui ne manqueront pas d'affluer ici d'ici une demi-heure.

— Mademoiselle, je suis certain que les choses peuvent s'arranger d'une manière satisfaisante pour vous, insista d'Esmond. Je vous conseille d'attendre d'avoir retrouvé votre sang-froid avant de parler à qui que ce soit.

— Monsieur a raison, approuva le policier. Vous êtes dans tous vos états, ce qui se comprend. Une affaire de cœur.

— Plus, répondit-elle en soutenant le regard bleu d'Esmond. Un crime passionnel.

— De toute évidence, mademoiselle, acquiesça celui-ci. Et c'est la raison pour laquelle les journalistes ne seront pas les seuls à débouler si la police ne vous relâche pas sur-le-champ. Tout Paris se lèvera pour vous soutenir, il y aura une émeute. Vous ne voudriez pas que des innocents soient blessés ou tués par votre faute ?

Comme pour appuyer ses propos, une clameur s'éleva dans la rue. Le premier arrivage de reporters, devina Jessica. Elle demeura un instant silencieuse, laissant la tension dans la pièce grimper d'un cran.

Puis elle haussa les épaules.

— Très bien. Je vais rentrer chez moi. Pour le bien des innocents.

Quelques heures plus tard, Dain, allongé sur le sofa de sa bibliothèque, discutait avec d'Esmond.

La blessure était superficielle, il n'avait aucun doute à ce sujet. C'était à peine s'il l'avait sentie. Certes, elle avait beaucoup saigné, mais étant habitué à la vue du sang, y compris le sien, il n'aurait pas dû s'évanouir.

C'était pourtant arrivé, à plusieurs reprises, et sa température ne cessait d'augmenter. D'après le médecin, il avait eu de la chance : aucun os n'avait été touché et les dégâts musculaires et nerveux étaient négligeables. Il n'y avait donc aucun risque d'infection.

Dans ce cas, pourquoi se sentait-il de plus en plus fiévreux ? Il avait tellement chaud que sa tête semblait sur le point d'exploser.

Au milieu de ce feu infernal, il perçut la voix apaisante de d'Esmond.

— Elle sait, naturellement, qu'aucun jury en France ne la jugera coupable. Il est plus facile dans ce pays de faire passer un chameau dans le chas d'une aiguille que de condamner une jolie femme pour crime passionnel.

— Bien sûr qu'elle le sait, acquiesça Dain entre ses dents. De même que je sais qu'elle n'a pas agi sur un coup de tête. Vous avez vu sa main ? Elle ne tremblait pas. Elle était en pleine possession de ses moyens et savait exactement ce qu'elle faisait.

— En effet. Et vous tirer dessus n'était que le début. Je dois vous avertir qu'elle a l'intention de rendre cette histoire publique. Que ce soit au tribunal ou dans les journaux, elle compte en exposer chaque détail, décrire chacun de vos gestes et répéter chaque mot que vous avez prononcé.

— En d'autres termes, elle va exagérer et déformer mes paroles intentionnellement, résuma Dain, fulminant.

Sa colère était d'autant plus grande qu'au fond de lui, il se rendait compte que Jessica n'aurait même pas à mentir. La vérité suffirait à le transformer de lord Belzébuth en amoureux transi. Ses amis hurleraient de rire en entendant ses déclarations énamourées.

Car Jessica Trent connaissait suffisamment le latin, il en était certain, pour retrouver les termes italiens. Alors, tous ses secrets, ses rêves, ses fantasmes honteux se retrouveraient traduits en français, en anglais, et bientôt, dans toutes les langues du monde. Sa caricature surmontée d'une bulle contenant les mots mièvres et fatals serait à la une de toutes les feuilles de chou. On jouerait au théâtre des farces inspirées de sa mésaventure.

Et tout cela n'était qu'un début, à n'en pas douter.

Il suffisait de se rappeler la manière dont la presse avait cloué Byron au pilori douze ans plus tôt. Or, le poète était un modèle de vertu comparé à lui. Surtout, il n'était pas une sorte de monstre scandaleusement riche que personne n'osait contrarier.

Plus on était haut, plus la chute était douloureuse. Et plus les gens aimaient vous voir tomber.

Dain savait parfaitement comment le monde tournait. Il n'avait aucun mal à deviner les conséquences de cette histoire. Jessica Trent non plus, de toute évidence. C'était pour cela qu'elle ne l'avait pas tué purement et simplement. Elle voulait s'assurer qu'il vivrait l'enfer jusqu'à la fin de ses jours.

Elle était certaine qu'il souffrirait parce qu'elle l'avait frappé au seul endroit où elle pouvait faire mal : sa fierté.

Et si, comme elle l'avait prévu, il ne le supportait pas, elle savourerait la situation en privé. Elle le forcerait à ramper.

Elle l'avait conduit exactement là où elle le souhaitait, la sorcière.

— Je ferais mieux de m'arranger avec elle directement, articula-t-il, la bouche sèche. De trouver un terrain d'entente. Je lui dirai…

Il ferma les yeux, cherchant les mots dans son esprit enfiévré, en vain. Sa tête ressemblait à un morceau de métal incandescent sur lequel frapperait un forgeron démoniaque déterminé à réduire sa cervelle en bouillie. Au loin, il entendit d'Esmond sans parvenir à comprendre ses paroles. Puis le marteau satanique s'abattit une fois encore, et l'envoya dans le néant.

Consumé par une fièvre inexplicable, Dain passa les quatre jours qui suivirent dans un brouillard douloureux.

Au matin du cinquième, il s'éveilla avec l'impression d'avoir enfin retrouvé ses facultés. Du moins intellectuelles, car son bras gauche refusait toujours de bouger. Il pendait inutilement à son côté, sensible au toucher, mais incapable de répondre aux ordres envoyés par son cerveau.

Le médecin l'examina de nouveau, émit des petits sons dubitatifs, puis secoua la tête en signe d'impuissance.

— Je ne trouve rien d'anormal.

Il vit venir un confrère, qui aboutit à la même conclusion, demanda son avis à un troisième sans plus de succès.

À la fin de l'après-midi, Dain avait vu défiler huit représentants du corps médical. Tous l'avaient questionné, palpé et ponctionné du généreux montant de leurs honoraires sans le moindre résultat.

Pour couronner le tout, quelques minutes après le départ du dernier, un clerc de notaire déposa un courrier. Dain tentait de se servir un verre de vin quand Herbert le lui apporta. Comme il regardait le message sur le plateau d'argent, il manqua le verre si bien que le vin éclaboussa sa robe de chambre, ses chaussons et le tapis oriental.

Hurlant des imprécations contre le plateau et Herbert, il s'empara de la missive et sortit en trombe pour la lire dans sa chambre. Là, il se débattit pour décacheter l'enveloppe et déplier la feuille d'une seule main tout en débitant un torrent de jurons. Quand enfin il y parvint, il était dans un tel état de fureur qu'il arrivait à peine à comprendre ce qu'il lisait.

Il n'y avait pas grand-chose à comprendre, du reste : maître Andrew Herriard, avocat de Mlle Jessica Trent, souhaitait le rencontrer.

Dain eut l'impression d'avoir avalé une tonne de plomb.

Avocat renommé à Londres, maître Andrew Herriard avait également une importante clientèle d'expatriés à Paris. Réputé incorruptible, il était connu pour sa loyauté envers ses clients et sa ténacité face à leurs opposants. À l'instar de beaucoup, Dain était conscient que sous ses dehors affables, l'homme de loi dissimulait des crocs plus acérés que ceux d'un requin.

Peu lui importait que la loi protégeât les prérogatives masculines et qu'une femme ne possédât aucun droit légal ni rien qu'elle pût réclamer, y compris ses enfants. Herriard trouvait toujours un moyen de faire appliquer les règles qu'il estimait justes pour les femmes. Même Francis Beaumont, malgré sa duplicité notoire, n'était pas parvenu à toucher à un penny des revenus de son épouse après son intervention.

La technique d'Herriard était simple : il multipliait les procès contre la partie adverse – c'est-à-dire l'homme – jusqu'à ce qu'elle cède sous le poids des frais d'avocat ou la menace de la folie.

En résumé, songea Dain, Mlle Trent, non contente de le terrasser socialement, comptait également l'écraser sur le plan financier en laissant Herriard se salir les mains à sa place.

Il n'y a pas d'animal plus invincible qu'une femme, avait écrit Aristophane. *Pas de feu, pas de félin plus impitoyable.*

Impitoyable. Vicieux. Diabolique.

— Oh, mais vous n'y arriverez pas ! murmura Dain en froissant la feuille entre ses doigts. Sûrement pas en vous cachant derrière un intermédiaire, graine de démon.

Il lança la boule de papier dans la cheminée, puis s'installa à son bureau pour rédiger sa réponse.

Dans sa lettre à Me Herriard, Dain annonçait qu'il se présenterait le soir même à 19 heures chez Bertram. Il n'enverrait pas son avocat chez lui, car, avait-il écrit, il refusait de se laisser « *piller et saigner à blanc par un intermédiaire* ». Quitte à dicter ses conditions, Mlle Jessica Trent pouvait s'en charger elle-même ou se faire représenter par son frère. Dans ce dernier cas, il serait ravi de régler le litige lors d'un duel où, cette fois, les *deux* adversaires seraient armés.

En lisant cette dernière suggestion, Jessica avait jugé plus prudent d'envoyer Bertram passer la soirée ailleurs. D'autant que, grâce à Dieu, celui-ci n'avait toujours pas eu vent de l'affaire.

Quand elle était rentrée du poste de police, elle l'avait trouvé plié en deux de douleur, en proie à une violente attaque de dyspepsie. Affaibli par des mois d'abus, il avait mis plusieurs jours à se rétablir et n'avait pas quitté le lit avant la veille au soir.

Craignant une rechute s'il apprenait ce qui s'était passé – ou, pire, un sursaut d'inconscience le poussant à venger l'honneur familial –, Genevieve s'était donc arrangée pour l'emmener dîner chez le duc d'Abonville.

On pouvait compter sur celui-ci pour tenir sa langue. C'était déjà lui qui avait présenté Me Herriard à Jessica en insistant pour payer les honoraires. Il tenait visiblement à prouver l'intensité de ses sentiments pour Genevieve en prenant sa petite-fille sous sa protection.

Donc, à 19 h 30, Jessica ne se trouvait qu'en compagnie du célèbre avocat dans le salon de son frère. Ils étaient assis côte à côte derrière la table, une pile bien nette de documents devant eux, quand le valet de pied introduisit Dain.

Après un coup d'œil méprisant en direction d'Herriard, celui-ci la contempla d'un air sardonique.

— Madame, dit-il avec un bref hochement de tête.

Elle lui rendit son salut.

— Milord.

— Voilà qui est réglé pour les politesses. Vous pouvez procéder à l'extorsion de fonds, attaqua Dain bille en tête.

Me Herriard pinça les lèvres, mais ne répliqua pas. Il se contenta de lui tendre des documents. Dain s'en saisit et gagna la fenêtre. Là, il les parcourut avec soin, une feuille après l'autre.

Les minutes s'égrenèrent. Jessica sentait sa nervosité croître rapidement.

Enfin, presque une demi-heure plus tard, Dain releva la tête.

— Je me demandais comment vous comptiez vous y prendre, déclara-t-il à Herriard. Une fois écarté le jargon législatif et les expressions latines, il nous reste la menace d'un procès en diffamation si je refuse un arrangement à l'amiable, c'est-à-dire selon vos conditions. Exorbitantes, bien entendu.

— Les paroles que vous avez proférées devant six témoins ne peuvent donner lieu qu'à une seule interprétation, milord, lui rappela Herriard. En les prononçant, vous avez détruit l'honneur de ma cliente. Par votre faute, elle ne peut plus espérer se marier ni gagner sa vie honorablement. Vous en avez fait une paria au sein de la société où elle a grandi et à laquelle elle appartenait de plein droit. Elle n'a donc d'autre choix que de s'exiler loin des siens et de ses amis pour se construire une nouvelle existence.

— Nouvelle existence qu'il m'incombe de financer, commenta Dain.

Il feuilleta de nouveau les documents, puis reprit :

— Rembourser toutes les dettes de son frère d'un montant de six mille livres… lui verser annuellement la coquette somme de deux mille… Ah, j'oubliais, il y a également quelque chose sur une maison ou le lieu de résidence…

Il parcourut les feuillets, laissant tomber ceux qui ne l'intéressaient pas au sol.

Ce fut alors que Jessica se rendit compte qu'il se servait uniquement de son bras droit ; le gauche pendait bizarrement le long de son corps. Étrange. Elle avait veillé à ne lui infliger qu'une blessure mineure et tirait suffisamment bien pour être certaine de ne pas avoir manqué son coup.

Surprenant la direction de son regard, il déclara :

— Vous admirez votre travail, c'est cela ? Je serais ravi de vous proposer de venir regarder de plus près, mais il n'y a rien à voir. Aux dires des médecins, tout va très bien. Sauf que mon bras ne fonctionne plus. Malgré tout, je m'estime chanceux, mademoiselle Trent, que vous n'ayez pas visé plus bas. Je suis juste handicapé, pas émasculé. Même si je ne doute pas que Me Herriard va remédier à ce détail sur-le-champ.

Jessica sentit la culpabilité la titiller. Elle l'ignora.

— Vous avez eu… et *allez* recevoir ce que vous méritez, répliqua-t-elle. Vous êtes une brute méprisable…

— Mademoiselle Trent, intervint doucement Herriard.

— Non, je ne me tairai pas. Le marquis n'aurait pas exigé ma présence s'il ne souhaitait pas de querelle. Il sait parfaitement qu'il est dans son tort, mais il est bien trop infatué pour le reconnaître. Il veut me faire passer pour une manipulatrice cupide…

— Et vindicative, ajouta Dain. N'oubliez pas « vindicative ».

— Moi, vindicative ? s'exclama-t-elle, indignée. Comment osez-vous dire une chose pareille après avoir intentionnellement ruiné ma réputation en vous arrangeant pour qu'on me surprenne à demi nue dans vos bras ?

Il haussa les sourcils.

— Vous ne suggérez tout de même pas, mademoiselle Trent, que je suis à l'origine de cette farce ?

— Il n'est pas nécessaire de suggérer quoi que ce soit. Cela saute aux yeux. Vawtry était présent. *Votre* ami. Et tous les autres, ces élégants toujours prêts à médire. Je sais que vous vous êtes débrouillé pour qu'ils assistent à ma disgrâce. Et cela dans l'unique but de vous venger – comme si chaque rumeur, chaque accroc dans votre réputation était ma faute !

Il y eut un silence tendu. Finalement, Dain jeta le reste des documents sur le parquet et alla se servir un cognac. Il vida le verre d'un trait.

Quand il pivota de nouveau vers elle, il avait retrouvé son sourire narquois.

— Il semblerait que nous ayons tous deux commis la même erreur d'interprétation. Je pensais que c'était vous la responsable de… euh, l'interruption.

— Je n'en suis pas surprise. Vous avez l'air tellement persuadé d'être un splendide parti. Sachez cependant que si je voulais me marier à tout prix – ce qui n'est pas et ne sera jamais le cas –, je n'aurais nul besoin de m'abaisser à ce genre de stratagème pathétique. Vous me considérez peut-être comme une vieille fille desséchée, milord, mais je peux vous assurer que la majorité ne partage pas votre avis. Je suis célibataire par choix, pas par manque de prétendants.

— Sauf que la situation a changé, rappela-t-il en la parcourant lentement du regard. Grâce à moi. Et c'est là la raison de cette entrevue.

Il reposa son verre vide et se tourna vers Herriard.

— J'ai abîmé la marchandise, et maintenant, il me faut payer le prix auquel vous l'estimez sous peine de finir épuisé et ruiné par des années de procès.

— Si la loi rendait justice aux femmes, ces procès ne dureraient pas des années, observa l'avocat sans se démonter. La peine serait rapide et sévère.

— Mais nous vivons des temps bénis. Et je suis, comme Mlle Trent vous le confirmera, le plus béni des hommes. J'ai un principe désuet qui consiste à considérer que tout ce pour quoi je paye doit m'appartenir. Donc, puisque je n'ai d'autre choix que celui de payer pour Mlle Trent…

— Je ne suis pas une montre de gousset, coupa Jessica d'un ton sec.

Évidemment, elle aurait dû se douter que ce rustre outrecuidant proposerait d'arranger la situation en faisant d'elle sa maîtresse.

— Je suis un être humain. Quelle que soit la somme que vous payiez, je ne deviendrai jamais votre propriété. Vous avez peut-être ruiné mon honneur aux yeux du monde, mais vous ne parviendrez pas à le détruire dans les faits.

Il haussa un sourcil.

— Moi, chercher à détruire votre honneur ? Ma chère mademoiselle Trent, je propose au contraire de le rétablir. Nous nous marierons. À présent, pourquoi ne pas vous rasseoir comme une gentille petite fille et laisser les hommes s'occuper de tout ?

Jessica mit un moment à comprendre le sens de ses paroles. Quand finalement, elle y parvint, elle eut l'impression que le sol se dérobait sous ses pieds.

— Nous marier ? répéta-t-elle d'une voix faible, presque plaintive.

— Herriard exige que je renfloue votre frère et subvienne à vos besoins et à ceux de votre maisonnée jusqu'à la fin de vos jours ? Parfait, je suis d'accord. Mais aux conditions exigées par tous les hommes dans ce genre de situation : une propriété exclusive et le droit de procréer.

Le regard dont il l'enveloppa lui fit monter le feu aux joues.

Elle lutta pour se ressaisir.

— Je vois où vous voulez en venir. Vous cherchez à nous lier les mains. Vous savez qu'il me sera impossible de vous intenter un procès si vous proposez de vous comporter en homme d'honneur et vous savez aussi que je n'accepterai pas de vous épouser. En conséquence, vous pensez m'ôter tout moyen d'action.

— En effet, acquiesça-t-il en souriant. Si vous me traînez devant les tribunaux après avoir décliné mon offre, vous ne ferez que vous discréditer davantage.

Tout le monde vous prendra pour une intrigante vénale.

— Et si j'accepte, vous vous ferez un plaisir de m'humilier en ne vous présentant pas à l'église le jour du mariage.

Il lâcha un rire.

— Qu'imaginez-vous ? Que j'ai envie de faciliter la tâche d'Herriard en abandonnant ma promise devant l'autel ? Réfléchissez un peu, Jessica. Et que les choses soient claires : ce sera le mariage ou rien.

Elle attrapa le premier objet qui lui tomba sous la main : un petit cheval de bronze.

Me Herriard s'élança vers elle.

— Mademoiselle Trent, fit-il d'un ton apaisant, je vous supplie de résister à la tentation.

— D'autant que ça ne servirait à rien, intervint Dain. Je suis peut-être incapable d'éviter une balle, mais ce genre de chose, si.

Elle remit la statue en place et se tourna vers Herriard.

— Vous voyez ? Il ne propose pas de me dédommager, car il ne s'estime pas en faute. Tout ce qu'il veut, c'est obtenir le maximum de moi. Et si, par la même occasion, il tire le maximum de vous, cela rendra la victoire encore plus belle.

— L'opinion que vous avez de moi m'importe peu, déclara Dain. C'est à vous de décider. Et si vous espérez que je vous faciliterai les choses en vous suppliant à genoux de m'épouser, préparez-vous à attendre jusqu'au jugement dernier, prévint-il en s'esclaffant.

Alors, elle l'entendit : juste une petite note discordante dans son rire, une pointe d'incertitude semblable à celle qu'elle avait si souvent perçue sous les ricanements adolescents de ses neveux. Était-ce l'orgueil qui avait poussé Dain à ajouter cette dernière remarque ? Cette précieuse fierté masculine dont les hommes dissimulent la fragilité derrière d'épais remparts ?

Soudain, il lui fit penser à ces petits garçons qui crient « même pas mal » sous les coups de martinet ou lancent en riant des reptiles morts sur les genoux des filles qui leur plaisent.

Sa proposition était peut-être une sorte de reptile mort. Un cadeau déguisé qui lui permettrait de rire encore si, indignée, elle le refusait.

Peut-être…

Sauf qu'un « peut-être » constituait une base peu fiable pour un mariage.

D'un autre côté, Genevieve lui avait conseillé de le ferrer. Et ce matin, en dépit des derniers événements, elle n'avait toujours pas changé d'avis.

— Il s'est conduit d'une manière abominable, et je ne te blâme pas de lui avoir tiré dessus, avait-elle déclaré. Mais il ne faut pas oublier qu'il a été interrompu à un mauvais moment. Sa conduite n'avait plus rien de rationnel. Cela ne change rien, j'en suis sûre, à ses sentiments envers toi. D'ailleurs, il ne paraissait ni arrogant ni cynique quand vous dansiez ensemble.

La voix agacée de Dain la tira de ses pensées.

— Telles sont les conditions. À vous de choisir, Jessica.

L'issue n'avait aucune importance, songea Dain. Si Jessica acceptait, il pourrait enfin assouvir ce désir ridicule qu'il avait d'elle, puis reprendre le cours normal de sa vie en l'envoyant dans le Devon. Si elle refusait, il n'aurait rien à débourser, elle rentrerait en Angleterre, et il l'oublierait en même temps que son désir. Dans les deux cas, il sortait gagnant.

Alors pourquoi son cœur battait-il si fort ? Pourquoi avait-il des nœuds dans l'estomac et une sensation de peur qu'il n'avait pas éprouvée depuis l'enfance ?

Mâchoire serrée, il regarda Jessica s'éloigner d'Herriard pour réfléchir. Elle s'arrêta devant une chaise qu'elle se contenta de fixer en silence sans s'y asseoir.

Herriard fronça les sourcils.

— Peut-être souhaitez-vous réfléchir seule quelques instants, mademoiselle Trent. Je suis certain que le marquis ne vous le refusera pas, dit-il en lançant un regard noir à Dain. Après tout, il s'agit de votre avenir.

— Je n'ai pas besoin de réfléchir, répondit-elle. La comparaison entre les avantages et les inconvénients de chaque solution est facile à faire.

Elle se tourna vers Dain et, au grand étonnement de ce dernier, lui sourit avant de déclarer :

— Vivre pauvre dans un endroit à l'écart de toute civilisation est une perspective qui ne me réjouit guère. Je trouverais stupide de me condamner à une telle existence pour épargner ma fierté. Je préfère le statut de riche marquise. Vous êtes, certes, un être détestable, Dain, et je compte sur vous pour vous efforcer de me rendre la vie insupportable. Néanmoins, Me Herriard veillera à ce que je n'aie aucun souci à me faire sur le plan matériel. En outre, je tirerai une certaine satisfaction à l'idée qu'il vous faudra désormais ravaler tous vos quolibets sur les hommes qui ont la bêtise de se laisser prendre dans les filets tendus par des femmes respectables. J'aimerais être une petite souris quand vous annoncerez notre mariage à vos amis, seigneur Belzébuth.

Il la contempla en silence. Il n'osait croire ce qu'il venait d'entendre.

— Cela signifie que la réponse est oui, reprit-elle d'un ton agacé. Me croyez-vous idiote au point de dire non et de vous laisser repartir les mains dans les poches ?

— Je savais que c'était trop espérer, parvint-il à répliquer.

Elle s'approcha de lui.

— Qu'allez-vous raconter à vos amis, Dain ? Que le mariage est moins ennuyeux que de me savoir à vos trousses, un revolver à la main, j'imagine.

Elle frôla son bras blessé et il sentit sa poitrine se serrer douloureusement.

— Vous devriez le porter en écharpe, lui conseilla-t-elle. L'exhiber. En plus, vous éviteriez de vous cogner par accident.

— Une écharpe gâcherait la coupe de mon manteau, riposta-t-il d'un ton guindé. Et je n'ai pas besoin d'exhiber ni d'expliquer quoi que ce soit.

— Vos amis vont se gausser de vous. Je donnerais n'importe quoi pour les entendre.

— Je leur annoncerai nos fiançailles ce soir chez *Antoine*. Qu'ils réagissent comme bon leur semble, ça m'est égal. Je me fiche totalement de ce que pensent ces crétins. En attendant, je vous conseille de préparer vos malles. Herriard et moi devons parler affaires.

Elle se raidit.

— Mes malles ?

— Nous partirons pour l'Angleterre après-demain. Nous nous marierons à Londres. Je n'ai pas envie d'affoler les domestiques en faisant descendre tout le monde à la campagne. Nous partirons pour le Devon après le repas de noce.

— C'est hors de question. La cérémonie peut très bien avoir lieu ici. Quitte à m'exiler dans le Devon ensuite, laissez-moi au moins profiter un peu de Paris.

— Le mariage se déroulera à l'église Saint-George, à Hanover Square. Dans un mois, décréta-t-il d'un ton sans appel. Plutôt mourir que de réclamer une dispense de bans à ce foutu archevêque de Canterbury. Nous publierons les bans. En attendant, vous pourrez profiter de Londres. Vous ne resterez pas à Paris, alors autant vous ôter tout de suite cette idée de la tête.

Le simple fait d'imaginer la marquise de Dain dans le lupanar qui lui tenait lieu de maison rue de Rivoli lui flanquait la chair de poule. Il n'était pas question que sa femme s'assoie un jour autour de la table où la moitié des débauchés de Paris avaient mangé et bu à s'en rendre malades. Ou, pire, qu'elle brode ou lise près du feu dans un salon qui avait abrité des orgies à faire pâlir d'envie les Romains.

D'ailleurs, songea-t-il, il faudrait commander un nouveau matelas pour le lit de la demeure ancestrale dans le Devon. Et faire brûler les draps et les tentures. La marquise de Dain ne serait pas contaminée par les objets au milieu desquels il avait fait un bâtard à Charity Graves.

— Grâce à vous, mon séjour à Paris a été désastreux, rappela-t-elle, les yeux étincelants de rage. Vous pourriez au moins essayer de réparer cela. Je ne m'attends pas que vous passiez votre temps en ma compagnie, mais j'aimerais tout de même me rendre aux soirées et profiter de mon honneur retrouvé pour…

— Il y a également des soirées à Londres. Rien ne vous empêche d'y aller. Et si vous souhaitez un grand mariage, ne vous privez pas : achetez autant de robes et de colifichets qu'il vous plaira. Que diable vous importe l'endroit où vous vous trouvez dès lors que je règle les factures ?

— Comment pouvez-vous être aussi insensible ? s'écria-t-elle. Je n'ai aucune envie d'être chassée de Paris comme si mon existence était un secret honteux.

— Un secret ? répéta-t-il, incrédule. Avec une cérémonie à Saint-George ? Comment ces foutues épousailles pourraient-elles être plus publiques et respectables ?

Il se tourna vers Herriard qui rangeait les documents dans sa sacoche en ignorant ostensiblement la conversation.

— Herriard, vous pourriez peut-être m'expliquer quel crime ignoble je commets en décidant de célébrer la noce à Londres.

— Cette discussion n'entre pas dans mon domaine de compétences, répondit l'homme de loi. Pas plus que le nombre d'invités ou tous les petits désagréments liés à la préparation des fiançailles. Vous allez devoir négocier entre vous.

Dain avait eu son lot de négociations pour la journée. En venant ici, il n'imaginait pas qu'il ressortirait quasiment marié à la cause de ses problèmes. S'il avait proposé à Jessica de l'épouser, c'était dans l'unique but de se soustraire à ses représailles et au harcèlement de son avocat diabolique, avait-il cru.

Jusqu'à ce qu'il se rende compte à quel point sa réponse était importante, et combien la vie à Paris serait déprimante si elle partait… pour toujours.

Bien qu'elle lui eût donné son consentement, il demeurait anxieux, car elle n'était pas encore sienne et risquait toujours de lui échapper. Néanmoins, sa fierté l'empêchait de céder. Donnez un doigt à une femme, et elle vous prendra le bras…

Il devait commencer leur relation comme il convenait, décida-t-il. Demeurer maître chez lui. Il avait toujours agi ainsi et ne changerait pour personne, pas même elle. Il donnait les ordres, les autres obéissaient.

— *Cara*, commença-t-il.

Elle leva les yeux vers lui, visiblement sur ses gardes.

Il lui saisit la main.

— Préparez vos malles, murmura-t-il.

Elle retira sa main. Il ne chercha pas à la retenir, mais lui entoura la taille de son bras valide et la souleva pour l'embrasser.

Cela ne dura qu'un instant. Elle eut à peine le temps de se débattre. Un baiser rapide, effronté, et déjà il la reposait sur le sol. Elle recula d'un pas vacillant, le visage en feu.

— C'est la seule négociation que vous obtiendrez, Jessica, la prévint-il en s'efforçant de calmer le volcan qui s'était réveillé en lui. Si vous continuez à argumenter, j'en tirerai la conclusion que vous en voulez davantage.

— Très bien, ce sera Londres, concéda-t-elle. Mais cela va vous coûter cher, Dain. Maître Herriard, ne l'épargnez pas. S'il exige une soumission aveugle, il devra en payer le prix. Je veux une rente royale en argent de poche. Un équipage et mes propres domestiques – en grand nombre, et autant d'hommes que de femmes. Faites-le hurler de douleur, maître Herriard. S'il ne gronde pas et ne trépigne pas comme un éléphant outragé, soyez sûr que vous ne demandez pas assez.

— Il est normal que je débourse sans compter en échange d'une *soumission aveugle*, commenta Dain avec un sourire méphistophélique. Je vais commencer à rédiger la liste de mes exigences ce soir même.

Il effectua une profonde révérence.

— À après-demain, mademoiselle Trent.

Elle s'inclina légèrement.

— Allez au diable, Dain.

— J'irai, sans aucun doute. En temps voulu. Herriard, je vous attends, vous et vos satanés documents, demain à 14 heures, chez moi, ajouta-t-il à l'intention de l'avocat.

Sans attendre sa réponse, il sortit.

9

Bien qu'ils fussent partis ensemble, Jessica avait à peine échangé deux mots avec son futur époux durant le voyage jusqu'à Londres. Non content d'effectuer le trajet de Paris à Calais aux côtés du cocher, Dain avait pris soin de s'arrêter dans des auberges où il pouvait s'installer au bar en compagnie de Bertram tandis que Genevieve et elle mangeaient dans la salle. Il s'était ensuite arrangé pour rester le plus loin possible d'elle sur le bateau, puis avait loué un cheval pour les escorter jusqu'à la maison d'oncle Arthur et de tante Louisa. Enfin, à leur arrivée, il s'était empressé de prendre congé et n'avait pas donné signe de vie depuis.

Et soudain, deux semaines après avoir quitté Paris – quatorze jours durant lesquels il l'avait ignorée ostensiblement –, il débarquait en début d'après-midi et exigeait qu'elle cessât immédiatement toute activité pour se joindre à lui.

— Il veut m'emmener en promenade ? s'indigna Jessica quand sa tante, dans tous ses états, lui transmit le message de Dain. Comme ça, brusquement ? Il s'est souvenu de mon existence et s'attend que j'accoure sur un simple claquement de doigts. Pourquoi ne lui avez-vous pas dit d'aller au diable ?

Tante Louisa se laissa tomber sur l'un des fauteuils du petit salon et se frotta les tempes. En moins de cinq minutes, Dain avait manifestement réussi à ébranler son calme autocratique.

— Jessica, regarde par la fenêtre, je te prie.

Délaissant le menu de mariage sur lequel elle s'escrimait depuis le matin, Jessica obtempéra. Dans la rue en contrebas, un élégant tilbury noir attendait. Laissés aux bons soins de Bertram, les deux hongres de l'attelage piaffaient impatiemment. Dans cinq minutes au plus, estima Jessica, ils renverseraient son frère.

— Le marquis a prévenu qu'il ne partirait pas d'ici sans toi, expliqua tante Louisa d'une voix outrée. Je te conseille de te presser avant que ces bêtes infernales ne piétinent ton frère.

Le temps d'enfiler sa pelisse et de mettre un chapeau, et Jessica se ruait dans le vestibule, furibonde.

Deux minutes plus tard, Dain l'aidait à prendre place dans le tilbury, ou plutôt la poussait au fond du siège, car à peine fut-elle assise qu'il carra son grand corps dans l'espace restant, l'obligeant à se recroqueviller dans un coin. Mais, même ainsi, l'espace était trop réduit pour éviter tout contact. Elle sentait le bras invalide de Dain frôler sa pelisse et sa chaleur lui picoter la peau à travers l'épais tissu.

— Bien installée ? s'enquit-il avec une politesse feinte.

— Dain, ce cabriolet n'est pas assez large pour nous deux, grommela-t-elle. Vous m'écrasez.

— Vous seriez peut-être plus à l'aise sur mes genoux.

Résistant à l'envie de lui flanquer une gifle, Jessica reporta son attention sur son frère, qui se débattait toujours avec les chevaux.

— Dieu du ciel, Bertram, écarte-toi ! aboya-t-elle. Qu'attends-tu ? Qu'ils t'écrabouillent la tête sur les pavés ?

Dans un éclat de rire, Dain lâcha la bride aux deux hongres qui s'élancèrent en avant tandis que Bertram remontait précipitamment sur le trottoir.

L'attelage filait dans les rues encombrées du West End à une allure affolante. Coincée entre le rebord en cuir molletonné du siège et le corps de son futur mari, Jessica courait cependant peu de risques d'être éjectée. Aussi conserva-t-elle son calme et s'adossa-t-elle pour observer les coursiers infernaux.

C'étaient les bêtes les plus mauvaises qu'elle eût jamais vues. Elles s'agitaient et s'ébrouaient et agressaient tout et tous ceux qui avaient le malheur de se trouver en travers de leur chemin. Elles menaçaient de piétiner les gens, échangeaient des insultes équines avec les autres chevaux, tentaient de renverser les réverbères et les poteaux, et fonçaient sur les véhicules assez hardis pour oser emprunter la même rue qu'elles.

Arrivées à Hyde Park, elles ne présentaient toujours pas le moindre signe de fatigue. Elles faillirent percuter un ouvrier et s'élancer sur Rotten Row, réservé à la voiture royale.

Mais aucune de leurs tentatives malignes ne réussit. Dain intervenait toujours à temps pour éviter le pire – et cela sans le moindre effort malgré son bras endommagé, nota Jessica, mi-agacée, mi-admirative.

— J'imagine que ce serait beaucoup moins amusant si vos chevaux se comportaient correctement, ironisa-t-elle.

D'une habile traction sur les rênes, Dain évita une collision avec la statue d'Achille et fit obliquer les hongres sataniques sur le Drive.

— Ils ont dû être effrayés par votre mauvaise humeur, rétorqua-t-il. Du coup, ils ne savent plus où aller ni ce qu'ils doivent faire. Pas vrai, Nick et Harry ? Vous avez peur qu'elle vous tire dessus, c'est ça ?

En guise de réponse, les coursiers poussèrent un hennissement à faire frémir.

Cela ressemblait bien à Dain de donner à son attelage les surnoms de Lucifer, songea Jessica. Comme de choisir des bêtes nées pour les porter.

— Vous seriez vous aussi de mauvaise humeur si vous aviez passé la semaine à vous battre avec des listes d'invités, des menus et des plans de table.

J'aimerais voir votre réaction si tous les commerçants de Londres assiégeaient quotidiennement votre maison et transformaient votre salon en bazar empli de catalogues et d'échantillons. Ils n'ont cessé de me harceler depuis que l'annonce de nos fiançailles est parue.

— Pour m'en plaindre, il faudrait déjà que je me complique la vie avec ce genre de vétilles. Ce qui ne risque pas d'arriver, répliqua-t-il.

— C'est vous qui avez exigé un grand mariage à Hanover Square, lui rappela-t-elle. Et vous me laissez m'occuper de tout. Vous ne faites même pas semblant de m'aider.

— Moi ? Vous aider ? s'exclama-t-il, interloqué. À quoi servent les domestiques, que diable, petite sotte ? Ne vous ai-je pas dit de m'envoyer les factures ? Si vos gens de maison sont incompétents, engagez-en d'autres. Vous voulez devenir une riche marquise ? Comportez-vous comme telle. Les travailleurs travaillent, les aristocrates leur disent quoi faire, expliqua-t-il en feignant une patience exagérée. Il ne faut pas bousculer la hiérarchie sociale. Regardez ce qui est arrivé aux Français il y a presque cent ans : ils ont renversé l'ordre établi, et tout ce qu'ils ont récolté, c'est un roi qui s'habille et se comporte comme un bourgeois, des égouts à ciel ouvert, et pas une seule rue éclairée hormis aux alentours du Palais-Royal.

Jessica le dévisagea.

— Je ne vous imaginais pas à ce point snob et conservateur. Surtout connaissant vos fréquentations.

— Si vous faites allusion aux prostituées, répondit-il sans la regarder, je vous rappelle qu'il s'agit de personnel rémunéré.

Évoquer ses partenaires sexuelles était bien la dernière chose dont Jessica avait envie. Elle préférait ne pas penser à la manière dont il devait se divertir, la nuit, tandis qu'elle cherchait vainement le sommeil, occupée qu'elle était à se tourmenter à la perspective de sa nuit de noces.

Certaine, malgré les affirmations de Genevieve, que son mariage serait un désastre, elle ne voulait pas se soucier de satisfaire Dain au lit ou non. Néanmoins, elle avait du mal à supporter l'idée qu'elle pourrait être incapable de retenir son mari par manque d'expérience. Aucun des époux de Genevieve n'avait jamais pensé à aller voir ailleurs – ni les amants qu'elle avait pris depuis son veuvage, d'ailleurs.

Mais le moment était mal choisi pour songer à ce problème, se rappela-t-elle. Il serait plus judicieux de profiter de la présence de Dain pour aborder des questions pratiques. La liste des invités, par exemple.

— Je sais où vos fréquentations féminines se situent sur l'échelle sociale, riposta-t-elle. Les choses, en revanche, sont moins évidentes en ce qui concerne les hommes. M. Beaumont, par exemple. D'après tante Louisa, personne n'inviterait un personnage aussi peu recommandable à son mariage. Cependant, c'est votre ami.

— Ne vous avisez surtout pas de lui envoyer un carton ! s'exclama Dain, la mâchoire crispée. Ce porc a essayé de m'espionner pendant que j'étais avec une fille. Invitez-le au mariage, et il se croira obligé de rester pour la nuit de noces. Vu sa consommation d'alcool et d'opium, il ne doit plus être bon à grand-chose, du coup, il se contente de regarder les autres.

Malgré elle, Jessica visualisa la scène décrite par Dain. Et contre toute attente, ce ne fut pas l'image de catins aux formes opulentes sur ses genoux qui la troubla le plus, mais celle de ce géant nu en érection.

Se référant à ses seules connaissances en la matière, elle se représenta Dain en train de se livrer aux mêmes activités que les personnages des gravures érotiques de M. Rowlandson.

Son ventre se noua, et elle sentit soudain des envies de meurtre.

Seigneur ! elle n'était pas simplement contrariée, se rendit-elle compte. Elle était folle de jalousie.

Si une seule phrase de Dain suffisait à la mettre dans cet état, comment parviendrait-elle, une fois mariée, à l'écouter évoquer ses nuits de débauche sans perdre la raison ?

Une telle réaction était ridicule, se réprimanda-t-elle. Elle aurait plutôt dû remercier le ciel que son futur mari eût décidé de passer la majeure partie de son temps loin d'elle. Ainsi, elle pourrait mener sa vie comme elle l'entendait en profitant de tous les avantages de son nouveau statut social.

Malheureusement, tous ces arguments raisonnables ne lui étaient d'aucun secours. Elle avait beau se répéter que Dain était un goujat insensible qui l'épousait uniquement pour se venger, elle n'en désirait pas moins devenir l'objet exclusif de son attention.

— Aurais-je enfin réussi à vous choquer ? s'enquit-il au bout d'un moment. Ou s'agit-il juste d'une manière d'exprimer votre désapprobation ? Ce silence devient assourdissant.

— Je suis effectivement choquée. Vous semblez prendre tant de plaisir à tout partager avec vos amis que je ne vous imaginais pas gêné par la présence d'un public.

— Beaumont regardait à travers un trou creusé dans le mur, précisa-t-il. Premièrement, je déteste les serpents ; deuxièmement, je paye pour les services d'une prostituée, pas pour offrir un spectacle gratuit, et troisièmement, il y a certaines activités auxquelles je préfère me livrer en privé.

Devant eux, l'allée s'éloignait de la rivière Serpentine pour monter vers le nord. Les chevaux préférèrent continuer à longer la rive, fonçant droit sur un bosquet. D'un geste nonchalant, Dain corrigea leur trajectoire.

— Il m'a donc semblé indispensable de lui faire comprendre mes règles à la manière forte, continua-t-il. Il y a de grandes chances qu'il ne me l'ait pas pardonné, et je ne serais pas surpris qu'il vous englobe dans son ressentiment. C'est un lâche et un hypocrite, et il a la sale habitude de…

Il ne termina pas sa phrase.

— De toute façon, vous n'avez rien à faire avec lui, lâcha-t-il finalement d'un ton péremptoire.

Jessica ouvrit la bouche pour répliquer, quand brusquement, elle prit conscience de la signification de ces derniers mots. Le poids sur son cœur s'allégea. La tête penchée de côté, elle considéra le profil renfrogné de Dain.

— Voilà une remarque étonnamment… protectrice.

— J'ai payé pour vous avoir, rappela-t-il froidement. Vous m'appartenez et je prends toujours soin de mes possessions. Je ne laisserais pas Nick et Harry l'approcher non plus.

— Doux Jésus, cela signifie-t-il que je suis aussi importante à vos yeux que vos *chevaux* ?

Elle pressa la main sur son sein.

— Oh, Dain, vous êtes si incroyablement romantique ! Je suis bouleversée !

Il la considéra un moment, puis s'attarda sur sa main. Elle la ramena vivement sur sa cuisse.

Fronçant les sourcils, il reporta son attention sur l'attelage.

— Ce vêtement que vous portez, comment appelez-vous cela déjà ? s'enquit-il d'un ton irrité.

— Ma pelisse ? Elle ne vous plaît pas ?

— Vous la remplissiez plus la dernière fois que je vous ai vue avec. À Paris. Le jour où vous avez débarqué chez moi en pleine fête. Et que vous vous en êtes prise à ma vertu. Vous vous rappelez ?

Il engagea le tilbury dans une allée bordée d'arbres.

— Ou était-ce simplement une impression due au fait que vous étiez trempée ?

Évidemment qu'elle se rappelait cet épisode. Mais le plus important était que *lui* s'en souvienne. Et suffisamment en détail pour se rendre compte qu'elle avait perdu du poids ! Jessica se sentit tout à coup de meilleure humeur.

— Vous n'avez qu'à me jeter dans la rivière pour vérifier, le défia-t-elle.

L'allée débouchait sur une petite place ombragée entourée de massifs. Bientôt, cet endroit, comme le reste de Hyde Park, regorgerait de riches oisifs londoniens effectuant leur promenade quotidienne. Mais pour l'instant, il était encore désert.

Dain arrêta le tilbury et enclencha le frein.

— Si vous ne voulez pas vous retrouver dans le Yorkshire à tirer des barges, je vous conseille de vous tenir tranquilles, ordonna-t-il aux chevaux.

Son ton dut suffire à leur faire comprendre la teneur de ses paroles, car ils s'immobilisèrent aussitôt, aussi dociles que des agneaux.

— Quant à vous, enchaîna-t-il en lui adressant un regard noir, mademoiselle J'ai-réponse-à-tout…

— J'adore ces petits noms, coupa-t-elle en plongeant les yeux dans les siens. Sotte, péronnelle, Mlle J'ai-réponse-à-tout. Ils me ravissent le cœur.

— Tant mieux, car j'en ai encore beaucoup d'autres à votre service. Comment pouvez-vous être aussi stupide ? À moins que vous ne l'ayez fait à dessein ? À ce rythme, il ne restera plus rien de vous le jour du mariage. Quand avez-vous avalé un vrai repas pour la dernière fois ? s'enquit-il.

Chez lui, une telle demande correspondait sans doute à un intérêt incommensurable, estima-t-elle.

— Je n'ai rien fait à dessein, se défendit-elle. Vous n'imaginez pas ce que c'est de vivre chez tante Louisa. Elle dirige les préparatifs du mariage comme un général une guerre. Tous les domestiques sont sur le pont depuis notre arrivée. Je pourrais la laisser faire, mais je crains que le résultat ne vous plaise encore moins qu'à moi. Ma tante a un goût déplorable. Je n'ai donc d'autre choix que de me lancer dans la bataille nuit et jour. Résultat, je n'ai plus le temps ni l'envie de m'asseoir pour manger convenablement – sans compter que les domestiques sont eux-mêmes trop épuisés pour préparer des repas dignes de ce nom.

Il y eut un bref silence. Dain s'agita sur son siège comme s'il était inconfortable.

— Bien sûr, je pourrais en engager de nouveaux, comme vous me l'avez conseillé. Mais cela ne servirait à rien : tante Louisa les prendrait sous sa coupe à leur tour, et je serais encore obligée d'intervenir.

— Oui, oui, je comprends, dit-il. Elle vous ennuie. Je vais m'en occuper. Vous auriez dû m'en parler plus tôt.

Elle lissa ses gants.

— Jusqu'ici, je ne vous sentais pas vraiment prêt à terrasser les dragons pour me sauver.

— Je ne le suis pas. Mais il faut être pragmatique. Vous aurez besoin de toutes vos forces pour la nuit de noces.

— Je ne vois pas pourquoi, répliqua-t-elle en ignorant les images torrides qui s'imposaient à elle. À part m'allonger, je n'aurai rien à faire.

— Vous allonger *nue*, précisa-t-il.

— Vraiment ? fit-elle, moqueuse. Eh bien, si vous le dites. Après tout, c'est vous l'expert en la matière. Dommage tout de même que vous ne me l'ayez pas précisé plus tôt, je n'aurais pas embêté ma modiste à propos de ce négligé.

— Ce quoi ?

— Il a coûté affreusement cher, mais la soie est arachnéenne et le laçage du décolleté exquis. Tante Louisa a failli s'évanouir en le voyant. D'après elle, ce genre de vêtement ne laisse aucune place à l'imagination.

Jessica l'entendit retenir sa respiration.

— Si je la laissais faire, poursuivit-elle, je porterais une longue chemise de nuit de coton boutonnée jusqu'au cou et ornée de petits nœuds roses. C'est d'autant plus ridicule qu'une robe du soir révèle bien plus…

— Quelle couleur ? coupa-t-il d'une voix rauque.

— Grenat. Avec des rubans de velours noir le long du décolleté. Là, ajouta-t-elle en dessinant un U profond entre ses seins. Et une fente sur le côté. De là…

Elle désigna sa hanche.

— … jusqu'en bas. J'ai également acheté…

— Jessica.

Il avait prononcé son prénom dans un souffle.

— … des mules assorties. Noires avec…

— *Jessica.*

D'un geste brusque, il lâcha les rênes et l'attira sur ses genoux.

Surpris, les chevaux commencèrent à piaffer.

— Du calme ! ordonna-t-il.

Ils s'immobilisèrent.

Jessica sentait le corps musclé et brûlant de Dain vibrer d'une tension contenue contre le sien. Il lui caressa la hanche et referma les doigts sur sa cuisse.

Elle leva les yeux. Il fixait sa propre main d'un œil mauvais.

— Vous, marmonna-t-il. Que le diable vous emporte.

— Je peux le rendre, si vous voulez. Le déshabillé, je veux dire.

Dain reporta son regard furieux sur elle, sur sa bouche. Sa respiration se fit saccadée.

— Non, lâcha-t-il.

Puis ses lèvres s'emparèrent des siennes, dures et exigeantes, comme pour la punir.

Mais pour Jessica, ce baiser avait le goût de la victoire. Elle le sentait dans la fougue de Dain, dans la crispation de son corps. Et lorsqu'il mêla sa langue à la sienne, elle perçut sa passion aussi clairement que s'il lui avait fait une déclaration.

Il la désirait. Encore.

Il ne le voulait peut-être pas, mais il ne pouvait pas plus s'en empêcher qu'elle ne pouvait combattre la force qui la poussait vers lui.

Et pour l'instant, elle n'avait pas besoin de prétendre le contraire. Nouant les bras autour de son cou, elle se plaqua contre lui tandis qu'il lui dévorait la bouche, et dévora la sienne.

Ils ressemblaient à deux guerriers luttant pour la conquête, la possession de l'autre. Il ne lui accorda aucun répit, mais elle n'en souhaitait aucun.

Le contact de la main de Dain sur sa cuisse, sur ses seins l'électrisait. Elle se cramponna à ses épaules noueuses. « Je le veux à moi », songea-t-elle en le sentant tressaillir.

« À moi *seule* », se répéta-t-elle en caressant son torse puissant. Même si elle devait en mourir, elle le voulait. C'était peut-être un monstre, mais c'était *le sien*. Elle ne partagerait pas ses baisers dévastateurs avec d'autres, ni son corps magnifique.

Comme elle se pressait davantage contre lui, il gémit et sa main glissa sur ses fesses. Malgré le gant de cuir et les multiples jupons, le geste audacieux de Dain lui arracha de délicieux frissons.

Elle avait envie de sentir ses mains partout sur son corps nu. Douces ou brutales, elle s'en moquait, tant qu'il la désirait, l'embrassait, la caressait comme en ce moment, avec une ferveur égale à la sienne, insatiable et gourmande.

Soudain, sans crier gare, Dain s'arracha à sa bouche et la repoussa en grommelant :

— Lâchez-moi.

Ravalant un cri de frustration, elle obéit et croisa les mains sur son giron, le regard fixé droit devant elle.

Dain dévisagea Jessica, au supplice et furieux contre lui-même. Il savait pourtant qu'il ne devait pas s'approcher d'elle à moins d'un mille.

Dans treize jours, ils seraient mariés. Alors il aurait autant de nuits qu'il lui en faudrait pour assouvir son désir avant de retourner à ses affaires. Entre-temps, il lui suffisait de se montrer patient. Certes, Jessica l'obsédait, mais il avait enduré pire pour une récompense bien moindre auparavant, non ? Il n'était plus à quelques semaines près.

De toute manière, il n'avait guère le choix s'il ne voulait pas entendre raconter partout que le marquis de Dain contemplait sa future épouse avec un regard de chien affamé. Qu'il sautait et jappait devant sa porte tout le jour et hurlait sous sa fenêtre à la nuit tombée. Qu'il la suivait tel un toutou obéissant chez les couturières et les chapeliers, et grognait dès qu'un homme l'abordait.

Lui qui avait l'habitude d'obtenir ce qu'il voulait sur-le-champ et de se détourner de ce qu'il ne pouvait avoir se retrouvait totalement démuni face à l'intensité de son désir pour Jessica.

Il aurait dû comprendre combien elle était dangereuse le jour où il s'était attardé sans raison dans la boutique de Champtois, ou encore au salon de thé, lorsqu'il s'était liquéfié en lui ôtant son fichu gant.

Quoi qu'il en soit, il ne pouvait plus se voiler la face. Pas après une démonstration aussi honteusement éloquente. Diable, il s'était quasiment jeté sur elle en pleine rue à la simple évocation d'un négligé de soie !

— Souhaitez-vous que je descende de vos genoux ? s'enquit-elle sans le regarder.

— Et vous ? répondit-il d'un ton agacé.

— Non, je suis parfaitement bien.

Il aurait aimé pouvoir en dire autant. Grâce au petit postérieur rond niché au creux de ses cuisses, son bas-ventre vivait un martyre. Quelques centimètres à peine le séparaient du soulagement tant attendu. Il suffirait qu'il la tourne face à lui, soulève ses jupes et…

Et elle aurait aussi bien pu se trouver en Chine vu le peu de chances qu'une telle chose se produise, songea-t-il, amer. C'était le problème avec les femmes du monde – l'un des multiples problèmes : on ne pouvait juste le faire quand on en avait envie. Il fallait les courtiser et les convaincre, puis attendre d'être dans un lit. Et dans le noir.

— Vous pouvez rester, dans ce cas. Mais ne m'embrassez plus. C'est… de la provocation. Et ne me parlez plus de vos vêtements de nuit.

— D'accord, acquiesça-t-elle comme si elle était tranquillement assise dans un salon de thé. Saviez-vous que la première femme de Shelley s'est jetée dans la rivière Serpentine ?

Il lui jeta un regard incertain.

— Ma première femme envisage-t-elle de l'imiter ?

— Certainement pas. D'après Genevieve, se suicider pour un homme est une bêtise impardonnable. J'entretenais juste la conversation.

— Cela signifie-t-il que vous n'êtes plus en colère ? s'enquit-il en réprimant un sourire.

— Pour le moment, oui.

Elle regarda sa main paralysée qui avait glissé sur le siège durant leur fougueuse étreinte.

— Franchement, Dain, vous devriez mettre votre bras en écharpe. Ça vous éviterait de vous cogner. Vous pourriez vous blesser sans vous en rendre compte.

— Je ne me suis cogné qu'une ou deux fois. Et je m'en suis aperçu, je vous assure. J'ai les mêmes sensations que s'il était valide, sauf qu'il ne fonctionne plus. Votre conscience vous titillerait-elle ? ajouta-t-il avec un ricanement.

— Pas le moins du monde. J'avais bien pensé vous donner un coup de fouet, mais vous n'auriez sans doute rien senti.

— Il vous aurait fallu un peu plus de muscle que vous n'en possédez, en effet. De toute manière, vous n'auriez pas été assez rapide. J'aurais esquivé d'un bond en riant.

— Même si je vous avais touché, vous auriez ri, observa-t-elle en plongeant son regard dans le sien. Le dos en sang, vous auriez encore ri. Avez-vous ri après que j'ai tiré sur vous ?

— Je n'en ai pas eu l'occasion, avoua-t-il. Je me suis évanoui. Ridicule.

Ce qui était le plus ridicule, se rendait-il soudain compte en scrutant les magnifiques yeux gris de Jessica, c'était de l'avoir crue à l'origine de la scène dans le jardin des Wallingdons. Il commençait du reste à avoir sa petite idée quant à l'identité de son véritable auteur. Et s'il avait raison, cela signifiait qu'il s'était non seulement conduit comme un goujat, mais avait en outre fait preuve d'une bêtise impardonnable.

Il méritait qu'elle lui tire dessus. Et elle s'était acquittée de cette tâche avec panache. D'une façon spectaculaire. Il sourit à ce souvenir.

— C'était du beau travail, Jessica. Je dois le reconnaître.

— Un travail magnifique, vous voulez dire. Admettez-le : le plan était brillant. Et superbement exécuté.

Il détourna les yeux et les posa sur Nick et Harry, qui donnaient presque l'illusion d'être enfin en paix avec le monde.

— Maintenant que j'y repense, c'était magnifiquement exécuté, en effet. Les vêtements rouges et noirs, la voix de lady Macbeth, mes courageux compagnons pétrifiés de peur à votre vue, ajouta-t-il en s'esclaffant. Comme des femmes devant une souris.

Son regard amusé revint sur Jessica.

— Rien que pour voir ça, ça méritait de se faire tirer dessus. Sellowby, Goodridge, affolés devant un petit bout de femme en furie.

— Je ne suis pas un petit bout de femme, répliqua-t-elle d'un ton coupant. Le fait d'être un gros lourdaud ne vous donne pas le droit de me considérer comme quantité négligeable. Pour votre information, seigneur Goliath, il se trouve que je suis plus grande que la moyenne.

Il lui tapota le bras.

— Ne vous inquiétez pas, Jessica. Je compte toujours vous épouser, et je me débrouillerai pour que ce mariage fonctionne d'une manière ou d'une autre. Vous n'avez pas à vous faire de souci à ce sujet. En fait, je vous en ai apporté la preuve.

Il fouilla dans la grande sacoche à l'avant de la voiture. Son cœur se mit à battre à tout rompre tandis qu'il cherchait le petit paquet qu'il y avait caché.

Il avait passé plus de trois heures à choisir ce cadeau. Trois heures de torture qu'il ne revivrait pour rien au monde. Enfin, ses doigts se refermèrent sur le minuscule écrin.

Il dut faire appel à toute sa volonté pour ne pas trembler quand il le déposa gauchement dans la main de Jessica.

— Mieux vaut que vous l'ouvriez vous-même, dit-il d'un ton crispé. D'une seule main, cela me demanderait une éternité.

L'air surpris, elle baissa les yeux sur le paquet et l'ouvrit.

Il y eut un bref silence. Il sentit son estomac se nouer, une goutte de transpiration couler sur son front.

— Oh ! s'exclama-t-elle. Oh, Dain.

L'étau se desserra un peu.

— Nous sommes fiancés, dit-il avec raideur. C'est une bague de fiançailles.

L'obséquieux vendeur de chez *Rundell and Bridge* avait émis des suggestions effroyables : une pierre de la couleur de ses yeux – comme si une teinte aussi subtile existait ! –, ou une combinaison de gemmes dont les premières lettres symboliseraient l'amour – Émeraude-Rubis-Opale-Serpentine pour ÉROS. Incapable de se décider, Dain avait examiné tour à tour des émeraudes, des améthystes, des perles, des opales, des aigues-marines et quantité d'autres minéraux précieux susceptibles d'être sertis. Puis, enfin, après avoir passé en revue tous les articles de la joaillerie, il avait déniché ce qu'il cherchait : un unique rubis taillé en cabochon, si lisse qu'il semblait liquide, encadré de diamants d'une pureté sublime.

Il se moquait que la bague plût à Jessica, s'était-il dit. Elle devrait la porter de toute façon.

Mais un tel détachement s'était avéré beaucoup plus difficile une fois devant elle. À ce moment-là, il s'était rendu compte que la beauté du bijou n'était pas l'unique raison de son choix. Qu'il s'agissait en réalité d'un hommage dont le symbolisme mièvre n'avait rien à envier à celui de la suggestion du joaillier.

Une pierre rouge sang pour la jeune femme courageuse qui avait fait couler le sien, et des diamants à l'éclat aveuglant, comme les éclairs du soir de leur premier baiser.

Elle leva vers lui un regard embué.

— Elle est magnifique, souffla-t-elle. Merci.

Elle ôta son gant et sortit la bague de l'écrin.

— Vous devez me la passer au doigt.

— Vraiment? fit-il en s'efforçant de paraître dégoûté. Une de ces inévitables fadaises sentimentales, je présume.

— Personne ne nous verra.

Il prit le bijou et le lui glissa à l'annulaire, avant de retirer vivement sa main de peur qu'elle ne s'aperçoive qu'il tremblait.

Quand elle tendit le bras pour en admirer l'effet, les diamants scintillèrent dans la lumière.

— Au moins, elle est à la bonne taille, commenta-t-il.

— Elle est parfaite, assura-t-elle en souriant.

Puis, sans lui laisser le temps de réagir, elle déposa un baiser sur sa joue et puis regagna sa place en hâte.

— Merci, Belzébuth, dit-elle très doucement.

Il sentit son cœur se serrer douloureusement.

— On ferait mieux de partir avant l'arrivée de la foule, grommela-t-il en saisissant les rênes. Nick! Harry! Vous pouvez arrêter de jouer les morts.

Les chevaux ne se le firent pas dire deux fois. Comme à l'aller, ils effectuèrent le trajet en semant la terreur sur leur passage, conscients que leur maître, trop content d'avoir trouvé un moyen de détourner l'attention de sa future épouse, ne chercherait pas à les calmer.

Et tandis que Jessica priait pour arriver vivante chez sa tante, Dain se ressaisit et songea à ce qui s'était passé quelques semaines plus tôt dans le jardin des Wallingdons.

D'après Herriard, il y avait six témoins ce jour-là.

Il tenta de se rappeler leurs visages. Vawtry, oui, l'air abasourdi. Rouvier, l'homme qu'il avait humilié au bal ; deux Français qu'il avait croisés plusieurs fois au *Vingt-huit* ; plus deux femmes, deux Françaises, dont l'une lui était inconnue. L'autre était Isobel Callon, la pire langue de vipère de la place de Paris… et l'une des compagnes préférées de Francis Beaumont.

Qu'avait dit Jessica ce soir-là, déjà ? Que la rumeur se serait éteinte d'elle-même si elle n'avait pas déboulé chez lui ?

Mais peut-être se trompait-elle. Peut-être qu'un individu mal intentionné avait contribué à alimenter la curiosité des gens. Que cet individu avait nourri les commérages et encouragé les parieurs dans un but bien précis.

Pour cela, Beaumont n'aurait eu qu'à dire quelques mots à la bonne personne. Isobel Callon, par exemple. Qui se serait d'autant plus empressée de répandre la croustillante nouvelle qu'elle détestait « le marquis Belzébuth ». Puis, ayant semé ses graines, Beaumont n'aurait plus eu qu'à rentrer en Angleterre pour se délecter de sa vengeance en toute tranquillité.

Plus il y pensait, plus Dain trouvait cette hypothèse plausible. En tout cas, elle permettait d'expliquer l'intérêt inhabituel que la bonne société parisienne avait porté à ses quelques entrevues avec une jolie lady anglaise.

Il jeta un œil à la lady en question.

Elle tentait d'ignorer les prouesses de Nick et de Harry en se concentrant sur sa bague de fiançailles. Elle n'avait pas remis son gant et faisait scintiller les diamants en agitant les doigts.

La bague lui plaisait.

Elle s'était fait coudre un négligé de soie grenat bordé de velours noir pour sa nuit de noces.

Elle lui avait rendu son baiser, l'avait enlacé, et n'avait pas eu l'air dégoûtée qu'il l'embrasse ou la touche.

La Belle et la Bête. Voilà comment Beaumont, ce crapaud venimeux, commenterait leur union.

N'empêche, dans treize jours, la Belle serait la marquise de Dain. Et elle s'allongerait dans le lit de la Bête. Nue.

Alors il ferait tout ce qu'il mourait d'envie de faire depuis une éternité. Elle serait sienne et aucun autre homme ne poserait jamais la main sur elle, car elle lui appartiendrait, à lui et à lui seul.

Certes, il aurait pu acheter le Portugal vu le prix que lui avait coûté cette « propriété exclusive ». Cela dit, l'acquisition était de première qualité. Une dame. *Sa* dame.

Et il était possible qu'il dût tout cela à ce méprisable serpent corrompu qu'était Francis Beaumont.

Si tel était le cas, il n'avait aucune raison de gaspiller son énergie à retrouver ce pleutre pour le réduire en miettes.

Peut-être même devrait-il le remercier.

Mais la politesse n'ayant jamais été son fort, il décida que le vilain ne valait pas la peine qu'il s'en soucie.

10

Par un beau matin ensoleillé du onzième jour de mai de l'an mille huit cent vingt-huit de Notre Seigneur, le marquis de Dain se tenait devant le pasteur de Saint-George, à Hanover Square, à la droite de Jessica Trent, fille unique de sir Reginald Trent, baronet.

Contrairement aux prévisions de tous, le toit de l'édifice sacré ne s'était pas effondré à l'entrée du marquis ni la foudre abattue sur le clocher pendant la cérémonie. Même à la fin, lorsqu'il embrassa sa femme si fougueusement qu'elle en laissa choir son livre de prières, aucun coup de tonnerre ne retentit. On entendit juste quelques douairières s'évanouir dans un froissement de tissu.

Aussi, le soir de ce même jour, M. Roland Vawtry signa-t-il une reconnaissance de dettes de trois cents livres à Francis Beaumont, après en avoir préalablement remis plusieurs autres de divers montants à lord Sellowby, Auguste Tolliver, lord Avory et au capitaine James Burton.

M. Vawtry ne savait ni où ni comment il trouverait l'argent pour acquitter ces créances. Dix ans auparavant, il avait dû s'adresser à des prêteurs. Il avait ainsi appris – et la leçon avait été éprouvante – que lorsque ces gens vous prêtaient cinq cents livres, vous deviez leur en rembourser mille. Il préférerait se faire sauter la cervelle plutôt que répéter l'expérience.

Bien sûr, il aurait eu moins de mal à payer ses dettes d'honneur s'il n'en avait pas accumulé de nombreuses autres avant de quitter Paris. Et il n'aurait pas eu de dettes du tout, songea-t-il, dépité, s'il avait tiré l'enseignement de ses erreurs parisiennes et cessé d'engager des paris à propos de Dain.

Il avait gagné en tout et pour tout une seule fois en affirmant à Isobel Callon que Dain ne jouerait pas les preux chevaliers lorsqu'on le surprendrait en compagnie de Mlle Trent. Mais cela lui avait juste permis de récupérer les deux cents livres qu'il venait de perdre en refusant de croire que le marquis avait attiré Mlle Trent dans le jardin des Wallingdons pour lui faire l'amour.

Mais comment aurait-il pu deviner que celui-ci changerait de comportement aussi rapidement? Qu'une semaine après avoir affirmé ne pas vouloir de Mlle Trent même si on la lui apportait sur un plateau d'argent, il annoncerait froidement leurs fiançailles chez *Antoine*? La jeune femme était un danger public, avait-il expliqué pour se justifier. Seul le mariage avec un homme à poigne, c'est-à-dire lui, permettrait de la garder sous contrôle.

Se demandant avec amertume qui contrôlait qui, Vawtry suivit Beaumont chez *Pearke*, un restaurant de fruits de mer situé dans Vinegar Yard, près du théâtre de Drury Lane.

Bien qu'il manquât de classe, l'établissement faisait partie des lieux favoris de Beaumont à cause de sa clientèle d'artistes. Il était également bon marché, ce qui constituait un avantage non négligeable vu la situation présente.

— Il paraît que Dain vous a offert un véritable spectacle, attaqua Beaumont après que la serveuse eut rempli leurs verres. J'ai entendu dire qu'il avait fait peur au pasteur, ri au moment où la mariée lui jurait obéissance, et l'avait embrassée à pleine bouche pour sceller leur union.

Vawtry fit la moue.

— J'étais certain qu'il dirait « non » à la dernière minute et sortirait tranquillement de l'église en riant.

— Qu'il la traiterait comme toutes les autres, résuma Beaumont. Mais vous semblez oublier que les autres sont des catins. Et pour les aristocrates comme Dain, catins et paysannes sont juste bonnes à être troussées. Mlle Trent, en revanche, est une jeune fille de bonne famille. Ce qui n'a aucun rapport. Je m'étonne que vous ne vous en soyez pas aperçu.

Moi aussi, songea Vawtry, à qui la différence sautait désormais aux yeux. Comment avait-il pu être assez bête pour ne pas avoir compris cela plus tôt ? Une dame. Quasiment une autre espèce.

— Si je m'en étais rendu compte, vous auriez trois cents livres de moins à votre actif, rappela-t-il avec une légèreté feinte.

Beaumont contempla longuement le vin dans son verre avant d'y tremper les lèvres.

— Buvable, commenta-t-il, mais sans plus.

Vawtry en avala une longue gorgée.

— Ce que j'aurais surtout aimé, reprit son compagnon, c'est connaître la vérité. Tout aurait été très différent, alors. Si j'avais su, j'aurais pu au moins vous donner un indice, mais ma femme ne me dit rien. Je croyais sincèrement que Mlle Trent était sans le sou. Jusqu'à ce qu'hier soir, un ami artiste qui travaille pour *Christie's* me détrompe.

Vawtry le considéra, surpris.

— De quoi parlez-vous ? Tout le monde sait que la sœur de Bertram Trent, grâce aux bons soins de celui-ci, n'a pas un penny.

Beaumont jeta un regard autour de lui, puis se pencha pour murmurer :

— Vous vous souvenez du petit portrait miteux dont Dain nous avait parlé ? Celui que Mlle Trent a acheté à Champtois pour dix sous ?

Vawtry acquiesça.

— Il s'agissait en réalité d'une icône russe. Une des œuvres les plus réussies et les plus originales de l'école Stroganov. Fin du XVIe siècle, expliqua Beaumont devant la mine perplexe de son ami. Un atelier d'icônes financé par la famille Stroganov, des Russes de haute noblesse. Le travail des artistes est d'une extrême délicatesse et les matériaux utilisés de premier ordre. Leurs productions valent une fortune aujourd'hui. Celle acquise par Mlle Trent a été réalisée avec de la feuille d'or. Le cadre est en or massif incrusté de pierres précieuses.

— Visiblement, elle a fait une bonne affaire, commenta Vawtry en essayant de dissimuler son émoi. Dain avait bien dit qu'elle était finaude.

Il vida son verre d'un trait et le remplit de nouveau.

Du coin de l'œil, il vit la serveuse qui approchait avec leurs commandes. Il pria intérieurement pour qu'elle presse le pas. Il n'avait aucune envie d'en entendre davantage.

— La valeur d'une œuvre dépend, bien sûr, des acheteurs potentiels, poursuivit Beaumont. A priori, je l'évaluerais à quinze cents livres minimum. Mais je connais au moins un Russe qui n'hésiterait pas à vendre son fils aîné pour l'avoir. Il lui en proposerait dix, peut-être vingt mille livres.

Lady Granville, la fille du duc de Sutherland, l'un des hommes les plus riches d'Angleterre, avait apporté à son mari une dot de vingt mille livres, se rappela Vawtry. De telles femmes, filles de pairs du royaume, lui étaient totalement inaccessibles. Tandis que Mlle Trent, fille d'un baronet insignifiant, appartenait à la même classe que lui.

Il avait eu une occasion rêvée de se rapprocher d'elle après que Dain l'eut publiquement insultée et humiliée. Pourquoi n'avait-il pas profité de sa vulnérabilité momentanée pour endosser le rôle du chevalier au grand cœur au lieu de se contenter de lui tendre son manteau ? Alors, ce serait peut-être lui, Roland Vawtry, qui se serait tenu à ses côtés devant l'autel.

Et serait devenu l'heureux possesseur de l'icône.

Grâce aux conseils de Beaumont, il aurait pu transformer l'œuvre d'art en investissements judicieux et mener une existence confortable auprès d'une jeune femme charmante sans plus dépendre des caprices de Dame Fortune – ou, pour être plus exact, des lubies du marquis de Dain.

Au lieu de quoi, il avait cinq mille livres de dettes. Ce qui était peu pour certains, mais, dans sa situation, représentait une somme énorme. Et s'il ne se souciait guère des menaces de ses fournisseurs, il s'inquiétait beaucoup plus de la réaction de ses amis. Car à moins de les rembourser rapidement, il n'en aurait bientôt plus un seul. Un gentleman qui ne paye pas ses dettes d'honneur cesse rapidement d'être considéré comme tel. Et cette perspective lui semblait pire que les usuriers ou la prison.

Tout à coup, sa situation lui parut désespérée.

Quelques personnes perspicaces auraient pu lui signaler que Francis Beaumont avait le don de détecter le désespoir chez ses semblables et prenait un malin plaisir à l'exacerber. Malheureusement pour lui, aucune d'entre elles ne se trouvait dans les parages, et Vawtry ne se caractérisait pas par sa finesse.

Aussi, après avoir avalé six bouteilles d'un vin à peine buvable, tomba-t-il au fond du trou si obligeamment creusé par son « ami ».

Au moment où Vawtry chutait, le postérieur de la nouvelle marquise de Dain montrait les premiers signes de raideur post-mortem.

Elle était assise depuis huit heures près de son époux dans l'élégante voiture noire qui les avait emportés après le déjeuner de mariage.

Pour un homme qui méprisait le mariage et la bonne société, il avait fait preuve d'une jovialité étonnante. En fait, il avait semblé trouver ce cérémonial extrêmement amusant. Par trois fois, il avait demandé au pasteur tremblant de hausser la voix afin que l'assistance ne perdît pas une miette de ses paroles. Et il avait transformé le baiser à la mariée en une scène inoubliable. Un peu plus, il la jetait sur son dos tel un sac de pommes de terre avant de sortir de l'église.

Ce qu'il aurait fait avec la dignité d'un seigneur, cela va sans dire. D'un roi même. Car Dain avait une très haute opinion de lui-même, avait noté Jessica. Assez haute pour se moquer des règles en usage et des préséances.

Peu de temps après lui avoir offert sa magnifique bague de fiançailles, il l'avait reconduite chez sa tante, puis avait passé une heure avec elle dans le petit salon à étudier la liste des invités, les menus et autres détails pratiques du mariage. Puis il l'avait renvoyée en demandant à avoir une conversation privée avec tante Louisa, à qui il avait expliqué comment devait être traitée la future marquise de Dain. C'était assez simple : il ne fallait ni la harceler ni la contredire, elle n'avait de comptes à rendre à personne sinon lui, et lui-même n'en devait qu'au roi, et encore…

Le lendemain, le secrétaire personnel de Dain s'était présenté accompagné d'une dizaine de domestiques pour prendre les choses en main. Dès lors, Jessica n'avait rien eu d'autre à faire que de donner un ordre par-ci par-là et se laisser traiter comme une princesse à la fois précieuse, délicate et parfaite.

Sauf par son mari.

Depuis leur départ, ils ne s'étaient quasiment jamais arrêtés plus de une ou deux minutes aux relais de poste pour changer les chevaux. À 16 heures, au relais de Bagshot, Jessica avait éprouvé le besoin d'aller aux cabinets. À son retour, Dain faisait les cent pas près de la voiture, sa montre de gousset à la main. Il lui avait reproché d'avoir mis cinq fois plus de temps pour soulager ses besoins naturels qu'il n'en avait fallu aux postillons pour dételer quatre chevaux et en atteler quatre autres.

— Les hommes n'ont qu'à déboutonner leur pantalon et viser, lui avait-elle rétorqué. Je suis une femme. Ni ma constitution ni mes vêtements ne me permettent une telle simplicité.

Dain avait éclaté de rire et l'avait poussée à l'intérieur de la voiture en déclarant qu'elle était un vrai fléau, mais qu'elle était née ainsi, pas vrai ? Une femelle. Cependant, lorsqu'elle avait eu besoin de vider sa vessie une deuxième fois à Andover, il lui avait grommelé de prendre son temps. Elle l'avait retrouvé en train de l'attendre patiemment devant une pinte de bière. Il lui en avait proposé une gorgée, et s'était esclaffé en la voyant vider le quart restant.

— Je n'aurais pas dû, avait-il fait remarquer une fois remontés en voiture. Maintenant, vous allez demander à vous arrêter à chaque relais jusqu'à Amesbury.

Avaient alors suivi quelques plaisanteries scabreuses autour des cabinets et des pots de chambre que Jessica, à son grand étonnement, avait trouvées hilarantes. Elle qui n'avait jamais compris ce qui amusait tant la gent masculine dans ce genre d'histoires avait soudain découvert que leur drôlerie résidait essentiellement dans le talent du narrateur.

Lorsqu'elle eut enfin retrouvé son sérieux, elle examina son compagnon. Adossé au siège dont il occupait, comme à son habitude, la majeure partie, il arborait un sourire espiègle qui le faisait presque ressembler à un petit garçon.

Il semblait si content de lui qu'elle ne put s'empêcher de le trouver adorable.

Seigneur, songea-t-elle, la situation était vraiment désespérée si elle commençait à trouver Belzébuth adorable. Et pourtant, c'était plus fort qu'elle. Si elle s'était écoutée, elle aurait grimpé sur ses genoux pour couvrir son visage de baisers.

Sans doute se trompa-t-il sur la signification de son regard, car redevenant brusquement sérieux, il demanda :

— Quelque chose ne va pas ?

Peu encline à lui avouer la teneur véritable de ses pensées, elle déclara :

— Je ne sens plus mon dos ni mes membres.

Ce qui était vrai.

— Vous auriez dû sortir faire quelques pas à Weyhill, dit-il. Il n'y aura plus d'autre arrêt avant Amesbury.

— J'ai à peine remarqué notre passage à Weyhill, avoua-t-elle. Vous étiez en train de me raconter une des blagues les plus stupides que j'aie jamais entendues.

— Si elle ne l'avait pas été, vous ne l'auriez pas comprise. Et visiblement, sa bêtise ne vous a pas empêchée d'en rire. Vous étiez pliée en deux.

— Je ne voulais pas vous vexer. Vous sembliez tellement vouloir m'impressionner en me montrant les limites supérieures de votre intelligence.

Il lui adressa un sourire sardonique.

— Croyez-moi, milady, quand je chercherai à vous impressionner, ce ne sera pas par mon intelligence.

Quoi qu'elle sentît ses entrailles se nouer, elle soutint son regard pour répliquer posément :

— Vous faites sans doute allusion à la nuit de noces. Ce « droit de procréer » pour lequel vous avez payé un prix exorbitant. Sur ce point, vous n'aurez en effet aucun mal à m'impressionner vu que vous êtes un expert et que je n'ai pas la moindre expérience en la matière.

Son sourire vacilla légèrement tandis qu'il rétorquait :

— Vous en savez cependant beaucoup sur le sujet si j'en juge par la montre que vous avez offerte à votre grand-mère. La gravure sur le boîtier n'a pas paru vous étonner le moins du monde. Vous semblez également avoir une idée très précise des services proposés par les catins.

— Il y a une différence entre connaissance intellectuelle et expérience pratique. Je dois avouer que cette dernière m'inquiète un peu. Même si je suis sûre que vous n'hésiterez pas à me faire profiter de votre savoir.

Jessica espérait cependant qu'il ne se montrerait pas trop impatient. Elle apprenait certes rapidement et était certaine de comprendre comment lui plaire en peu de temps. À condition qu'il lui en laisse l'occasion. Et c'était bien là ce qui l'inquiétait. Habitué à l'efficacité des professionnelles, Dain risquait de s'agacer de son ignorance et de l'abandonner au profit de femmes moins… ennuyeuses.

Elle ne se faisait pas d'illusions. Elle savait qu'il la conduisait dans le Devon avec l'intention de l'y laisser une fois ses envies satisfaites. Demander plus serait une source intarissable de frustrations et de douleur. N'était-il pas un monstre aux yeux du monde ? Pour tous, son mariage avec lui était une punition, un châtiment presque aussi terrible que la mort. Or, elle voyait un autre homme lorsqu'il la serrait dans ses bras. D'où son espoir d'obtenir, envers et contre tout, davantage. Ou en tout cas d'essayer.

Dain avait détourné les yeux et frottait son pantalon d'un geste irrité comme si un pli avait eu l'audace de s'y former.

— Je crois qu'il serait préférable de poursuivre cette conversation plus tard, déclara-t-il. Je n'ai pas… Bon sang, ce n'est pas si compliqué quand même. Vous ne passez pas un examen pour entrer à l'université.

— Quand je fais quelque chose, j'aime le faire bien, expliqua-t-elle. En fait, je veux toujours être la meilleure. J'ai un esprit de compétition très développé, figurez-vous. Peut-être parce que je me suis occupée des garçons de la famille. Si je voulais que mes frères et mes cousins me respectent, je devais les dépasser dans tous les domaines, y compris en sport.

Dain tourna la tête pour regarder par la vitre.

— Amesbury, annonça-t-il. Il était temps. Je meurs de faim.

Dain était positivement terrifié.

Tout à coup, alors qu'il était trop tard, il se rendait compte de l'ampleur de son erreur.

Oui, il savait que Jessica était vierge. Il n'avait pas plus de doute à ce sujet que sur la couleur de ses yeux – ces lacs qui lui rappelaient les brumes du Dartmoor – ou la douceur de ses cheveux et de sa peau. Et lorsqu'il l'avait contemplée, debout près de lui dans sa robe de mariée, il s'en était réjoui. Cette femme sublime aux joues légèrement empourprées n'était pas seulement la plus belle créature qu'il eût jamais vue, elle était également la plus pure. Aucun homme ne l'avait touchée avant lui. Elle était à lui et à lui seul.

Il savait aussi qu'il la posséderait. Il en avait assez souvent rêvé, au point d'avoir déjà prévu comment cela se passerait : dans une luxueuse auberge, au milieu d'un grand lit aux draps immaculés après un délicieux repas et quelques verres de bon vin.

Et cependant, il n'avait jamais réfléchi à ce qu'être vierge signifiait au-delà du fait de n'avoir jamais appartenu à un homme. Dans tous ses fantasmes, se rendait-il compte, il avait laissé de côté un point crucial : personne avant lui n'avait ouvert la voie. Il serait le premier à la pénétrer.

Et c'était bien là ce qui l'effrayait. Car il craignait de lui faire mal et de la blesser à jamais.

L'attelage s'immobilisa. Réprimant une soudaine envie de hurler au cocher de poursuivre sa route – jusqu'au jour du Jugement dernier de préférence –, Dain aida sa femme à descendre.

Elle lui prit le bras comme ils se dirigeaient vers l'auberge. Jamais sa main ne lui avait semblé aussi cruellement petite qu'en cet instant.

Dain imagina son corps dur et imposant sur celui, frêle et délicat, de Jessica. Il l'écraserait. Briserait ou déchirerait quelque chose. Et même si, par miracle, elle sortait vivante de l'expérience, il y avait peu de chances qu'elle le laissât ensuite la toucher de nouveau.

Elle s'enfuirait à son approche, ne l'embrasserait et ne l'enlacerait jamais plus, et…

— Pardieu ! Lancez-moi un baquet d'eau pour me réveiller si je rêve, mais cette montagne de muscles me rappelle ce diable de Dain !

La voix rocailleuse le ramena brusquement au présent. Plongé dans ses pensées, Dain avait pénétré dans l'établissement et suivi l'aubergiste dans l'escalier sans prêter attention à son environnement.

Il pivota vers l'homme qui venait de l'interpeller depuis le rez-de-chaussée : il s'agissait bien de Mallory, son ancien camarade de classe à Eton. Ou plutôt, du nouveau duc d'Ainswood puisque la diphtérie avait emporté l'ancien à l'âge de neuf ans l'année précédente. Dain se souvenait d'avoir signé le message de condoléances envoyé à la mère du défunt et celui, où se mêlaient habilement regrets et félicitations, à Mallory, le cousin. Son secrétaire avait rédigé l'un et l'autre, et Dain n'avait pas jugé utile de lui préciser qu'autant de tact était inutile dans le cas de Vere Mallory.

Il n'avait pas revu ce dernier depuis l'enterrement de Wardell. Complètement ivre ce jour-là, son ancien compagnon ne l'était pas moins aujourd'hui. Le cheveu gras et rare, les paupières bouffies et les yeux injectés de sang, le duc ne s'était pas rasé depuis deux ou trois jours.

L'idée de présenter ce personnage repoussant à son élégante épouse ne fit qu'accroître sa nervosité.

— Ainswood, fit-il avec un bref salut. Quelle agréable surprise.

— Surprise est le mot juste.

Le duc se dirigea d'un pas pesant vers les marches.

— La dernière fois qu'on s'est vus, j'avais cru comprendre que tu ne remettrais les pieds en Angleterre sous aucun prétexte. Tu as même dit que si un autre d'entre nous espérait te voir à ses funérailles, il faudrait qu'il vienne te supplier à genoux à Paris.

Tout en parlant, son regard tomba sur Jessica. Un sourire goguenard apparut sur ses traits.

— Bon sang de bois ! Les bras m'en tombent. Non seulement, Dain est de retour, mais il voyage en bonne compagnie.

Dain sentit le peu de sang-froid qui lui restait s'effilocher.

— Dans quel genre de cave étais-tu terré pour ne pas savoir que je suis à Londres depuis un mois et que je me suis marié ce matin, répliqua-t-il avec froideur. Cette dame est ma femme.

Il se tourna vers Jessica.

— Madame, j'ai le discutable honneur de vous présenter…

Il fut interrompu par le rire gras du duc.

— Ta femme, cet oiseau de paradis ? Tu te fiches de moi ? Pourquoi pas ta sœur pendant que tu y es ? Ou ta grand-tante Matilda ?

— Tu me traites de menteur, Ainswood, fit remarquer Dain d'un ton dangereusement bas. Et tu insultes mon épouse. Je te donne exactement dix secondes pour t'excuser.

Ainswood le fixa en silence, surpris, puis il sourit.

— Toujours aussi doué pour intimider les gens, on dirait, mais ça ne marche pas avec moi, vieux. Je sais encore reconnaître un canular. Où vous produisez-vous, ma belle ? demanda-t-il à Jessica. Au *King's Theatre* sur Haymarket ? Vous voyez, je n'ai nullement l'intention de vous manquer de respect. Un coup d'œil suffit pour se rendre compte que vous êtes très au-dessus de ses fréquentations féminines habituelles.

— Tu as recommencé, articula Dain. Aubergiste !

Ce dernier s'approcha à contrecœur.

— Milord ?

— Veuillez montrer sa chambre à madame.

— Dain, murmura Jessica en lui pressant le bras, votre ami n'a plus toute sa tête. Vous devriez…

— En haut, ordonna-t-il.

Avec un soupir, elle obéit.

Il attendit qu'elle atteigne le palier, puis se tourna vers le duc qui la contemplait d'un regard lubrique.

— Premier choix, commenta celui-ci avec un clin d'œil. Où l'as-tu dénichée ?

Dain descendit l'escalier, le saisit par son foulard et le plaqua brutalement contre le mur.

— Espèce de cancrelat puant ! Je t'ai donné une chance, *cretino*. Maintenant, je vais te briser le cou.

— Je tremble de peur, railla Ainswood, les yeux brillants à la perspective d'une bonne bagarre. La fille est à moi si je gagne ?

Quelques instants plus tard, sans se soucier des protestations de sa femme de chambre, Jessica se tenait sur le balcon surplombant la cour de l'auberge.

— Milady, rentrez, je vous en supplie, supplia Bridget. Ce n'est pas un spectacle convenable pour une dame de votre rang. Cela vous rendra malade, j'en suis sûre. Le soir de votre nuit de noces, en plus.

— J'ai déjà vu des hommes se battre, répondit Jessica. Mais jamais à cause de moi. De toute manière, ils ne devraient pas se faire grand mal. Dain est certes plus grand et plus fort, mais il n'a qu'un bras valide. Et Ainswood n'est pas seulement costaud, il est aussi tellement ivre qu'il risque de ne rien sentir.

En un clin d'œil, la cour pavée fut remplie de spectateurs masculins – certains en robe de chambre – attirés par la perspective d'une rixe entre deux pairs du royaume.

Un cercle de sympathisants se forma autour de chaque adversaire, et Dain se retrouva submergé de conseils contradictoires par cinq ou six gentlemen élégants tandis qu'Andrews, son valet de pied, l'aidait à enlever sa chemise.

— Mon Dieu ! s'exclama Bridget, horrifiée, en reculant contre la porte du balcon. Ils sont *nus* !

Jessica n'avait que faire de l'autre combattant, nu ou habillé. Elle contemplait Dain, le souffle coupé.

Son torse hâlé luisait à la lumière des torches qui soulignait ses muscles puissants, ses épaules larges, ses biceps sinueux. Il émanait de tout son corps une aura de force et d'énergie qui n'était pas sans évoquer les statues de marbre d'athlètes ou de dieux romains.

Jessica sentit un tiraillement dans le bas-ventre ; une envie folle de se presser contre ce torse dur, de caresser cette peau hâlée la saisit.

« Mon mari », pensa-t-elle avec une joie douce-amère, une fierté mêlée de désespoir. Car si Dain lui était lié légalement, aucune loi ne pouvait le contraindre à lui appartenir véritablement.

La lutte pour y parvenir s'annonçait longue et acharnée.

Cet ivrogne d'Ainswood avait plus de chance de gagner la bataille qu'il s'apprêtait à livrer contre lui qu'elle la sienne, songea-t-elle tristement. Sauf que son combat à elle demandait avant tout de l'intelligence, et que de ce côté – Dieu merci –, elle ne manquait pas de ressources. Et la vision qui s'offrait à elle en ce moment constituait une motivation suffisante pour s'atteler à la tâche.

Elle regarda l'un des partisans de Dain lui coincer le bras gauche dans une écharpe de fortune. Puis les deux hommes se placèrent face à face.

Quelqu'un donna le signal.

Aussitôt, Ainswood se jeta sur son adversaire, tête et poings en avant. Dain esquiva la pluie de coups d'un bond de côté.

L'autre s'élança de nouveau sans plus de succès. Malgré sa rapidité – étonnante vu son état d'ébriété –, il ne parvint pas une seule fois à toucher Dain, qui lui échappait avec l'agilité d'un félin.

Pourtant, à force de ténacité et de rage, le duc finit par lui heurter le bras. Celui-ci glissa de l'écharpe. La seconde d'après, Dain lançait son poing valide dans la face d'Ainswood qui tituba en arrière, le nez en sang.

— Ça c'est un uppercut ! murmura Jessica. Personne ne l'a vu venir. Et encore moins le duc.

Mais ce dernier, loin de se démonter, fondait déjà sur son adversaire dans un grand éclat de rire.

— Bonté divine ! s'exclama Bridget, qui s'était décidée à rejoindre sa maîtresse. Un coup de poing ne lui suffit donc pas ?

— Ils ne sentent rien, expliqua Jessica sans quitter le spectacle des yeux. Du moins pour le moment. Oui, bien joué, Dain ! cria-t-elle comme son mari enfonçait le poing dans l'estomac du duc. C'est ce qu'il faut. Frapper le ventre. Ce cochon a la tête aussi dure que du bois.

Fort heureusement, Dain ne fut pas distrait par les encouragements sanguinaires de sa délicate moitié, dont la voix se perdit parmi celles des curieux assemblés dans la cour.

Visiblement capable de se sortir d'affaire seul, il acheva la rixe en trois coups bien sentis qui mirent Ainswood à genoux.

Deux hommes se précipitèrent vers le duc pour le relever.

— Laissez tomber, Ainswood, conseilla quelqu'un.

— Ouais, avant qu'il vous fasse vraiment mal, renchérit un autre.

De là où elle se trouvait, Jessica avait du mal à se rendre compte de l'étendue des dégâts. Certes, le sol était maculé de sang, mais une blessure au nez, même minime, saignait toujours abondamment.

Ainswood se redressa, chancelant.

— Approche, Bec d'aigle, éructa-t-il en frappant gauchement l'air de ses poings. Je n'en ai pas fini avec toi.

Avec un haussement d'épaules, Dain s'exécuta et, d'un mouvement fluide, cueillit le duc au plexus.

Celui-ci s'affala comme une poupée de chiffon. Heureusement, ses amis réagirent assez vite pour empêcher son crâne de heurter les pavés. Quand ils l'assirent, il sourit bêtement à Dain.

— À présent, tes excuses, ordonna ce dernier.

Le visage couvert de sueur et de sang, Ainswood reprit son souffle.

— Excuse-moi, Belzébuth, croassa-t-il.

— À la première occasion, tu présenteras également des excuses à mon épouse.

Ainswood hocha la tête, inspira avec difficulté deux ou trois fois, puis, au grand dam de Jessica, leva la tête.

— Pardonnez-moi, milady ! lança-t-il d'une voix enrouée.

Dain suivit la direction de son regard. Des boucles brunes lui collaient au front, son cou et ses épaules luisaient de transpiration.

Ses yeux s'écarquillèrent brièvement en la découvrant sur le balcon. Une expression fugitive, étrangement douloureuse, glissa sur ses traits, aussitôt remplacée par l'habituel sourire moqueur.

— Milady, la salua-t-il en s'inclinant dans une révérence théâtrale.

La foule poussa une grande acclamation.

Elle hocha la tête.

— Milord.

Elle aurait voulu lui sauter dans les bras.

Il s'était battu pour elle. Avec un ami, qui plus est. Et il s'était battu intelligemment, brillamment. Il était magnifique. Elle avait envie de pleurer de joie et de fierté, mais ne parvint qu'à lui adresser un sourire vacillant avant de se détourner en hâte pour suivre Bridget à l'intérieur.

Ne sachant comment interpréter la réaction de son épouse, Dain décida que le sourire était avant tout destiné à donner le change.

En réalité, Jessica avait honte.

Son mari était un animal.

Il était couvert de boue et de sang, et puait comme un porc.

En outre, il était à demi nu, et à la lueur des torches, elle avait pu avoir un aperçu de ce grand corps bestial qu'il avait espéré dissimuler dans l'obscurité de la chambre.

À l'heure qu'il était, elle devait être en train de vomir dans le vase de nuit ou d'entasser les meubles derrière la porte verrouillée à double tour.

Certain qu'il ne servirait à rien de monter la rejoindre, Dain ignora les conseils de son valet et alla se laver à la pompe.

Refusant d'être en reste, Ainswood l'imita. Sans un mot, ils se débarbouillèrent sous l'eau glacée tandis qu'autour d'eux on commentait abondamment la bagarre.

Leurs ablutions terminées, les deux hommes se regardèrent en s'efforçant de dissimuler les frissons qui les secouaient.

Ainswood prit la parole le premier.

— Marié. Nom de Dieu, fit-il en secouant la tête. Qui aurait cru ça ?

— Elle m'a tiré dessus, expliqua Dain. Cela méritait un châtiment. « Pardonner une offense, a dit Publilius, en encourage de nombreuses autres. » Je ne peux pas me permettre de devenir la cible de toutes les femmes que j'ai vexées un jour. Elle devait servir d'exemple.

Il jeta un coup d'œil à la ronde.

— Si une femme s'en tire après avoir menacé Belzébuth, les autres pourraient se croire autorisées à en faire autant avec n'importe quel homme.

Tandis qu'ils réfléchissaient à ces mots, les mines des mâles qui les entouraient s'assombrirent.

— Je me suis marié pour le bien commun, continua-t-il. Il est des situations où il faut faire passer l'intérêt de ses compatriotes avant le sien.

— Exact, approuva Ainswood avec un sourire. Même si ton sacrifice ne me semble pas si énorme. C'est du premier choix. Ton épouse, je veux dire, est extrêmement jolie.

Dain feignit l'indifférence.

— Belle, corrigea Carruthers.

— Une dame de qualité, renchérit un autre.

— Aussi gracieuse qu'un cygne, intervint encore quelqu'un.

Bien que sa poitrine se gonflât d'orgueil, Dain parvint à afficher un air méprisant.

— Composez des odes à sa perfection autant qu'il vous plaira, lâcha-t-il en se détournant. Quant à moi, j'ai soif.

11

Le dîner de Jessica lui fut monté une vingtaine de minutes après la bagarre. Elle le dégusta seule, son mari, qui avait préféré demeurer en bas avec quelques compagnons, lui ayant fait dire de ne pas l'attendre.

Cette attitude ne l'étonna pas. Après une bonne rixe, les hommes adoraient fêter leur amitié retrouvée en se saoulant ensemble, avait-elle eu l'occasion de remarquer.

Certaine que Dain ne serait pas en état d'apprécier son déshabillé grenat lorsqu'il remonterait, elle revêtit une chemise de nuit beaucoup plus sobre, en coton crème. Puis elle enfila une robe de chambre de brocart pastel et s'installa devant la cheminée pour lire le *Don Juan* de Byron.

Peu avant 1 heure du matin, des pas lourds résonnèrent dans le couloir, accompagnés d'un braillement aviné censé être une chanson. Jessica se leva pour aller ouvrir la porte.

Dain lâcha les deux compagnons qui le soutenaient et s'avança vers elle d'un pas mal assuré.

— Tenez-vous bien, dit-il d'une voix pâteuse, la mariée arrive.

S'appuyant sur Jessica pour garder l'équilibre, il ordonna à ses amis :

— Allez-vous-en.

Il referma la porte d'un coup de pied et reprit :

— Je vous avais dit de ne pas m'attendre.

— J'ai pensé que vous auriez besoin d'aide, répondit-elle. J'ai envoyé Andrews se coucher : le pauvre dormait debout. De toute façon, je lisais.

Il était dans un état déplorable. Sa veste et sa chemise blanche ressemblaient à un chiffon, et son pantalon était maculé de sang et de terre.

Il se redressa et fixa ses bottes un long moment, avant de lâcher un juron.

— Pourquoi ne pas vous asseoir sur le lit ? suggéra Jessica. Je vais vous aider à retirer vos bottes.

Il se dirigea d'un pas hésitant dans la direction indiquée, et dut agripper le montant du lit pour s'asseoir.

— Jessica.

Elle s'approcha et s'agenouilla devant lui.

— Oui, milord.

— Oui, milord, répéta-t-il avec un rire. Jessica, milady, je crois que je suis un paria. Quelle chance vous avez.

— Nous parlerons de ma chance plus tard, fit-elle en tirant sur une botte. Il n'y a qu'un seul lit, et si l'alcool vous fait autant ronfler que l'oncle Arthur, la nuit promet d'être courte.

— Ronfler ? Qui veut *ronfler* ?

Elle s'attaqua à l'autre botte.

— Jessica, reprit-il.

— Vous me reconnaissez, c'est déjà ça.

Bien que la botte droite se montrât plus récalcitrante, elle évita de tirer trop fort de peur qu'il ne basculât sur elle.

— Vous feriez mieux de vous allonger, lui conseilla-t-elle.

Il lui sourit bêtement.

— Couché, ordonna-t-elle.

— Couché, répéta-t-il stupidement sans bouger.

Consciente qu'elle n'obtiendrait rien par de simples paroles, elle se leva, appuya les mains sur son torse et le poussa sans ménagement.

Il s'effondra sur le matelas en riant.

S'agenouillant de nouveau devant lui, Jessica réussit enfin à le déchausser.

— Gracieuse, lança-t-il en parlant au plafond. Lady Dain si gracieuse. Sa peau est délicieuse. Sa voix mélodieuse. Mais quelle enquiquineuse. *Ma come'è bella. Molto bella*. Jolie... enquiquineuse.

— Quel poète ! Lord Byron a du souci à se faire, railla-t-elle.

En guise de réponse, elle entendit un léger ronflement.

— Dieu merci, le lit est large, soupira-t-elle. Ma dévotion conjugale n'irait pas jusqu'à dormir par terre.

Le temps de faire sa toilette derrière le paravent, et elle retrouva Dain étendu en travers du lit à son retour.

Elle le secoua par l'épaule.

— Allez, on se pousse, gros lourdaud.

Il grommela, roula d'un côté, de l'autre, et reprit sa position initiale.

Jessica insista.

— Sapristi, tu vas bouger.

Il roula de nouveau, et finit enfin par lever les pieds du sol et s'installer dans le bon sens, la tête sur l'oreiller. Puis il roula sur le flanc, face à elle.

Elle grimpa sur le lit et, d'un geste agacé, rabattit drap et couverture sur elle.

— Moi, une enquiquineuse ? marmonna-t-elle. J'aurais dû vous jeter par terre.

Elle le contempla. Des boucles brunes retombaient sur son front qui, dans son sommeil, était aussi lisse que celui d'un enfant. Il agrippait le coin de l'oreiller de la main droite. Son ronflement léger ressemblait à un murmure.

Jessica ferma les yeux.

Bien qu'ils ne se touchent pas, elle percevait la proximité du corps de Dain avec acuité, son poids qui creusait le matelas... le mélange viril d'alcool et de tabac qui en émanait... sa chaleur.

Surtout, elle se sentait frustrée et, qu'elle le veuille ou non, blessée.

Certes, elle avait prévu que Dain la rejoindrait dans un état d'ébriété avancé. Mais, après tout, ce ne serait pas le premier à se coucher éméché dans le lit nuptial. Et l'alcool lui permettrait peut-être, avait-elle espéré, d'accueillir avec indulgence l'inexpérience de son épouse.

Pour être franche, elle avait même souhaité le retrouver aussi proche de l'inconscience que possible. On racontait en effet que les quelques gouttes de sang causées par la défloration affolaient certains messieurs à un point inimaginable.

Consciente que son avenir entier avec Dain pouvait dépendre de l'expérience de cette nuit, Jessica s'était préparée à toute éventualité, tel un général avant une bataille cruciale. Bien informée grâce aux bons soins de Genevieve, elle était déterminée à faire de son mieux. À se montrer enthousiaste, pleine de bonne volonté, réceptive et attentionnée.

Mais elle n'était pas préparée à *cela*.

Dain n'était plus un collégien. Il connaissait ses limites et savait à partir de combien de verres il n'était plus bon à rien.

Pourtant, il avait continué de boire. Le soir de ses noces.

Sans doute y avait-il une explication à ce comportement – une de ces raisons typiquement masculines qu'elle découvrirait tôt ou tard, et dont l'intention n'était probablement pas de la blesser.

Malheureusement, cela ne changeait rien au fait que la journée avait été longue, et qu'elle en avait passé la majeure partie à attendre et à redouter un événement qui ne s'était finalement pas produit.

Elle était donc dans un état de grande agitation émotionnelle. Prête à éclater en sanglots. Ou encore à hurler, à le taper et à lui tirer les cheveux pour qu'il eût aussi mal qu'elle.

Elle ouvrit les paupières et s'assit dans le lit, à la recherche d'un objet avec lequel le frapper sans danger. Peut-être devrait-elle lui verser le broc d'eau sur la tête, songea-t-elle en tournant les yeux vers l'angle de la pièce réservé à la toilette.

Derrière la fenêtre, les premiers chants d'oiseaux annonçaient l'aube.

À côté d'elle, Dain s'agita.

— Jessica, articula-t-il dans son sommeil.

— Au moins, vous savez que je suis là, murmura-t-elle. C'est toujours ça.

Avec un soupir, elle se rallongea. Dain bougea de nouveau en marmonnant, puis posa le bras sur sa taille et la jambe en travers des siennes.

Il était lourd, mais délicieusement chaud.

Peu à peu, elle finit par se détendre, et s'endormit.

La première sensation consciente de Dain fut celle d'un petit derrière ferme appuyé contre son aine. Puis il sentit le contact tiède d'un sein sous sa paume. Le temps que l'identité de la propriétaire de l'un et de l'autre lui revienne en mémoire, un flot de souvenirs l'assaillirent, immédiatement suivis d'un profond sentiment de honte.

Il s'était battu dans la cour de l'auberge comme le premier rustaud venu, avait avalé assez de vin pour noyer un régiment, et laissé ses compagnons de beuverie le hisser jusqu'à la chambre nuptiale. Et comme si cela ne suffisait pas, au lieu d'avoir la décence de cuver son vin par terre dans un coin, il s'était effondré sur le lit en laissant à sa délicate épouse le soin de lui ôter ses bottes.

Il roula sur le dos et fixa le plafond.

Au moins, il ne l'avait pas violée. Il avait veillé à absorber suffisamment d'alcool pour être sûr qu'une telle chose ne puisse se produire.

Dommage que tout son corps ne soit pas paralysé comme son bras gauche, regretta-t-il, cela lui aurait permis d'éviter d'offrir ce déplorable spectacle à Jessica.

Le forgeron de Satan semblait avoir pris sa tête en guise d'enclume, tandis que le chef des cuisines infernales lui emplissait la bouche d'une mixture immonde et pâteuse.

Près de lui, Jessica s'agita.

Il se leva avec précaution, et grimaça en sentant des fourmillements douloureux dans son bras inerte. Ses muscles protestèrent comme il se dirigeait d'un pas chancelant vers le coin réservé à la toilette.

Il perçut un froissement de drap dans son dos, puis :

— Avez-vous besoin d'aide, Dain ?

S'il avait eu une conscience, elle avait commencé à décliner peu à peu après le départ de sa mère, pour disparaître totalement aux environs de ses dix ans. Au son de cette voix féminine lui offrant de l'aide, elle ressuscita d'un coup, tel Lazare d'entre les morts. Il sentit ses griffes acérées se refermer sur son cœur et entendit un cri silencieux, si puissant qu'il s'étonna qu'il ne brisât pas en mille morceaux le miroir devant lequel il se tenait.

Oui, répondit-il en son for intérieur, il avait besoin d'aide. Besoin qu'on l'aide à renaître, à réussir sa vie cette fois.

— Vous devez avoir un mal de tête infernal, reprit-elle après un long silence. Bridget est sûrement levée, je vais lui demander d'aller vous chercher un remède. En attendant, nous pourrions commander un petit déjeuner léger ?

D'autres froissements de tissu avaient accompagné ses paroles. Dain n'eut pas besoin de regarder pour deviner qu'elle se levait. Lorsqu'elle s'approcha pour prendre sa robe de chambre sur une chaise, il tourna les yeux vers la fenêtre. Un soleil voilé l'éclairait. Il devait être environ 6 heures, estima-t-il. Lundi 12 mai. Le lendemain de son mariage.

C'était également son anniversaire, se rappela-t-il sans enthousiasme. Il avait trente-trois ans aujourd'hui. Et s'était réveillé dans le même état que le 13 mai des vingt années précédentes – et sans doute celui des vingt à venir, se dit-il avec amertume.

— Il n'y a rien à faire, marmonna-t-il.

Jessica, qui se dirigeait vers la porte, s'arrêta.

— Vous seriez prêt à parier ?

— Vous cherchez juste un prétexte pour m'empoisonner, railla-t-il en versant l'eau du broc dans la bassine.

— Si vous êtes assez courageux pour essayer, je vous promets que vous aurez retrouvé vos esprits avant notre départ, assura-t-elle. Sinon, je vous autorise à choisir mon gage vous-même. Dans le cas contraire, vous demanderez au cocher de s'arrêter à Stonehenge et me laisserez m'y promener en m'épargnant vos sarcasmes et vos remarques sur le retard pris.

Il lui lança un coup d'œil rapide. Pas assez cependant pour ne pas remarquer ses cheveux cascadant sur ses épaules et ses joues encore rosies par le sommeil. Jamais elle ne lui avait paru plus fragile, plus délicate. Plus belle.

Elle était la Belle et lui la Bête avide de vengeance, songea-t-il en contemplant son propre reflet dans la glace.

— Si je ne me sens pas mieux, déclara-t-il, je me servirai de vos genoux comme oreiller jusqu'à l'arrivée dans le Devon.

En guise de réponse, elle lâcha un rire cristallin et sortit de la chambre.

Il était 7 h 30, deux kilomètres après Amesbury, et Dain était accoté à un grand monolithe surplombant la plaine de Salisbury. Au-dessous de lui s'étendait un vaste tapis de verdure ondulée où se dessinaient çà et là les rectangles jaunes des champs de blé. Quelques maisons parsemaient le paysage ainsi que des troupeaux isolés de moutons ou de vaches.

Mais Dain ne se sentait pas l'âme bucolique. En cet instant, il aurait presque préféré ne jamais avoir bu le liquide parfumé que Jessica lui avait fait préparer. Au moins son mal de crâne lui aurait-il évité de penser à autre chose.

En l'occurrence, au fait qu'il n'avait pas couché avec une femme depuis des semaines…

S'il n'assouvissait pas rapidement ses besoins, il finirait par blesser quelqu'un. Beaucoup de gens. Se battre avec Ainswood ne l'avait pas soulagé d'un iota. Quant aux effets de l'alcool, ils n'avaient duré que quelques heures. Certes, il n'aurait aucun mal à trouver une catin entre ici et le Devon, mais il soupçonnait que cela ne changerait pas grand-chose.

C'était son épouse, si mince et si fragile, qu'il voulait. Il n'avait du reste cessé de la désirer depuis qu'il l'avait vue pour la première fois.

L'endroit était tranquille. Il entendait le bruissement des herbes que la robe de Jessica frôlait non loin de lui. Le froufrou moqueur se rapprochait. Il garda les yeux fixés devant lui quand elle s'immobilisa à ses côtés.

— Il paraît qu'un des trilithes est tombé il n'y a pas si longtemps que cela, commenta-t-elle.

— En mille sept cent quatre-vingt-dix-sept, précisa-t-il. C'est un ami d'Eton qui m'en a parlé. Selon lui, la pierre se serait renversée le jour de ma naissance, comme un mauvais présage. Du coup, j'ai vérifié. Il se trompait : j'avais deux ans lorsque c'est arrivé.

— Mais vous vous êtes bien gardé de rétablir la vérité auprès de votre ami, je suppose. S'agissait-il d'Ainswood ?

Malgré sa promenade dans l'air vif du matin, elle semblait fatiguée. Pâle, les yeux cernés. « Par ma faute », se rappela-t-il.

— Non, répondit-il brièvement. Et n'allez pas imaginer que je cogne sur chaque idiot qui tente de jouer au plus fin avec moi.

— Vous ne cognez pas, corrigea-t-elle. Vous vous battez de manière scientifique. Intellectuelle, devrais-je dire. Vous deviniez les mouvements d'Ainswood avant même qu'il bouge.

Elle s'approcha d'un monolithe renversé au sol.

— Je me demandais comment vous vous débrouilleriez avec un seul bras, poursuivait-elle en posant son ombrelle pour ramener le poing vers elle comme un boxeur. Comment vous alliez pouvoir vous protéger et attaquer en même temps ? Mais vous avez choisi une tactique différente.

Elle renversa la tête en arrière comme pour éviter un coup et recula.

— L'esquive et la retraite, poursuivit-elle. Afin de l'obliger à vous suivre et à gaspiller ses forces.

— Ce n'était pas très difficile, fit-il remarquer en dissimulant son étonnement. Il n'était pas au mieux de sa forme. Il est beaucoup plus rapide quand il est sobre.

— Je suis sobre, dit-elle en bondissant sur la pierre. Approchez, voyons si je suis assez rapide.

Elle était coiffée d'un vaste chapeau orné de fleurs et attaché par des rubans de satin noués sous son oreille gauche. Sa robe de voyage était l'une de ces folies à la mode à manches ballons surchargées de fioritures.

Dain la contempla avec un mélange d'incrédulité et d'amusement. Il avait rarement vu quelque chose d'aussi adorablement grotesque que ce petit bout de femme juchée sur une pierre en position de boxeur.

Il la rejoignit en souriant.

— Descendez, Jessica. Vous ne ressemblez à rien.

Elle lança le poing en avant. D'instinct, il recula la tête si bien qu'elle manqua son coup… d'un cheveu.

Il éclata de rire, juste avant que quelque chose lui frappe l'oreille. Il plissa les yeux. Elle souriait. Des étincelles malicieuses dansaient au fond de ses prunelles grises.

— Je vous ai fait mal, Dain ? demanda-t-elle sans la moindre trace de repentir.

— Me faire mal ? Vous croyez vraiment pouvoir y parvenir avec *ça* ? demanda-t-il en lui attrapant la main.

Elle perdit l'équilibre et n'eut que le temps de s'agripper à son épaule pour ne pas tomber.

Sa bouche n'était qu'à quelques centimètres de la sienne.

Comblant la distance, il s'en empara, et lui lâcha la main pour lui entourer la taille du bras. Elle répondit à son baiser avec la même fougue, enroulant la langue autour de la sienne dans une danse taquine qui le rendit fou. La spontanéité avec laquelle elle noua les bras autour de son cou et se pressa contre lui alluma un incendie dans son bas-ventre. Il referma sa main valide sur son adorable derrière rebondi.

Ma femme, pensa-t-il. Elle était mince et souple, dotée de courbes parfaites… et elle était à lui. C'était sa propre épouse qui l'embrassait si ardemment et s'agrippait à lui comme si elle aussi était en proie à ce même vertigineux désir qui lui coupait le souffle.

Sans mettre fin à leur étreinte, il la souleva de la pierre et la reposa sur le sol. Il l'y aurait allongée si un cri rauque au-dessus d'eux ne l'avait brusquement ramené à la réalité.

Il détacha ses lèvres des siennes et leva la tête.

Une corneille noire posée sur une petite pierre levée lui offrait son profil crochu tout en le fixant d'un œil mobile qui semblait se moquer de lui.

« Bec d'aigle », l'avait appelé Ainswood la veille au soir. Ce surnom, il l'avait entendu des centaines de fois à Eton, de même que « Nez crochu », « Busard noir » ou d'autres sobriquets tout aussi flatteurs.

Le visage brûlant, il se détourna de son épouse.

— Allons-y, dit-il d'un ton que l'amertume rendait coupant. On ne va pas traîner ici toute la journée.

L'amertume dans la voix de Dain n'échappa pas à Jessica. Un instant, elle eut peur d'avoir fait quelque chose qui l'avait blessé ou dégoûté. Mais tandis qu'ils descendaient la pente pour rejoindre la voiture, il ralentit le pas pour l'attendre. Et lorsqu'elle lui prit la main – celle qui était paralysée – et la serra, il lui jeta un coup d'œil et déclara :

— Je déteste les corneilles. Ce sont des bestioles bruyantes et répugnantes.

C'était sans doute là ce qu'il avait de mieux à offrir en guise d'explication ou d'excuse, devina-t-elle. Elle se tourna une dernière fois vers l'ancien lieu de culte.

— Parce que vous êtes un aristocrate pur-sang très nerveux, je suppose. Pour moi, cela participe à l'atmosphère du lieu. Je les trouve très romantiques.

Il eut un rire bref.

— Vous voulez dire « gothique », je pense.

— Non, pas du tout. Me voici dans les bras d'un héros ténébreux et dangereux au beau milieu des ruines de Stonehenge, un site à l'aura de mystère. Byron lui-même n'aurait pu dépeindre scène plus romantique. Je suis sûre que vous êtes persuadé de ne pas avoir une once de romantisme en vous, ajouta-t-elle en lui glissant un regard de biais. Mais ne vous inquiétez pas : si par hasard, vous en découvriez une trace bien cachée, je ne le répéterai à personne.

— Je ne suis pas romantique, rétorqua-t-il d'un ton guindé. Quant à la pureté de mon sang, je vous rappelle que je suis à moitié italien.

— La moitié italienne n'est pas moins noble que l'autre. Le duc d'Abonville m'a appris que votre mère était issue d'une très vieille famille d'aristocrates florentins. C'est apparemment ce qui a rendu notre mariage acceptable à ses yeux.

En guise de réponse, Dain proféra une suite de mots incompréhensibles. Probablement des jurons dans sa langue maternelle.

— Il veut épouser Genevieve, expliqua-t-elle pour l'apaiser. C'est ce qui le rend si protecteur à mon égard. Remarquez, son attachement pour ma grand-mère présente aussi des avantages : il a pris Bertram en main, ce qui signifie que vous n'aurez plus à vous préoccuper des problèmes financiers de mon frère.

Dain rumina en silence jusqu'à ce qu'ils remontent en voiture. Là, il poussa un soupir, s'adossa à la banquette et ferma les yeux.

— Romantique. Nerveux. Et vous trouvez rassurant que *l'amant* de votre grand-mère prenne votre écervelé de frère sous son aile. Franchement, Jessica, je crois que vous êtes aussi folle que tous les autres membres – actuels et à venir – de votre famille.

— Comptez-vous dormir ? s'enquit-elle.

— J'aimerais, si vous parvenez à vous taire trois minutes de suite.

— Je suis fatiguée moi aussi. Cela vous ennuie si je m'appuie contre votre épaule ?

— Dans ce cas, retirez ce chapeau ridicule.

Jessica s'exécuta et posa la tête sur l'épaule de Dain. Au bout d'un moment, il changea de position et lui cala la tête contre son torse, ce qui était beaucoup plus confortable.

C'était exactement ce dont elle avait besoin pour se sentir rassurée. Plus tard, elle essaierait de comprendre ce qui l'avait dérangé pendant leur baiser, et pourquoi il s'était brusquement tendu lorsqu'elle avait évoqué sa famille maternelle. Pour l'heure, elle se contentait de profiter de ce qui ressemblait délicieusement au geste affectueux d'un mari envers sa femme.

Elle dormit la plus grande partie du trajet. En dépit du retard pris à Stonehenge, ils atteignirent Exeter en fin d'après-midi. Après avoir traversé deux fleuves, Jessica aperçut pour la première fois les étranges formations rocheuses du Dartmoor.

— Haytor Rocks, indiqua Dain en désignant un immense rocher au sommet d'une colline.

Jessica grimpa sur ses genoux pour avoir une meilleure vue.

— Ne vous inquiétez pas si vous le ratez, la rassura-t-il en riant, la région en est pleine. Où que vous vous tourniez, il y a l'un de ces énormes promontoires. De la lande, des pierres, des buttes et des marécages, voilà ce qui nous entoure. En m'épousant, vous vous retrouvez exactement là où vous souhaitiez ne jamais finir : à l'écart de toute civilisation. Bienvenue, lady Dain, dans la lande battue par les vents du Dartmoor.

— Cela me paraît très beau, murmura-t-elle.

« Comme vous », faillit-elle ajouter. Dans la lueur orangée du couchant, la nature apparaissait d'une beauté âpre et sauvage qui n'était pas sans lui rappeler Dain.

— Je vais devoir gagner un autre pari pour que vous m'emmeniez voir ces rochers de plus près.

— Pour que vous attrapiez une fièvre pulmonaire ? répliqua-t-il. C'est froid, venteux, humide, et le temps passe de l'automne à l'hiver le plus rude plusieurs fois par heure.

— Je ne suis jamais malade. Je ne suis pas un pur-sang nerveux – contrairement à certains dont je préfère taire le nom.

— Vous feriez mieux de descendre de mes genoux. Nous serons bientôt à Athcourt et tout le personnel doit être au garde-à-vous. Avec mes vêtements froissés, je vais avoir suffisamment pauvre allure comme cela. Vous êtes impossible, vous gigotez encore plus en dormant que lorsque vous êtes éveillée. C'est à peine si j'ai pu fermer l'œil jusqu'à Exeter.

— Dans ce cas, vous devez ronfler les yeux ouverts, rétorqua-t-elle en regagnant sa place.

— Je n'ai pas ronflé.

— Je vous jure que si. Plusieurs fois, en plein dans mon oreille.

Ignorant son regard noir, Jessica se tourna de nouveau vers le paysage.

— Pourquoi votre domaine s'appelle-t-il Hathcourt ? C'est en référence à une bataille ?

— Non. Les Ballisters vivaient plus au nord à l'origine, expliqua-t-il. L'un de mes ancêtres s'est entiché de la région en même temps que de la fille de sir Guy de Ath, un noble puissant des environs. Comme elle était la seule des enfants à avoir survécu, il a obtenu à la fois sa main et son domaine à condition de transmettre le nom de sa famille. Voilà pourquoi tous les mâles de la famille s'appellent Guy de Ath Ballister.

Elle avait, en effet, lu ce patronyme sur les innombrables documents établis pour leur mariage.

— Sebastian Leslie Guy de Ath Ballister, se remémora-t-elle en souriant. Et moi qui croyais que vous utilisiez tous ces noms parce que vous étiez un noble arrogant fier de sa lignée.

Elle le sentit se raidir. Surprise, elle le dévisagea. Ses lèvres étaient pincées et sa mâchoire crispée.

Elle n'eut pas le temps de l'interroger qu'il s'empara de son chapeau, oublié sur la banquette d'en face, et l'en coiffa. Apparemment, ils étaient arrivés, nota-t-elle comme ils franchissaient un grand portail. Elle noua les rubans sous son menton, et tenta de redonner un semblant de fraîcheur à sa tenue.

12

Malgré le détour par Stonehenge, la calèche s'arrêta devant le perron du château d'Athcourt à 20 heures précises, comme prévu. À 20 h 30, lord Dain et son épouse avaient inspecté l'armée de domestiques cérémonieusement alignés pour les accueillir, et subi, à n'en pas douter, un examen tout aussi approfondi de leur part. Bien que les membres du personnel, à de rares exceptions près, n'eussent pas eu l'occasion de rencontrer le maître des lieux avant ce jour, leur curiosité demeura des plus discrètes, preuve d'un professionnalisme à la hauteur de leurs gages.

Selon les ordres qui les avaient précédés, Dain et Jessica purent prendre un bain chaud juste après ce passage en revue, et trouvèrent leurs bagages défaits et leurs tenues repassées avant de descendre dîner.

La première entrée fut servie à l'instant où ils s'assirent à chaque extrémité de la longue table de chêne. Les plats froids arrivèrent froids, les tièdes à température idéale. Andrews, le valet de pied, demeura debout près de Dain durant tout le repas afin de l'assister dans toutes les actions exigeant plus d'une main.

Jessica ne sembla pas plus impressionnée par la taille de la salle à manger, à peine plus petite que l'abbaye de Westminster, que par la dizaine de domestiques en livrée prêts à se précipiter vers elle au moindre battement de cils.

À 22 h 45, elle se leva et, aussi tranquillement que si elle était la maîtresse de maison depuis toujours, informa Rodstock, le majordome, qu'elle prendrait le thé dans la bibliothèque.

Elle n'avait pas passé le seuil que la table était débarrassée et une carafe posée devant Dain. On lui servit un alcool fort sans qu'il eût besoin de le réclamer, puis sur un simple : « Ce sera tout » de sa part, tous les serviteurs s'évanouirent comme par magie.

C'était la première fois depuis deux jours qu'il se retrouvait seul. Il comptait mettre cette solitude à profit pour réfléchir à la virginité de sa femme et au problème que lui posait sa défloration.

Au lieu de quoi, il songea que la journée avait été longue, que son bras gauche l'élançait, que la salle à manger était trop calme, qu'il n'aimait pas la couleur des tentures, et que le tableau suspendu au-dessus de la cheminée était trop petit pour la taille de la pièce.

À 22 h 55, il repoussa le digestif auquel il n'avait pas touché, se leva, et gagna la bibliothèque.

Debout devant un lutrin, Jessica parcourait l'énorme Bible familiale sur laquelle étaient notés les mariages, les naissances et les décès. Quand son mari entra, elle lui adressa un regard réprobateur.

— C'est votre anniversaire aujourd'hui. Pourquoi ne me l'avez-vous pas dit ?

Il s'approcha. Une expression narquoise se dessina sur ses traits quand il baissa les yeux sur la ligne qu'elle lui indiquait.

— Voyez-vous cela ! Mon estimable père n'a pas rayé mon nom. J'en suis tout ébahi.

— Dois-je en conclure que c'est la première fois que vous jetez un coup d'œil à ce registre ? s'étonna-t-elle. Que vous ne vous intéressez pas à votre famille, alors que vous savez tout à propos de Guy de Ath ?

— Mon tuteur m'a parlé de mes ancêtres. Il essayait d'égayer ses leçons d'histoire par une visite régulière dans la galerie de portraits. « Le premier duc de Blackmoor », déclarait-il solennellement en s'arrêtant devant la peinture d'un chevalier aux blonds cheveux bouclés. « Né sous le règne du roi Charles II », ajoutait-il avant de s'étendre sur les événements de cette époque et de m'expliquer comment mon noble aïeul y avait tenu son rôle et gagné son duché.

Son tuteur, pas son père, nota-t-elle.

— J'aimerais bénéficier de ce même enseignement, dit-elle. Vous pourriez peut-être m'emmener visiter la galerie de portraits demain. Elle fait des kilomètres de long, j'imagine.

— Quelques centaines de mètres, rectifia-t-il en reportant les yeux sur la Bible ouverte. Vous semblez surestimer la taille du château.

— Parce que je ne le connais pas encore. J'ai néanmoins réussi à demeurer stoïque en découvrant la cité épiscopale connue sous le nom de : « Les appartements de Madame ».

Il contemplait toujours la page où figurait son nom. Il avait conservé son expression sardonique, mais il y avait de la détresse dans son regard. Était-ce à cause de la date qui suivait celle de sa naissance ?

— Mes parents sont morts un an après votre mère, dit-elle. Ils ont été tués dans un accident de calèche.

— La fièvre, murmura-t-il. Elle est morte d'une fièvre maligne. Il l'a noté également.

Il paraissait surpris.

— Qui a inscrit le décès de votre père ? Ce n'est pas votre écriture.

Il haussa les épaules.

— Son secrétaire, je suppose. Ou le vicaire. Ou un officiel quelconque.

Repoussant la main de Jessica, il referma le livre brutalement.

— Si l'histoire de la famille vous intéresse, vous trouverez de quoi satisfaire votre curiosité dans les gros volumes sur l'étagère au fond de la pièce. Aucun détail n'a été oublié depuis, je dirais, la conquête romaine.

Elle rouvrit la Bible.

— Vous êtes le chef de famille, à présent, vous devez inscrire mon nom, lui fit-elle remarquer avec douceur. Vous avez pris femme, il faut le déclarer.

— Maintenant, à la minute même ? fit-il en arquant un sourcil. Et imaginez que je décide finalement de vous répudier. Je devrais alors rayer votre nom.

Se détournant du lutrin, elle s'approcha d'une des tables de lecture, s'empara d'une plume et d'un encrier, et revint vers lui.

— J'aimerais vous voir essayer de vous débarrasser de moi.

— Je pourrais obtenir une annulation sous le prétexte que je n'étais pas en pleine possession de mes facultés mentales quand le mariage a été conclu. C'est sur la base d'un tel argument que lord Portsmouth a fait annuler le sien il y a seulement deux jours.

Il prit cependant la plume qu'elle lui tendait et nota leurs noms et la date du mariage de son écriture ferme, en ajoutant quelques fioritures pour faire bonne mesure.

— Voilà qui est joliment fait, commenta Jessica en se penchant par-dessus son bras. Merci, Dain. À présent, je fais partie de l'histoire des Ballisters.

Elle était parfaitement consciente que ses seins lui frôlaient le bras.

Lui aussi, du reste. Car il recula comme s'il s'était brûlé.

— Oui, vous êtes immortalisée dans la Bible familiale, acquiesça-t-il. Maintenant, vous allez vouloir qu'on peigne votre portrait, j'imagine. Et je devrai mettre un ancêtre célèbre au placard pour libérer de la place sur les murs.

Elle avait espéré qu'après un bain, un bon dîner et un ou deux verres de porto, il se détendrait, mais il semblait aussi nerveux que lorsqu'ils avaient franchi la grille d'Athcourt.

— Le château est-il hanté ? s'enquit-elle en parcourant les titres d'une rangée de livres. Vais-je entendre des bruits de chaînes ou croiser des spectres dans le couloir passé minuit ?

— Seigneur, non ! Qu'est-ce qui vous fait croire une chose pareille ?

— Vous.

Elle se hissa sur la pointe des pieds pour atteindre un rayonnage de poésie.

— Vous paraissez tellement tendu que j'ai l'impression qu'il va se produire quelque chose d'horrible.

— Je ne suis pas tendu, se défendit-il en se dirigeant vers la cheminée. Je suis très à l'aise au contraire. Comme n'importe qui de retour dans sa maison.

Sa maison où un tuteur lui avait enseigné l'histoire de sa famille à la place de son père, songea Jessica. Où sa mère était morte lorsqu'il avait dix ans – une perte qui semblait, encore aujourd'hui, le bouleverser. Et où se trouvait cette énorme Bible familiale qu'il n'avait jamais ouverte.

Connaissait-il le nom de ses demi-frères morts ou venait-il de les découvrir en même temps qu'elle ? s'interrogea-t-elle.

Elle s'empara d'un exemplaire relié de *Don Juan*.

— C'est vous qui l'avez acheté, je suppose. Byron a écrit les derniers chants de son Don Juan il y a à peine quatre ans. J'ignorais que vous aimiez son œuvre.

— Je ne l'aime pas. Mais comme j'ai rencontré Byron en Italie, que c'est un compatriote et que ses écrits ont la réputation d'être sulfureux...

— J'en déduis que vous ne l'avez pas lu.

Ouvrant le volume, elle commença à voix haute :

— *Elle était mariée depuis quelques années à un homme de cinquante ans ; ces maris-là foisonnent ; et pourtant, me semble-t-il, au lieu d'un seul mari de cet âge, il vaudrait mieux en avoir deux de vingt-cinq ans.*

Un semblant de sourire se dessina sur les lèvres de Dain. Elle feuilleta le volume et reprit :

— *Elle lutta un peu, se repentit beaucoup, et tout en murmurant : « Je ne consentirai jamais »... elle consentit.*

Cette fois, il lâcha un rire étouffé. Contente d'elle, Jessica s'installa sur le sofa et passa au deuxième chant, à l'endroit où elle s'était arrêtée la veille au soir.

— Âgé de seize ans, Don Juan, expliqua-t-elle, a été éloigné par son père suite à son aventure avec la belle Donna Julia, épouse d'un noble de cinquante ans.

Sur ce, elle attaqua le chant II

À la troisième strophe, Dain se rapprocha.

À la huitième, il était assis près d'elle, et à la quatorzième, il avait posé la tête sur un coussin et les jambes sur le repose-pieds. Sa main paralysée avait mystérieusement atterri sur le genou droit de Jessica, qui continua son récit comme si de rien n'était. Elle conta l'exil de Don Juan, son désir de changer, son amour impérissable pour Julia.

— *Quand l'âme est malade, rien ne peut la guérir*/(Ici, le vaisseau fit un plongeon, et il eut le mal de mer.)

Dain émit un ricanement.

— *Le ciel s'écroulera sur la terre avant...* (ici, il fut encore plus malade.)/*Oh Julia, que sont les autres maux auprès de celui-ci ? (Au nom du ciel, donnez-moi un verre d'alcool ; Pedro, Battista aidez-moi à descendre.)*

Si elle avait été seule, Jessica aurait souri, comme elle l'avait fait la veille. Mais devant Dain, elle déclama les déclarations d'amour de Don Juan d'un ton mélodramatique de plus en plus entrecoupé de hoquets à mesure que le mal de mer du héros prenait le pas sur sa passion éternelle.

Elle faisait mine de ne pas remarquer l'hilarité silencieuse de Dain dont le corps tressautait près du sien – si près qu'elle en avait de délicieux frissons.

— *Ma bien-aimée Julia entend mes supplications !* (Ici les vomissements lui coupèrent la parole.)

Un léger souffle sur son oreille lui indiqua qu'il s'était rapproché pour lire par-dessus son épaule. Elle passa à la strophe suivante, consciente de cette douce caresse sur sa peau.

— *Il eût sans doute été beaucoup plus pathétique...*

— *Mais la mer eut sur lui l'effet d'un violent émétique,* termina-t-il gravement.

Elle leva les yeux vers lui, mais il détourna aussitôt les siens, le visage indéchiffrable.

— J'ai du mal à croire que vous ne l'ayez jamais lu, avoua-t-elle. Vous ne saviez pas ce que vous perdiez, n'est-ce pas ?

— C'est bien plus amusant lu par une voix féminine, j'en suis sûr. Et moins fatigant.

— Dans ce cas, je vous en ferai la lecture régulièrement. Vous verrez, vous finirez par devenir romantique.

À ces mots, il se redressa. Sa main paralysée tomba sur le sofa.

— Vous trouvez ça romantique ? s'étonna-t-il. Byron est tout ce qu'il y a de cynique, au contraire.

— Le romantisme n'est pas fait de sentiments larmoyants et sirupeux, vous savez. C'est un mélange épicé de passion et d'humour relevé d'une pointe de cynisme rafraîchissante. À mon avis, vous avez tout pour devenir un parfait romantique, Dain, ajouta-t-elle en baissant les yeux À condition d'apporter quelques ajustements mineurs.

— Des ajustements ? répéta-t-il, guindé. Vous voulez me transformer ?

— Certainement, acquiesça-t-elle en lui tapotant la main. Le mariage implique des concessions, de part et d'autre.

— Pas celui-ci, madame. J'ai payé une belle somme en échange d'une soumission totale, et c'est précisément...

— Naturellement, vous êtes le maître des lieux. Je n'ai jamais rencontré homme plus apte à diriger tout et tout le monde. Mais même vous ne pouvez tout prévoir ni tout connaître. Avoir une femme présente des avantages que vous n'imaginez pas, j'en suis sûre.

— Je n'en vois qu'un, rétorqua-t-il en plissant les yeux. Et je vous garantis, ma chère, que j'y ai déjà pensé. Souvent. Car c'est la seule satanée chose...

— J'ai fait préparer ce matin une potion qui a guéri votre mal de tête, lui rappela-t-elle en réprimant une pointe d'agacement… et d'anxiété. Un tel remède n'existait pas selon vous. Vous venez de découvrir Byron grâce à moi. Et votre humeur y a gagné.

Il repoussa vivement le repose-pieds.

— Je vois. C'était donc là votre but : améliorer mon humeur. M'adoucir, ou du moins essayer.

Jessica referma le livre et le posa à côté d'elle.

Elle avait décidé de se montrer patiente, de prendre soin de lui parce que, même s'il l'ignorait, il en avait besoin. Mais elle commençait cependant à avoir des doutes. Après la nuit dernière, après ce matin, et après ce dîner exilée au bout de l'immense table, cette tête de mule avait le culot de réduire les efforts surhumains dont elle avait fait preuve à une basse *manipulation*. C'en était trop.

— Essayer de vous adoucir, articula-t-elle, outrée. Espèce de rustre ingrat et outrecuidant !

— Je ne suis pas aveugle, s'entêta-t-il. Je vois clair dans votre jeu, et si vous pensez…

— Si vous croyez que j'en suis incapable, coupa-t-elle sèchement, que je n'arriverai jamais à vous faire manger dans ma main si c'est là ce que je souhaite, je vous conseille d'y réfléchir à deux fois, Belzébuth.

Il y eut un silence, bref et assourdissant. Puis Dain répéta posément :

— Me faire manger dans votre main.

Jessica perçut d'emblée la menace. Une voix dans sa tête lui cria de fuir tant qu'il en était encore temps. Mais elle était trop furieuse pour l'écouter. Lentement, délibérément, elle posa la main gauche, paume vers le haut, sur son genou. Puis de l'index droit, elle traça un cercle au centre.

— Là, indiqua-t-elle d'une voix tout aussi posée que la sienne. Comme ça, Dain. Au creux de ma paume. Ensuite, poursuivit-elle avec un sourire de défi, je vous ferai ramper. Et me *supplier*.

Elle s'attendit presque à voir tous les livres de la bibliothèque s'envoler des rayonnages dans le silence qui suivit.

Puis la réponse, la seule possible et celle qu'elle avait prévue à l'instant même où elle avait ouvert la bouche, tomba :

— J'adorerais voir cela.

Son cerveau tentait de lui envoyer un message, mais Dain était incapable d'entendre autre chose que les dernières paroles de Jessica et le ton moqueur sur lequel elle les lui avait lancées.

Alors il s'enveloppa dans sa rage froide, là où il se savait en sécurité, hors d'atteinte. À huit ans, quand son univers s'était écroulé, quand le seul semblant d'amour qu'il eût connu avait disparu avec sa mère et que son père l'avait envoyé au loin, il n'avait ni rampé ni supplié. Ensuite, il avait essuyé brimades sur brimades, on s'était moqué de lui et on l'avait battu. Les autres l'avaient fui et lui avaient fait payer chaque instant qu'il avait eu l'erreur de prendre pour du bonheur. Tous avaient essayé d'une manière ou d'une autre de le soumettre à leur volonté. Mais il avait toujours refusé de se soumettre à qui que ce soit.

Et Jessica ne ferait pas exception.

Il repensa aux pierres levées de Stonehenge battues par les vents et la pluie depuis des siècles. Il était comme elles : une masse dure et inébranlable sur laquelle son épouse ne trouverait aucune prise.

Jessica s'était agenouillée près de lui, remarqua-t-il. Elle demeura un long moment immobile, et il attendit patiemment, sentant qu'elle hésitait. Sans doute se rendait-elle compte de l'erreur qu'elle venait de commettre. Encore quelques minutes, et elle s'en irait, consciente de l'inutilité de ses efforts.

Elle leva sa main et lui frôla la nuque, avant de reculer vivement, comme si elle avait senti elle aussi la décharge électrique sur sa peau.

Bien qu'il gardât les yeux fixés droit devant lui, Dain perçut l'étonnement de la jeune femme, la vit à la périphérie de sa vision, contempler ses doigts d'un air surpris.

Puis, alors qu'il pensait avoir gagné, elle se rapprocha, glissa un genou derrière son dos, l'autre sur sa cuisse, et l'enlaça. Il sentit la rondeur ferme d'un sein contre son bras tandis qu'elle déposait un baiser au coin de son œil.

Elle était douce et tiède. Un léger parfum de pomme et de camomille s'élevait de ses cheveux, aussi envoûtant que la caresse de ses lèvres.

« Imbécile ! » se tança-t-il en silence. Quelle idée avait-il eue de la provoquer alors qu'il la savait incapable de résister à un défi ? Et qu'il n'était jamais sorti indemne de leurs affrontements.

Il avait foncé tête la première dans le piège, une fois de plus, et n'avait d'autre choix que d'aller jusqu'au bout. Quoi qu'il arrive, il devait rester de marbre, ne surtout pas réagir à l'effleurement de sa poitrine contre son bras, au souffle tiède contre sa joue, aux petits baisers qu'elle égrenait sur sa peau.

Tel un bloc de pierre, il ne broncha pas quand elle entreprit de dénouer sa lavallière, puis de glisser la main sous sa chemise.

— Vous êtes si doux, lui chuchota-t-elle à l'oreille. Aussi doux que du marbre poli et pourtant chaud.

Chaud ? Il se sentait en feu, oui. Et le timbre rauque de la voix de Jessica ne faisait qu'attiser le brasier.

— Et si fort, continua-t-elle en dessinant des arabesques ensorcelantes sur son torse.

Il était faible. Un gros balourd succombant au charme d'une vierge.

— Vous pourriez me soulever d'une seule main, susurrait-elle à présent. J'adore vos mains, Dain ; elles sont si puissantes. J'ai envie de les sentir se promener sur ma peau nue.

De la pointe de la langue, elle lui titilla le lobe de l'oreille. Un frisson le parcourut.

— Comme ça, dit-elle en lui frôlant le mamelon du pouce. J'aimerais que vous me fassiez ça.

Dieu qu'il aurait aimé la caresser ainsi ! Ses articulations étaient blanches à force de serrer les poings, sa mâchoire presque douloureuse. Mais tout cela n'était rien comparé aux flammes qui lui dévoraient le bas-ventre.

— Vous faire quoi ? parvint-il néanmoins à articuler. Je suis supposé ressentir quelque chose de particulier ?

— Sale mufle.

Il faillit pousser un soupir de soulagement quand, enfin, elle retira sa main. Mais il eut à peine le temps de reprendre son souffle qu'elle grimpait à califourchon sur ses genoux.

— Vous me désirez, Dain. Je le sens.

Le contraire eût été difficile. Elle avait relevé sa robe, et rien ne séparait leurs sexes hormis un morceau de laine et un bout de soie. Son pantalon et la culotte de Jessica…

Malgré lui, il imagina les jambes fuselées gainées de bas jusqu'aux genoux, le nœud de la jarretière et la peau soyeuse au-dessus. Des fourmillements parcoururent ses doigts paralysés.

Comme si elle lisait en lui, Jessica lui prit la main pour la poser sur sa robe.

« Dessous, eut-il envie de crier. Le bas, la jarretière, la peau soyeuse… Pitié. »

Il se contenta de serrer davantage les dents.

Il ne supplierait pas, ne ramperait pas.

Elle le poussa en arrière contre les coussins du sofa. Il essayait si fort de ne pas laisser échapper le moindre soupir qu'il ne résista pas.

Ses mains fines volèrent jusqu'au ruban qui fermait son corsage.

— Le mariage exige un minimum de concessions, expliqua-t-elle. Puisque vous aimez les catins, je dois me comporter comme l'une d'elles.

Il voulut fermer les yeux, mais s'en découvrit incapable, trop fasciné qu'il était par les doigts délicats de Jessica qui s'activaient… les agrafes qui lâchaient l'une après l'autre… le tissu glissant sur la peau… la chair crémeuse jaillissant de son écrin de soie.

— Mes… charmes… sont moins importants que ceux auxquels vous êtes habitué… je sais, reprit-elle en repoussant son corsage, révélant deux globes parfaits d'une blancheur de lait.

La bouche du marquis s'assécha d'un coup tandis que son esprit devenait cotonneux.

— Mais comme vous pouvez le remarquer, je n'en suis pas si éloignée. Vous voyez ?

Elle se redressa, se pencha sur lui… très près, trop près.

Un délicieux bouton de rose… à quelques millimètres de sa bouche. Et ce parfum de femme qui lui titillait les narines, le grisait tel un vin capiteux.

— Jessica, articula-t-il d'une voix rocailleuse.

Son cerveau était un désert. Il n'y subsistait plus aucune pensée, plus une once de fierté. Juste du sable tourbillonnant dans la tempête.

Incapable de résister davantage, il l'attira à lui et s'empara de sa bouche. Qui lui sembla une merveilleuse oasis. « Oh, oui, je t'en prie… »

Elle écarta les lèvres, offrant sa fraîcheur apaisante au volcan qui le consumait. Elle était aussi douce qu'une averse après un été torride.

Lorsqu'il lui caressa le dos, elle fut secouée d'un long frisson et avoua dans un soupir :

— J'adore vos mains.

Le murmure rauque de sa voix résonnait comme un appel irrésistible.

— *Sei bella*, répondit-il en lui enserrant la taille.

Si ferme, si souple, et oh ! si frêle sous son énorme main.

Seigneur, comme il la désirait ! Il déposa une pluie de baisers sur son visage, son épaule, sa gorge… Frotta la joue contre les courbes veloutées de ses seins. Puis en goûta la pointe rose qui le taquinait quelques instants plus tôt, avant de l'aspirer entre ses lèvres et de la titiller de la langue.

Jessica poussa un petit cri tandis qu'elle enfouissait les doigts dans ses cheveux en se cambrant contre lui.

La diablesse aimait ça.

Alors, en dépit de son état d'égarement, il comprit qu'il n'était pas totalement démuni.

Lui aussi pouvait la forcer à supplier.

Malgré l'affolement de son cœur et le trouble de son esprit, il parvint à recouvrer suffisamment de sang-froid pour s'obliger à prendre son temps et donner à ses assauts une lenteur insupportable.

— Oh ! Oh, Dain, s'il te plaît.

Elle lui caressait fiévreusement les épaules et la nuque.

« C'est ça, supplie-moi », l'encouragea-t-il en silence. Il prit la pointe de son autre sein entre ses dents et la pinça délicatement.

— Seigneur, souffla-t-elle. S'il te plaît, ne... Oui. Oh !

Elle s'agitait en tous sens, s'arquant vers lui un instant, essayant de lui échapper le suivant.

Il glissa la main sous ses jupons et la frotta contre sa culotte de soie. Jessica poussa un gémissement, qu'il recueillit sur ses lèvres. Tout en l'embrassant fougueusement, il repoussa le tissu léger et referma la paume sur ses fesses fermes.

Elle s'arracha à ses lèvres, haletante.

Sans la lâcher, il changea de position, l'entraînant avec lui si bien qu'elle se retrouva allongée sur le flanc entre le dossier du sofa et lui. Il reprit alors sa bouche avec fièvre et acheva de la débarrasser de sa culotte de soie, qui échoua sur le sol. Il la sentit se tendre, mais la garda captive, la distrayant par un doux baiser tandis que ses doigts dessinaient des volutes sur la chair tendre de ses cuisses, remontant peu à peu vers le cœur de sa féminité.

Elle se tortilla, tenta d'interrompre leur baiser, mais il ne la laissa pas s'échapper. Il était du reste incapable de cesser de la toucher... la peau si douce de son ventre… la toison soyeuse… et l'humide et délicieuse évidence de son désir.

Elle avait envie de lui !

Quand il commença à caresser les pétales de son sexe, elle s'immobilisa.

— Oh, souffla-t-elle, surprise. Oh, c'est si… Je n'imaginais pas…

Le reste de sa phrase se perdit dans un gémissement, bientôt suivi d'un petit cri ravi, tandis que son corps se cambrait vers lui.

— Ô mon Dieu. *Encore…*

Il trouva le délicat bouton de son clitoris et le passage au-dessous. Mais il était si étroit, si serré autour de son énorme doigt.

Il effleura le petit pic, le sentit gonfler. Agrippant sa redingote, Jessica tentait d'étouffer ses cris en enfouissant le visage au creux de son cou. On aurait dit un chaton effrayé, sauf qu'elle n'avait pas peur. Elle lui faisait confiance. Elle était son chaton à lui. Innocent. Fragile.

— Oh, Jessica, tu es si étroite ! murmura-t-il, au désespoir.

Plus il la caressait, plus son désir pour elle enflait dans son pantalon, tel un monstre affreux qui la réduirait en pièces s'il le libérait. Il avait envie de pleurer, de hurler.

— Si étroite, répéta-t-il d'une voix rauque de chagrin, car il ne pouvait s'arrêter de la toucher, de caresser ce dont il ne pouvait, n'osait s'emparer.

Emportée dans le tourbillon de son propre plaisir, Jessica ne l'entendit pas. Sa bouche si innocemment effrontée, ses mains qui le parcouraient sans relâche, tout l'incitait à entrer en elle. Elle le provoquait, et il ne pouvait s'empêcher d'attiser le brasier qu'il avait allumé pour la conquérir.

— Oh, oui… *s'il te plaît…*

Elle retint un cri, puis une sorte de sanglot la secoua, et la chair tendre se contracta autour de son doigt… et se détendit, avant de se serrer à nouveau tandis que la jouissance la submergeait.

Retirant sa main, Dain se rendit compte qu'il tremblait. Ses muscles étaient douloureux à force de se contenir, et son bas-ventre aussi brûlant que l'enfer.

Il expira plusieurs fois, lentement, attendant que la douleur devienne plus supportable avant de se déplacer.

Contre lui, Jessica ne bougeait plus. Il patienta, mais rien ne se passa. Elle n'était pas morte, pourtant. Il entendait sa respiration, un souffle léger, régulier, paisible... Trop paisible.

Il la contempla, incrédule.

— Jessica ?

Elle marmonna et cala la tête au creux de son épaule.

Il demeura un moment à fixer, bouche bée, son beau visage *endormi*.

« Exactement comme un homme », songea-t-il, exaspéré. Elle avait eu ce qu'elle voulait, et maintenant, elle dormait.

C'était *lui* qui était censé se comporter ainsi. Lui qui devait se venger de son effronterie. Au lieu de quoi, il allait devoir se débrouiller avec un seul bras pour transporter cette ingrate dans son lit sans la réveiller.

13

Jessica aurait été incapable de dire précisément à quel moment elle s'était rendu compte qu'on la portait dans l'escalier. Cela ressemblait à un rêve ou à un souvenir lointain, comme lorsque son oncle Frederick la transportait, endormie, jusqu'à sa chambre d'enfant. Elle éprouvait la même sensation, celle d'être à la fois toute petite et invulnérable, blottie dans les bras d'un homme assez fort pour la soulever d'un seul bras.

Puis le brouillard se dissipa peu à peu, et avant même d'ouvrir les yeux, elle sut qui la tenait ainsi serrée contre son torse.

Et se rappela tout ce qui avait précédé.

Enfin, presque tout. Une partie se perdant dans le tourbillon de sensations dans lequel Dain l'avait entraînée.

— Je suis réveillée, dit-elle d'une voix ensommeillée. Je peux marcher.

Elle se sentait incroyablement lasse. L'esprit encore brumeux.

— Vous risqueriez de dégringoler jusqu'au rez-de-chaussée, rétorqua Dain d'un ton bourru. On est presque arrivés, de toute façon.

Il poussa la porte des « Appartements de Madame » – qu'elle renomma silencieusement « Les grandes catacombes » comme ils pénétraient dans l'immense pièce obscure.

Dain la déposa délicatement sur le lit.

Puis il sonna la femme de chambre… et s'en alla. Sans un mot et l'air plutôt pressé.

Les yeux rivés sur la porte entrouverte, Jessica écouta le bruit de ses pas décroître dans le couloir jusqu'à ce qu'un déclic lui indique qu'il venait d'entrer dans sa propre chambre.

Avec un soupir, elle se pencha pour retirer l'un de ses bas qui plissait sur sa cheville.

Elle tentait de faire le point sur la situation quand Bridget apparut. Si elle remarqua la tenue désordonnée de sa maîtresse, la femme de chambre n'en laissa rien paraître. Elle effectua les préparatifs de la nuit avec son calme et son efficacité habituels, avant de s'esquiver discrètement.

De nouveau seule, Jessica put enfin se remémorer tranquillement les derniers événements de la nuit.

Certes, Dain ne l'avait pas déflorée, mais il n'y avait aucune raison de s'inquiéter à ce sujet, décida-t-elle. Ce qu'il lui avait fait s'était avéré terriblement excitant, et surprenant, notamment vers la fin, lorsqu'elle ressentit l'équivalent d'un petit tremblement de terre à l'intérieur de son corps. Grâce à Genevieve, elle savait que c'était là ce qu'on nommait « la petite mort », un déchaînement de sensations extraordinaires qui ne se produisait pas chaque fois, surtout au début du mariage. Car – toujours aux dires de sa grand-mère – tous les hommes ne se donnaient pas la peine d'y parvenir.

Elle avait du mal à croire que Dain avait fait tous ces efforts dans le seul but de prouver son ascendant sur elle. Selon Genevieve, c'était extrêmement douloureux pour un homme de ne pas assouvir son désir. Donc, à moins de connaître un autre moyen de se soulager de la tension accumulée – ce que Genevieve ne lui avait pas précisé –, il avait dû passer un moment très difficile.

Il devait avoir une bonne raison pour cela.

Mais laquelle ? Voilà qui demeurait un mystère. Il la désirait, elle n'avait aucun doute sur ce point. Il avait eu beau essayer, il avait été incapable de résister à ses provocations. Il est vrai qu'elle avait fait preuve d'audace, se souvint-elle en rougissant malgré elle. Pourtant, sur le moment, elle n'avait ressenti aucune gêne. Elle s'était juste sentie libre, excitée et emplie de désir. Et sa hardiesse avait été merveilleusement récompensée…

Même maintenant, seule dans son lit, elle avait encore le sentiment d'avoir reçu un cadeau. Comme s'il s'était agi de son anniversaire et non de celui de Dain.

Finalement, songea-t-elle, il aurait été presque plus simple qu'il la réveille et la laisse regagner seule sa chambre, ou qu'il s'endorme en lui tournant le dos. En prenant soin d'elle, en se préoccupant de son plaisir à elle avant de penser au sien, il avait compliqué les choses. Il avait transformé une simple attraction physique en quelque chose de beaucoup plus complexe.

Et bientôt, si elle ne se montrait pas prudente, elle risquait de commettre l'erreur fatale de tomber amoureuse de lui.

L'après-midi du lendemain, Jessica découvrit que Hathcourt était bel et bien hanté.

Agenouillée sur le tapis élimé de la chambre située au dernier étage de la tour nord en compagnie de Mme Ingleby, la gouvernante, elle examinait le contenu de coffres remplis de vêtements démodés, de draps, de linge, de vaisselle et d'ustensiles divers à l'usage parfois énigmatique.

Sur le sol, en face d'elles, se trouvait le portrait d'une jeune femme brune aux grands yeux noirs et au nez florentin. Jessica l'avait découvert derrière l'un des coffres, enveloppé dans un épais morceau de velours rouge.

— Ça ne peut être que la mère du marquis, commenta-t-elle en se demandant pourquoi son cœur battait la chamade.

On aurait cru qu'elle avait peur, ce qui était ridicule, bien sûr.

Il était inutile de souligner la ressemblance physique : la femme était la version féminine de Dain.

Ce qui contrastait avec les autres portraits qu'elle avait pu admirer un peu plus tôt, quand Mme Ingleby lui avait fait faire le tour du propriétaire : pas un seul de ceux accrochés dans la galerie ne présentait le moindre point commun avec le marquis.

Elle avait examiné avec soin les femmes et les jeunes filles alignées sur le mur de la grande salle du deuxième étage, mais n'en avait repéré aucune susceptible d'avoir donné le jour à Dain. Interrogée à ce sujet, Mme Ingleby lui avait répondu qu'elle-même n'avait jamais vu un tel portrait, cela bien qu'elle travaillât au château depuis que le présent marquis avait hérité de son titre et remplacé presque tout le personnel en place.

Le présent tableau, conclut Jessica, avait été dissimulé du vivant du père de Dain. Parce que son chagrin était tel que le simple fait de voir l'image de la défunte lui était trop douloureux ? Dans ce cas, il devait être fort différent du gentleman strict à la mine sombre et au regard dur dont le portrait figurait dans la galerie.

— Portez-le dans mon salon, ordonna-t-elle à la gouvernante. Vous pouvez l'épousseter, mais n'essayez pas de le nettoyer tant que je ne l'aurai pas examiné de près.

Venue tout droit du Derbyshire, Mme Ingleby ignorait tout des vieux scandales familiaux et détestait trop les ragots pour avoir appris quoi que ce fût à ce sujet depuis son arrivée. Sa probité était d'ailleurs la raison pour laquelle Dain l'avait engagée. Mais tous les domestiques ne partageaient pas ses principes, et nombreux étaient ceux qui avaient entendu parler des turpitudes de la précédente marquise. Le valet de pied sommé de transporter le tableau dans le salon était l'un de ceux-là. Il s'empressa donc de faire part de la trouvaille de sa nouvelle maîtresse à M. Rodstock.

Trop digne pour montrer sa curiosité devant un subalterne, le majordome n'émit aucun commentaire, mais demanda qu'on le prévienne dès que le marquis serait de retour.

Lord Dain avait passé presque toute la journée à Chudleigh, où il avait rencontré par hasard lord Sherburne qui faisait une halte à l'auberge du village avant de se rendre à un match de lutte à Devonport.

Bien qu'il fût marié depuis moins d'un an, Sherburne avait laissé sa femme à Londres pour revenir s'installer dans la région. Il ne s'était donc pas étonné de croiser Dain dans une taverne à des kilomètres de chez lui et de sa jeune épouse, et lui avait même suggéré de l'accompagner à Devonport, où il devait retrouver d'autres amis. Ils passeraient la nuit à l'auberge et effectueraient le trajet ensemble le lendemain matin. S'il avait ressenti une pointe de culpabilité à l'idée d'abandonner Jessica plusieurs jours, Dain avait néanmoins accepté la proposition sans hésiter. Tergiverser aurait pu apparaître comme un signe de faiblesse. Il ne voulait pas que Sherburne raconte à tout le monde que Belzébuth demandait la permission de sa femme pour sortir avec ses amis.

De toute façon, se dit-il en montant dans sa chambre, Jessica devait comprendre qu'elle n'arriverait jamais à le manipuler. Autant le lui apprendre de cette manière plutôt que de revivre l'atroce expérience de cette nuit.

S'éloigner d'elle serait un bon moyen de se calmer et de mettre les choses en perspective. Ensuite, il...

En fait, il ignorait ce qu'il ferait ensuite. Parce qu'il était trop énervé, justement. Mais une fois remis de ses émotions, il trouverait une solution. Il y en avait obligatoirement une qui s'imposerait à lui dès qu'il serait capable d'analyser le problème objectivement.

— Milord.

Dain s'arrêta sur le palier pour attendre Rodstock qui grimpait les marches quatre à quatre derrière lui.

— Milord, répéta celui-ci, le souffle court. J'aimerais m'entretenir un instant avec vous, s'il vous plaît.

En quelques mots, le majordome l'informa de ce qu'il avait appris : la marquise avait fouillé le grenier de la tour nord ; elle y avait découvert un portrait ; il s'agissait apparemment de celui de la précédente marquise.

Rodstock était un modèle de discrétion et de tact. Rien dans sa voix ni dans ses manières ne laissait transparaître la plus petite excitation ni même la simple conscience de détenir une nouvelle explosive.

Dain, bien sûr, se montra aussi stoïque que lui.

— Je vois, fit-il. Voilà qui est intéressant. J'ignorais qu'un tel portrait existait. Où est-il ?

— Dans le salon de la marquise, milord.

— Ah. Eh bien, je devrais peut-être aller y jeter un coup d'œil.

Sur ce, Dain se détourna, et s'éloigna en direction des appartements de Jessica. Hormis son cœur qui battait à tout rompre, il ne ressentait rien.

La peinture censée ne pas exister était installée sur un chevalet, devant la fenêtre au fond du salon.

Dain s'en approcha et l'examina longuement en dépit de la douleur inattendue que lui procurait la vue de ce beau visage cruel. Il avait la gorge nouée, les yeux irrités. S'il l'avait pu, il aurait éclaté en sanglots.

Mais il ne le pouvait pas, car il n'était pas seul. Sa femme était là, derrière lui, il le sentait.

— Une autre de vos trouvailles, lança-t-il avec un rire bref. Et le premier jour de votre chasse au trésor.

— Par chance, la tour nord est fraîche et sèche, répondit-elle d'une voix qui l'était tout autant. Et un épais velours protégeait la toile. Un petit nettoyage, et elle sera en parfait état. En revanche, il faudrait changer le cadre, celui-là est trop sombre et surchargé. Si cela ne vous dérange pas, j'aimerais l'accrocher ailleurs que dans la galerie de portraits. Au-dessus de la cheminée de la salle à manger, par exemple. À la place du paysage.

Elle le rejoignit.

— Sa taille est mieux adaptée à celle de la pièce. Et même si ce n'était pas le cas, je préfère la regarder elle.

Lui aussi aurait préféré ce tableau… si sa vue ne l'avait pas empli de douleur.

Il aurait été tellement heureux de pouvoir simplement contempler sa mère. Il ne lui aurait rien demandé… ou si peu : une brève caresse sur la joue, une étreinte impatiente. Il aurait été gentil. Il aurait essayé de…

Mièvreries ridicules ! se reprocha-t-il en silence. Il s'agissait juste d'un stupide morceau de toile couvert de peinture. Du portrait d'une putain, comme le savaient tous les domestiques, tout le Devon et une bonne partie du reste du monde. Seule sa femme l'ignorait, elle qui, avec son cadeau diabolique, venait de bouleverser sa vie.

— C'était une putain, lâcha-t-il d'une voix dure.

Puis, à toute allure, pour que ce soit dit une bonne fois pour toutes et qu'on n'en parle plus jamais, il ajouta :

— Elle est partie avec le fils d'un marchand de Dartmouth. Elle a vécu avec lui deux ans avant de mourir d'une fièvre maligne sur une île des Indes occidentales.

Sur quoi, il pivota vers Jessica. Le visage blême, l'air choqué, elle le fixait avec de grands yeux. Dans lequel il vit briller… des larmes !

— Comment osez-vous ? s'écria-t-elle en les refoulant. Comment osez-vous traiter votre mère de putain, vous qui vous offrez une nouvelle maîtresse chaque nuit pour quelques pennies ? Elle, si je vous ai bien compris, n'a eu qu'un seul amant – et il lui a tout coûté : ses amis, son honneur. Son fils.

— J'aurais dû me douter que vous transformeriez cette lamentable histoire en aventure romantique, rétorqua-t-il, caustique. De catin la voilà devenue martyre… et au nom de quoi, Jessica ? De l'amour ?

Il se détourna du portrait pour ne pas laisser sortir le hurlement qui montait en lui. Le même hurlement qu'autrefois, celui de la douleur, de la révolte. Car si sa mère l'avait un peu aimé – ou si elle avait simplement eu pitié de lui –, elle l'aurait emmené avec elle. Elle ne l'aurait pas abandonné seul en enfer.

— Vous n'avez aucune idée de ce qu'était sa vie, contra Jessica. Vous n'étiez qu'un enfant. Vous ne pouviez comprendre ce qu'elle ressentait, isolée dans un pays étranger avec un mari assez vieux pour être son père.

— Comme la Donna Julia de Byron, c'est ça ? répliqua-t-il avec une ironie cinglante. Vous avez peut-être raison. Ma mère se serait probablement sentie mieux avec deux maris, ou une vingtaine.

— Vous ne savez même pas si votre père la traitait bien ou mal, insista Jessica comme si elle s'adressait à un étudiant borné. Peut-être lui rendait-il l'existence impossible – ce qui n'aurait rien de très étonnant si j'en juge par son expression sur le portrait de la galerie.

« Et moi ? avait-il envie de crier. Vous ne savez pas comment c'était pour moi, le monstre hideux qu'elle a abandonné derrière elle, exclu, méprisé, battu. Abandonné… pour souffrir… et contraint de payer chèrement ce qui va de soi pour tout un chacun : la tolérance, l'approbation, la main douce d'une femme. »

L'ampleur de sa rage et de son chagrin, qu'il croyait morts depuis vingt-cinq ans, l'épouvanta.

S'obligeant à rire, il soutint le regard de sa femme.

— Si la vision de mon père vous déplaît, sentez-vous autorisée à l'exiler dans la tour nord. Vous n'aurez qu'à l'accrocher, elle, à sa place. Ou dans la chapelle, si ça vous amuse. Vous êtes libre de réaménager les lieux comme vous l'entendez, ajouta-t-il en se dirigeant vers la porte. Je sais que les femmes sont incapables de rester plus de deux jours dans un endroit sans refaire toute la décoration. Je ne serais pas surpris de ne plus rien reconnaître à mon retour.

— Vous partez ?

Elle l'avait interrogé d'un ton posé. Quand il se retourna vers elle, elle regardait par la fenêtre. Ses joues avaient repris des couleurs et rien dans son attitude ne trahissait le moindre trouble.

— Pour Devonport. Je vais à un match de lutte avec Sherburne et quelques autres. Nous avons rendez-vous à 9 heures. Je dois préparer mes affaires.

— Dans ce cas, je vais modifier les instructions pour le dîner, répondit-elle. Je dînerai dans le jardin d'hiver. Mais je ferais mieux de me reposer avant si je ne veux pas m'endormir dans mon assiette. Je n'ai visité qu'un quart du château et j'ai déjà l'impression d'avoir marché de Douvres jusqu'en Écosse.

Il aurait aimé lui demander comment elle trouvait les lieux, ce qui lui plaisait – en dehors du portrait de la précédente marquise – et lui déplaisait – à part le paysage de la salle à manger, que lui-même n'aimait pas.

S'il n'avait pas décidé de partir, il aurait pu s'en enquérir au cours du dîner, dans la douce intimité du jardin d'hiver.

Sauf que l'intimité, se souvint-il, était la dernière chose dont il avait besoin en ce moment. Ce qu'il lui fallait, en revanche, c'était s'éloigner, aller là où il ne risquait pas d'être bouleversé par l'une des « trouvailles » de Jessica… ou tourmenté par son parfum, sa peau soyeuse, les courbes de son corps gracieux…

Il dut faire appel à tout son sang-froid pour ne pas sortir de la pièce en courant.

Jessica passa plus de dix minutes à essayer de se calmer. Sans succès.

Finalement, elle prit un bain et s'allongea pour tenter de dormir un peu. Mais rien n'y fit. Elle ne décolérait pas.

Après à peine trois jours de mariage, son grand dadais de mari l'abandonnait. Pour un match de lutte !

Soudain résolue, elle se leva d'un bond, se débarrassa de sa chemise de nuit en coton et, entièrement nue, fila dans la pièce contiguë où se trouvait sa garde-robe. Là, elle enfila le négligé de soie grenat et noir, les mules assorties, et s'enveloppa dans un peignoir de soie couleur or qu'elle noua lâchement, à dessein.

Le temps de se brosser les cheveux, et elle s'élançait vers les appartements de Dain.

De l'autre côté de la porte lui parvinrent des bruits de voix. Elles se turent brusquement quand elle frappa. Puis Andrews ouvrit. En la découvrant en peignoir, il laissa échapper un petit cri de surprise, qui se transforma rapidement en toussotement poli.

Jessica le gratifia d'un sourire suave.

— Ah, vous n'êtes pas encore partis. Je suis tellement soulagée. Si le marquis pouvait me consacrer une minute, j'aimerais lui demander quelque chose.

Andrews jeta un coup d'œil sur sa gauche.

— Milord, madame aimerait…

— Je ne suis pas sourd, coupa sèchement Dain. Écartez-vous donc qu'elle puisse entrer.

Andrews obéit, et Jessica pénétra tranquillement dans la pièce. Elle contourna d'un pas nonchalant l'immense lit qui trônait au centre.

Pieds nus, en chemise et pantalon, Dain fixait d'un regard mauvais son sac de voyage qui était posé sur une table sculptée, grand ouvert. Il ne se donna même pas la peine de tourner la tête.

— C'est un peu… délicat, commença-t-elle d'une voix hésitante. Si nous pouvions nous entretenir… en privé ?

Il lui accorda un bref regard avant de reporter son attention sur son sac, cilla, puis tourna de nouveau la tête, avec raideur cette fois. Il la considéra de haut en bas, de bas en haut, s'attarda sur son décolleté. Un muscle tressaillit sur sa joue.

— Prête pour votre sieste, à ce que je vois, lâcha-t-il, le visage de marbre.

Il jeta un coup d'œil à Andrews.

— Qu'est-ce que vous attendez ? Madame a dit « en privé ». Vous êtes sourd ?

Andrews sortit et referma la porte derrière lui.

— Merci, Dain, fit Jessica en souriant.

Puis elle se rapprocha, s'empara des lavallières amidonnées et soigneusement pliées dans le sac, et les laissa tomber sur le sol.

Le regard de Dain passa de son visage aux lavallières éparpillées à ses pieds.

Elle empoigna des mouchoirs immaculés et, sans cesser de sourire, les lâcha à leur tour.

— Jessica, j'ignore à quel jeu vous jouez, mais ça ne m'amuse pas, déclara-t-il calmement.

Elle souleva une pile de chemises, et les lança autour d'elle.

— Cela fait à peine trois jours que nous sommes mariés, lui rappela-t-elle. On n'abandonne *pas* sa jeune épouse au profit de compagnons de beuverie. Si vous estimez ne pas être heureux avec moi, dites-le, nous en discuterons – ou nous disputerons, si vous préférez. Mais vous ne...

— Je n'ai pas d'ordre à recevoir de vous, coupa-t-il d'un ton posé. Ce n'est pas à vous de décider où, quand et avec qui je peux sortir. Je fais ce qui me plaît et ne vous dois aucune explication. Et je vous prierais de ne plus venir passer vos nerfs dans ma chambre.

— Je viendrai si j'en ai envie. Et je vous préviens, si vous quittez cette maison, je tirerai sur votre cheval.

— Vous tirerez...

— Je ne permettrai pas que vous me délaissiez. Je ne suis pas la femme de Sherburne, je ne deviendrai pas un objet de risée, ou de pitié, aux yeux de tous. Si vous ne supportez pas l'idée de manquer votre précieux match, emmenez-moi avec vous.

— Vous emmener ? répéta-t-il, incrédule. Si je vous emmène quelque part, madame, ce sera directement dans votre chambre. Et je vous y enfermerai si vous n'êtes pas capable de vous comporter convenablement.

— J'aimerais voir ç...

Il plongea sur elle. Elle s'écarta un quart de seconde trop tard. L'instant d'après, il la calait sous son bras et la transportait comme une poupée de chiffon jusqu'à la porte.

— Nom de Dieu !

À part jurer, il ne pouvait rien faire : il n'avait qu'une main valide, et elle était pleine. Il n'avait aucun moyen d'ouvrir le battant sans lâcher sa femme.

Avec un nouveau juron, il fit volte-face, fonça vers le lit et l'y laissa tomber sans ménagement.

La robe de chambre de Jessica s'ouvrit dans sa chute.

Dain la fusilla du regard.

— Bon sang, Jessica. Vous êtes infernale. Vous ne pouvez pas...

Il voulut lui saisir la main, mais elle recula hors de sa portée.

— Vous ne vous débarrasserez pas de moi, l'avertit-elle en se réfugiant au milieu de l'immense lit. Je ne suis pas une enfant qu'on enferme dans sa chambre quand elle n'est pas sage.

Il s'agenouilla au bord du matelas.

— N'allez pas croire que, parce que vous m'avez rendu infirme, je suis incapable de vous donner une leçon. Ne m'obligez pas à vous pourchasser, lança-t-il, menaçant.

Comme elle le défiait du regard, il l'attrapa par le pied. Elle se déroba, ne lui laissant que sa mule noire dans la main. Il la lança à travers la pièce.

Elle lui jeta l'autre à la figure. Il n'eut que le temps de se baisser pour l'éviter avant qu'elle s'écrase sur le mur.

Avec un grognement, il s'élança sur elle. Elle roula de l'autre côté du lit, lui faisant perdre l'équilibre. Il tomba tête la première sur le bas du matelas.

Il lui aurait été facile à présent de sauter du lit pour s'échapper, mais elle n'en fit rien. Elle s'était préparée à une bataille sanglante avant de venir, elle la mènerait jusqu'au bout.

Dain se redressa à genoux. Son plastron s'était ouvert, laissant voir en partie son torse musclé dont le hâle contrastait avec la blancheur de l'étoffe. Son souffle était laborieux, et il suffit à Jessica de croiser son regard pour comprendre qu'il était la proie d'une émotion plus forte que la colère en cet instant.

— Je n'ai pas l'intention de me battre avec vous, affirma-t-il. Ni de me disputer. Vous allez retourner dans votre chambre. Tout de suite.

En guise de réponse, elle se débarrassa de son peignoir, s'allongea sur les oreillers et contempla le plafond avec une moue boudeuse.

Le matelas s'enfonça sous le poids de Dain quand il se rapprocha.

— Jessica, c'est mon dernier avertissement.

Elle demeura silencieuse, le regard obstinément fixé au-dessus d'elle. Cela lui fut d'autant plus facile que le ton de Dain n'avait plus rien d'intimidant ni de menaçant. Elle n'avait d'ailleurs nul besoin de le regarder pour deviner pourquoi il s'était immobilisé.

Il était incapable de s'empêcher de la contempler, elle le savait. C'était un homme, et ce qu'il voyait en ce moment ne pouvait le laisser de marbre. D'un geste innocent, elle remonta légèrement le négligé sur sa cuisse.

La respiration de Dain s'accéléra.

— Bon sang, Jessica.

Elle perçut la note d'indécision dans sa voix, et patienta tandis qu'il luttait contre lui-même.

Durant une longue minute, seul le souffle rauque de Dain résonna dans le silence de la chambre.

Puis le matelas s'enfonça davantage, et elle sentit les genoux de son mari contre sa hanche. La seconde d'après, sa main remonta lentement le long de sa cuisse dans un chuchotement soyeux.

Une onde de chaleur la submergea quand il fit courir ses doigts sur sa hanche et son ventre.

Lorsque sa main atteignit ses seins, elle sentit les pointes se tendre sous sa paume.

Repoussant le fin tissu, il frôla du pouce l'extrémité durcie. Puis se pencha et la prit dans sa bouche. Elle dut faire appel à toute sa volonté pour ne pas crier comme la veille : « Oui… s'il te plaît… ne t'arrête pas. »

Emportée par la passion, elle l'avait supplié alors de la posséder, or, il ne l'avait pas fait. Et aujourd'hui, il pensait pouvoir lui tourner le dos et s'en aller, et la traiter comme n'importe laquelle de ces filles qu'il payait pour assouvir ses besoins.

Parce qu'il la désirait malgré lui, il voulait qu'elle l'implore de lui faire l'amour afin qu'il continue à se croire maître de ses propres émotions.

Mais il ne l'était pas. Elle sentait sa bouche ardente sur ses seins, son épaule, son cou. Sa main tremblait, et ses caresses se faisaient plus pressantes, car il était en proie à la même fièvre qu'elle.

— Oh, Jessica, souffla-t-il en s'allongeant près d'elle.

Il l'attira à lui et couvrit son visage de baisers.

— *Baciami*. Embrasse-moi. *Abbracciami*. Enlace-moi. Caresse-moi. Je t'en prie. Je suis désolé.

Il y avait une note d'urgence et de désespoir dans sa voix tandis qu'il se débattait avec le ruban qui fermait son déshabillé.

Je suis désolé. Il avait fini par s'excuser. Sauf qu'il ne savait pas ce qu'il disait, estima Jessica. Il était simplement mû par un désir incontrôlable, comme elle-même la nuit dernière.

Il n'était pas désolé, juste aveuglé par ses sens. Elle sentait ses doigts tirer frénétiquement sur son vêtement, courir dans son dos, sur sa taille.

Il lui saisit la main et l'embrassa.

— Ne sois pas en colère. Touche-moi, supplia-t-il en plaquant sa paume contre son torse. Comme hier.

Sa peau était brûlante. Elle sentait ses muscles durs frissonner sous la caresse légère de ses doigts.

Elle aurait voulu résister, voulu rester en colère, mais elle voulait encore davantage ce qu'il lui demandait. Depuis qu'ils s'étaient rencontrés, elle mourait d'envie de le toucher, de l'embrasser. Elle voulait qu'il se consume du même feu que celui qui brûlait en elle.

Il fit glisser son déshabillé sur ses hanches. Alors, n'y tenant plus, elle empoigna les bords de son plastron et le déchira en deux. Puis elle tira sur ses manchettes d'un coup sec, et continua à faire craquer la couture jusqu'à l'épaule.

— Je sais que tu aimes qu'on te déshabille, dit-elle.

— Oui, lâcha-t-il dans un souffle en se déplaçant pour lui donner accès à l'autre manche.

Elle la déchira avec la même sauvagerie que la première.

Il l'attira contre lui, la pressant contre son torse nu. Leurs cœurs battaient à l'unisson à un rythme frénétique. Sa grande main se referma sur l'arrière de son crâne et il écrasa sa bouche sur la sienne, la dévorant d'un baiser féroce.

Dans un élan irrépressible, ils achevèrent d'ôter leurs vêtements. Les boutons arrachés s'éparpillèrent au sol avec un cliquetis métallique.

Du genou, Dain lui écarta les jambes. Elle sentit son sexe dur palpiter contre sa cuisse tandis qu'il insinuait les doigts entre les replis moites de son intimité. Comme la nuit précédente, il trouva l'endroit le plus sensible et la tourmenta délicieusement jusqu'à ce qu'elle crie de plaisir et que son corps verse des larmes de désir.

Elle se cramponna à lui, frissonnante et affolée.

— S'il te plaît, s'entendit-elle supplier. *S'il te plaît.*

Il lui répondit d'une voix rauque… des mots qu'elle ne comprenait pas… Un éclair de douleur la traversa quand il entra en elle.

Puis une seule pensée surnagea dans le grand puits sombre qu'était devenu son esprit : « Mon Dieu, faites que je ne m'évanouisse pas. » Elle planta les ongles dans les épaules de Dain, s'accrochant à lui pour rester consciente.

Elle sentit sa joue humide contre la sienne, son souffle tiède.

— Seigneur, je ne peux pas… Oh, Jessica.

Il roula sur le flanc, l'entraînant avec lui. Puis, glissant son bras valide sous son genou, il lui cala la jambe sur sa hanche. La pression douloureuse se relâcha, et avec elle, la panique dont elle était la proie. Elle se hissa plus haut, posa la tête au creux de son cou, savourant son odeur virile, l'arôme musqué de leur passion.

Il bougea de nouveau en elle, mais cette fois, son corps s'ouvrit à lui sans résistance. La douleur n'était plus qu'un lointain souvenir. Déjà repue de plaisir, elle n'attendait plus rien, pourtant, peu à peu, la vague de la jouissance se reforma en elle, s'amplifiant à chaque coup de reins.

D'instinct, elle s'accorda au rythme de son corps, l'accompagna dans sa danse de plus en plus rapide tandis qu'une lave brûlante se déversait dans ses veines. Une lave qui se transforma bientôt en un volcan bouillonnant dont le jaillissement la propulsa au sommet de la volupté.

14

— Enfer et damnation, grommela Dain en se retirant délicatement de Jessica. Je ne serai jamais à Chudleigh pour le dîner.

Il bascula sur le dos et se plongea dans la contemplation des dragons peints au plafond pour s'empêcher de se pencher sur sa femme et la soumettre à un examen approfondi. Dieu merci, son désir momentanément satisfait, il était de nouveau capable de réfléchir normalement.

Il ne l'avait pas forcée. C'était elle qui l'avait supplié.

Il avait alors plongé en elle, et s'était montré ensuite incapable de se refréner. Pourtant, elle n'avait ni pleuré ni crié. Au contraire, elle avait paru deviner instinctivement comment l'accompagner.

Il tourna la tête : ses cheveux retombaient sur ses yeux. Il les repoussa doucement.

— Apparemment, vous avez survécu, commenta-t-il, bourru.

Elle émit un drôle de bruit – une toux ou un hoquet, il n'aurait su dire. Puis, se plaquant brusquement contre lui, elle murmura d'une voix étranglée :

— Oh, Dain.

L'instant d'après, elle pressait le visage contre son torse en pleurant.

— *Per carita*.

Il l'enlaça et lui caressa le dos.

— Jessica, je vous en prie, pour l'amour de Dieu… C'est vraiment… embarrassant. Oh, et puis, après tout, pleurez si vous en avez envie, soupira-t-il en enfouissant le visage dans ses cheveux.

De doute manière, elle ne pleurerait pas éternellement, se rassura-t-il. Et si bouleversantes que soient ces larmes, les choses auraient pu être pires. Au moins ne l'avait-elle pas repoussé. En outre, elle avait le droit de sangloter : il ne s'était pas montré très compréhensif ces derniers jours.

En vérité, il s'était même conduit comme un goujat.

Elle venait d'arriver dans cette gigantesque bâtisse peuplée d'une armée de domestiques, et il n'avait rien fait pour qu'elle s'y sente chez elle. Il avait agi comme son père, se rendit-il compte avec effroi. Froid et hostile, il avait ignoré tous les efforts qu'elle avait déployés pour lui plaire.

Car Jessica avait essayé de lui plaire, non ? Elle lui avait fait la lecture, lui avait parlé, et avait sans doute cru qu'il serait heureux de découvrir ce portrait de sa mère. Elle avait voulu qu'il reste quand n'importe quelle autre femme aurait été soulagée de se débarrasser de lui. Et elle s'était donnée à lui de son plein gré, et avec passion.

C'était lui qui aurait dû pleurer. De gratitude.

La crise de larmes prit fin aussi brusquement qu'elle avait commencé. Soudain, Jessica se détacha de lui, s'essuya les joues et s'assit.

— C'est incroyable la vitesse à laquelle on peut se laisser aller à l'émotion, déclara-t-elle d'une voix chevrotante. J'ai le nez rouge ?

— Oui, répondit-il bien qu'il distinguât mal ses traits dans la lumière déclinante.

— Je ferais mieux d'aller me rafraîchir.

Descendant du lit, elle attrapa son peignoir et l'enfila.

— Vous pouvez utiliser ma salle de bains, proposa-t-il. Je vous accompagne.

Il fit mine de se lever, mais elle l'arrêta.

— Je sais où elle se trouve. Mme Ingleby m'a montré le plan de la maison.

De fait, elle se dirigea sans se tromper vers la bonne porte.

Dès qu'elle fut sortie, Dain examina brièvement le couvre-lit, puis s'essuya avec un morceau de sa chemise, qu'il jeta ensuite dans le feu.

Visiblement, il n'y avait pas eu de dégâts trop importants, constata-t-il, soulagé. Il avait bien trouvé un peu de sang sur le couvre-lit et sur lui-même, mais c'était sans commune mesure avec le carnage qu'il s'était imaginé ces trois derniers jours.

Comment avait-il pu être aussi stupide ? Le premier crétin venu était capable de comprendre que si le corps d'une femme pouvait donner naissance à un enfant, ce n'était pas un sexe masculin, quelle que fût sa taille, qui risquait de l'endommager. D'autre part, il aurait pu se souvenir que Jessica n'avait jamais, depuis leur baiser sous la pluie à Paris, été effrayée par les contacts physiques. Elle avait au contraire évoqué sans détour – et sans rougir – leur future nuit de noces.

D'où diable lui était venue l'idée ridicule qu'elle était fragile ou mijaurée ? C'était la femme qui lui avait collé une balle dans l'épaule, bon sang !

C'était la tension nerveuse, décida-t-il. Le traumatisme du mariage allié au désir fou qu'il éprouvait pour son épouse avaient ébranlé sa raison. Et le portrait de sa mère avait porté le coup final.

Quand Jessica le rejoignit, Dain avait retrouvé ses esprits, et la chambre son ordre habituel. Andrews avait ramassé chemises, lavallières et mouchoirs, et rangé le sac de voyage, un domestique était venu allumer les lampes, un valet chevauchait vers Chudleigh, et le dîner attendait.

— Vous n'avez pas perdu votre temps, commenta-t-elle en balayant la pièce du regard.

— Vous avez été absente un bon moment, répliqua-t-il.

— J'ai pris un bain. J'étais fort agitée, comme vous l'avez sans doute noté. Je regrette cette crise de larmes, mais c'était plus fort que moi. C'était une expérience… si incroyablement troublante. Contrairement à vous, je n'en ai pas l'habitude. Cela m'a profondément remuée. Je ne m'attendais pas à… Eh bien, pour être franche, je m'attendais au pire. Au moment crucial, je veux dire. Mais cela n'a pas eu l'air de vous poser de problème, vous n'avez pas paru gêné ou agacé par mon inexpérience, et, hormis durant un bref moment, je n'ai pas eu du tout l'impression que c'était la première fois. En tout cas, ça ne ressemblait pas à *l'idée* que je m'étais faite de la première fois. Alors entre mon soulagement et ces sensations extraordinaires… j'ai perdu pied.

Ainsi, il avait analysé les choses à peu près correctement, pour une fois, se dit-il. Le monde était en ordre. Il ne lui restait plus qu'à se débrouiller pour que cela continue.

— Je ne me suis pas toujours montré d'humeur conciliante, reconnut-il. Je n'ai pas l'habitude de vivre auprès d'une femme. C'est… perturbant.

— Je sais, et j'en ai tenu compte, répondit-elle. Cependant, Dain, n'attendez pas de moi que je repasse par là.

En un instant, le monde bascula dans le chaos. Une chape de plomb recouvrit le cœur de Dain, écrasant le fragile espoir qui venait d'y voir jour. Quel idiot ! Il aurait dû se douter que l'espoir n'était pas pour lui. Une fois de plus, il avait tout gâché. Même s'il ignorait comment.

Un rire sarcastique résonna dans son crâne. Comment avait-il pu croire que le destin lui offrait une seconde chance ? Malgré tout, parce qu'il avait goûté au bonheur, il ne put se résoudre à le laisser lui échapper sans lutter.

— Jessica, je sais que je n'ai pas été… facile. Malgré tout…

— Pas facile ? répéta-t-elle en écarquillant les yeux. Vous avez été impossible. J'en étais presque arrivée à croire que quelque chose ne tournait pas rond dans votre tête. Vous me désiriez, je n'avais aucun doute là-dessus. Pourtant, j'ai eu plus de mal à vous entraîner au lit que Bertram chez l'arracheur de dents. Ne vous imaginez surtout pas que je vais recommencer la même comédie chaque fois. La prochaine fois, milord, c'est *vous* qui devrez me séduire – ou il n'y aura pas de prochaine fois, je vous en donne ma parole.

Elle croisa les bras pour ponctuer sa déclaration.

— Je suis sérieuse, Dain. J'en ai plus qu'assez de me jeter à votre tête. Je vous plais, et si notre première expérience au lit ne suffit pas à vous prouver que nous nous entendons bien sur ce plan, vous êtes un cas désespéré. S'il en est ainsi, je préfère ne plus m'occuper de vous. Je ne vous laisserai pas me détruire.

Dain ouvrit la bouche pour répondre, mais aucun son n'en sortit. Il la referma donc, et alla s'asseoir dans un fauteuil près de la fenêtre.

— Plus de mal qu'à entraîner Bertram chez… l'arracheur de dents, répéta-t-il en regardant par la vitre. *L'arracheur de dents*. Oh, Jessica.

Il l'entendit approcher.

— Dain, vous vous sentez bien ?

Il se frotta le front.

— Oui. Non. Quel idiot ! dit-il en se tournant vers elle. Nerveux, c'est ça le problème, n'est-ce pas ? Je suis nerveux.

— Vous êtes surtout épuisé, répliqua-t-elle. J'aurais dû m'en rendre compte avant. Ces derniers jours ont été très éprouvants pour tous les deux, mais votre sensibilité à fleur de peau vous rend encore plus vulnérable.

Sensibilité à fleur de peau ? Il était aussi sensible qu'un bœuf – et à peine plus intelligent, apparemment. Il se garda cependant de la contredire.

— Éprouvant, oui, acquiesça-t-il.

— Pourquoi ne prendriez-vous pas un bain ? suggéra-t-elle en lui repoussant une mèche sur le front. Pendant ce temps, je donnerais des ordres pour le dîner.

— C'est déjà fait. Il devrait arriver d'une minute à l'autre. J'ai pensé que nous pourrions le prendre ici. C'est plus pratique et cela nous évitera de nous rhabiller.

Elle le considéra un instant, puis un lent sourire éclaira son visage.

— Vous n'êtes peut-être pas un cas désespéré, finalement. Et Sherburne ?

— Je lui ai fait porter un message l'informant que je le retrouverais au match samedi.

Le sourire de Jessica s'évanouit.

— Je vois.

— Non, vous ne voyez rien du tout, contra-t-il en se levant. Car je vous emmène.

Une lueur s'alluma dans les prunelles grises. Le sourire revint.

— Merci, Dain. Je n'ai jamais assisté à un véritable match de lutte, je suis sûre que je vais adorer cela.

— Ce sera une nouvelle expérience pour tous les deux alors. J'ai hâte de voir la tête de Sherburne quand j'arriverai en compagnie de mon épouse.

— Ne vous avais-je pas dit que le fait d'être marié présentait des avantages ? lui rappela-t-elle, railleuse. Choquer vos amis grâce à moi en est un.

— Peut-être. Mais c'est avant tout à mon bien-être que je songeais. J'ai besoin de vous pour satisfaire mes caprices, apaiser mes nerfs sensibles et…

Il sourit.

— … réchauffer mon lit, bien sûr.

— Comme c'est romantique ! s'exclama-t-elle en se pressant la main sur le cœur. Je crois que je vais défaillir.

— Je ne vous le conseille pas, prévint-il en se dirigeant vers la salle de bains. Je ne pourrai pas rester pour vous relever. Ma vessie est sur le point d'éclater.

Le monde de nouveau en ordre, Dain réussit à se détendre dans son bain tout en tirant les conclusions de ces dernières heures. Tout d'abord, il retrancha son épouse de la catégorie « Femmes » pour lui octroyer une place à part. Puis il accepta le fait qu'il ne la dégoûtait pas, et songea à quatre explications possibles : a) Jessica avait un problème de vue et d'audition, b) en dépit de son intelligence évidente, elle avait un gros défaut de jugement, c) elle avait hérité de l'excentricité de sa grand-mère, ou d) Dieu lui avait envoyé un cadeau. Ce qui n'était pas trop tôt, estima-t-il, vu qu'il ne lui en avait pas fait un seul au cours des vingt-cinq années écoulées. Malgré tout, il le remercia et promit de se montrer aussi bon qu'il en était capable.

Ses espoirs dans ce domaine, comme dans beaucoup d'autres, demeuraient néanmoins limités. Il ne serait jamais un mari idéal. Du reste, il savait à peine ce qu'était un mari sinon celui qui paie le gîte, le couvert, les vêtements, protège des petits ennuis de la vie… et fait les enfants.

Dès que le mot « enfant » lui traversa l'esprit, Dain mit fin à sa réflexion. Il était de trop bonne humeur pour la gâcher en songeant aux problèmes à venir. Surtout lorsqu'il n'y avait pas de moyens de les éviter.

Car il était suffisamment conscient de son bonheur présent pour ne pas en profiter pleinement. Faire l'amour avec sa femme était une expérience merveilleuse, un aperçu du paradis. Il était bien trop égoïste et dépravé pour y renoncer. Tant qu'elle serait consentante, il continuerait sans se soucier des conséquences. Tôt ou tard, cela se terminerait mal, c'était inévitable, mais en attendant, il suivrait le conseil d'Horace : *Carpe diem, quam minimum credula postero*. Profite du jour présent, ne fais pas confiance au lendemain.

Ce fut donc dans cet état d'esprit que Dain rejoignit sa femme. Au cours du dîner, il se rendit compte qu'en plus de ses autres qualités, Jessica possédait une connaissance approfondie de l'art de la lutte, acquise grâce à la lecture des journaux sportifs et l'écoute attentive des conversations masculines. Elle s'était occupée non seulement de son frère, expliqua-t-elle, mais aussi de ses dix cousins – « une bande de sauvages incultes » – qu'elle était la seule à savoir dompter. Et pourtant, aucun de ces ingrats n'avait jamais accepté de l'emmener assister à une rencontre de professionnels.

— Pas même Polkinhorne contre Carr, s'indigna-t-elle. Il y avait pourtant mille sept cents spectateurs. Qui aurait remarqué une femme dans une foule pareille ?

— Même s'il y en avait soixante-dix mille, on vous remarquerait, assura Dain. Comme je me souviens vous l'avoir déjà dit à Paris, vous êtes la plus jolie fille que j'aie jamais vue.

Elle s'adossa à son siège, stupéfaite. Une touche de rose apparut sur ses joues.

— Doux Jésus, Dain, c'était un compliment ! Et on ne fait même pas l'amour.

— N'oubliez pas que j'aime choquer, répondit-il. Nul ne sait jamais ce que je vais bien pouvoir dire, ni quand.

Il avala une gorgée de vin avant de poursuivre :

— Le fait est que vous ne passerez pas inaperçue au match. Mais avec moi près de vous, personne n'osera vous importuner. Éméchés ou non, les rustres garderont les yeux fixés sur les lutteurs et leurs mains dans leurs poches.

— Les gourgandines ont intérêt à les imiter, prévint-elle. Même si je ne suis pas aussi intimidante que vous, je peux me montrer dangereuse. Moi non plus, je ne tolérerai pas les importunes.

Dain baissa les yeux sur son assiette pour dissimuler son trouble. Avait-il bien entendu ? Jessica était… jalouse ?

Cette créature magnifique et folle – ou aveugle et sourde, peut-être – venait de lui déclarer aussi naturellement que si elle lui avait dit « passez-moi le sel » qu'elle le voulait pour elle seule.

— Ces grands événements sportifs sont une aubaine pour les filles légères, observa-t-il. À mon avis, vous ne chômerez pas.

— Ce serait trop vous demander de ne pas les encourager, je suppose.

— Les encourager ? Ma chère, je ne m'y risquerais pas. Même moi, je sais que cela ne se fait pas devant son épouse. Sans parler du fait que vous me tireriez probablement dessus.

Il secoua tristement la tête avant d'ajouter :

— De toute manière, aussi vexant cela soit-il, il faut bien avouer que mon charme ne joue aucun rôle dans leur empressement. Partout où je vais…

— Ne jouez pas les modestes, coupa-t-elle d'un ton réprobateur. Vous êtes tout à fait conscient de votre effet sur les femmes. Je suis certaine que vous adorez les voir soupirer et saliver devant vous. Je ne cherche pas à gâcher votre plaisir, Dain, mais je vous serais reconnaissante d'épargner ma fierté et de ne pas m'embarrasser en public.

Les femmes… qui soupiraient et salivaient… devant lui ? Dain n'en croyait pas ses oreilles. La brutalité de leur accouplement avait sûrement fait perdre l'esprit à Jessica.

— Ne dites pas de bêtises, Jessica. Quel intérêt aurais-je à perdre mon énergie et mon argent à courir après d'autres femmes quand j'ai versé une rançon digne d'un roi pour vous avoir à ma disposition ?

— Il y a quelques heures à peine, vous étiez prêt à m'abandonner, lui rappela-t-elle. Alors que notre mariage n'était même pas consommé. Vous ne sembliez pas plus soucieux de votre énergie et votre argent que de ma fierté à ce moment-là.

— C'est vrai, mais je n'avais pas toutes mes facultés, j'étais la proie de mes nerfs délicats. En outre, je n'ai pas l'habitude de tenir compte des autres et de leurs sentiments. Mais maintenant que j'ai les idées plus claires, je comprends votre point de vue. Vous êtes la marquise de Dain à présent. Il serait malvenu que l'on se moque de vous ou qu'on vous prenne en pitié. Que je me conduise comme un idiot est une chose, mais cela ne doit pas rejaillir sur vous.

Reposant sa fourchette, il se pencha vers elle pour demander :

— Ai-je bien compris, ma chère épouse ?

— Parfaitement. Vous êtes très intelligent, Dain, lorsque vous avez l'esprit clair.

— Seigneur ! Cela ressemble à un compliment ! s'exclama-t-il en pressant la main sur son cœur. Concernant mon intelligence, qui plus est. Je crois que je vais défaillir.

Il glissa un regard éloquent vers son décolleté.

— Je ferais peut-être mieux de m'allonger. Peut-être que… Vous avez fini, Jessica ?

Elle reposa sa fourchette à son tour en soupirant :

— J'ai bien cru que vous ne me le demanderiez jamais.

Sans hésiter, elle se leva, prit la main qu'il lui tendait, et le suivit jusqu'au grand lit.

— Vous ne vous rendez pas compte de l'effet que vous me faites, Dain, n'est-ce pas ?

Il la considéra sans comprendre.

— Depuis le jour de notre rencontre, vous pensez que je cherche à vous manipuler ou que je suis folle, poursuivit-elle. Il ne vous est pas venu une seule fois à l'idée que je pouvais simplement avoir envie de vous ?

— Envie de moi ? répéta-t-il, incrédule.

— C'est bien ce que je pensais. Cela ne vous a jamais traversé l'esprit, pas vrai ?

Incapable d'articuler un mot, il se contenta de secouer la tête.

Elle prit le visage entre ses mains.

— À croire que vous êtes aveugle. Et sourd. Ou dans un état de confusion terrible. Tout Paris était au courant. Pauvre homme ! Je préfère ne pas imaginer les histoires que vous vous êtes racontées.

Dain parvint à rire.

— Je croyais qu'ils savaient. Qu'ils se moquaient du désir que vous m'inspiriez.

— Mais, chéri, vous désirez toutes les femmes. Qui songerait à s'en étonner ? S'ils jasaient, c'était à cause de moi. De l'insistance avec laquelle je vous poursuivais alors que toute dame digne de ce nom aurait dû fuir depuis longtemps.

Elle avait dit « chéri » ? La pièce se mit à tourner autour de lui.

— J'ai essayé d'être raisonnable, reprit Jessica. Je ne voulais pas vous embêter. Je savais que cela serait source d'ennuis. Mais c'était plus fort que moi. Vous êtes si… viril. Vous pourriez me soulever d'une seule main. Je serais incapable de vous expliquer l'effet que cela me fait.

Viril, il comprenait. Il l'était. Il comprenait également que les goûts ne s'expliquent pas. Avant de la rencontrer, lui-même aimait les femmes opulentes. Donc, c'était une histoire de dispositions naturelles : elle préférait les hommes grands et forts. Très bien.

— On m'avait parlé de vous, mais personne ne vous avait décrit correctement, enchaîna-t-elle. Je m'attendais à un gorille et je me suis retrouvée face à un prince Médicis.

Elle suivit de l'index l'arête de son nez en susurrant :

— Vous n'étiez pas censé ressembler à un dieu romain. Je n'y étais pas préparée… Je ne le suis toujours pas, du reste. Physiquement, je suis toujours incapable de vous résister.

Cette fois, c'était trop. Dain sentit qu'il perdait pied. Un prince Médicis ou un dieu romain ? La comparaison aurait dû le faire éclater de rire. Alors pourquoi avait-il envie de pleurer ? Mal à l'aise, il déclara d'un ton faussement assuré :

— Ne vous inquiétez pas, Jessica. Vous n'avez aucune raison de résister. Je serai ravi de répondre à tous vos désirs.

— C'est très… aimable à vous, fit-elle en le regardant installer les oreillers contre la tête de lit.

— Je veux que vous vous allongiez là, ordonna-t-il.

— Nue ?

Il acquiesça.

Sans la moindre hésitation, elle dénoua la ceinture de son peignoir. Il regarda le vêtement s'ouvrir sur la peau d'albâtre avant de tomber au sol dans un doux froissement.

Avec une grâce exquise, Jessica grimpa sur le matelas et s'adossa aux oreillers sans paraître le moins du monde gênée.

— Je regrette de ne pas pouvoir me promener nue tout le temps, avoua-t-elle. J'aime tellement la façon dont vous me regardez.

— En soupirant et en salivant ? ironisa-t-il.

Il ouvrit son peignoir à son tour.

— Avec ce regard lourd et sensuel. Il me remplit d'une délicieuse tiédeur. Là, précisa-t-elle en posant la main sur son ventre.

Dain laissa tomber son peignoir.

Il entendit Jessica prendre une brève inspiration.

Comme en réponse, son sexe se dressa. Il lui jeta un coup d'œil et s'esclaffa.

— Vous vouliez un homme viril, vous êtes servie.

— Et grand et fort, lui rappela-t-elle d'une voix rauque en le détaillant sans vergogne. Et beau. Comment diable pourrais-je vous résister ? Comment avez-vous pu croire que j'y parviendrais ?

— Je n'aurais jamais imaginé que vous étiez aussi superficielle, commenta-t-il en la rejoignant sur le lit.

— Je suppose que c'est aussi bien… Oh, Dain, si vous saviez quelles pensées m'ont traversé l'esprit le jour où nous nous sommes rencontrés.

Doucement mais fermement, il repoussa la main qu'elle avait posée sur son ventre.

— Racontez-moi.

— Je me suis vue en train de vous déshabiller. C'était effrayant, mais je ne pouvais pas m'en empêcher. À tel point que j'avais peur de le faire réellement. Là, dans la boutique. Devant Champtois et Bertram.

— Vous me déshabilliez mentalement ?

— En fait, je vous arrachais vos vêtements. Comme tout à l'heure.

Il se pencha au-dessus d'elle.

— Vous voulez savoir à quoi je pensais au même moment, *cara* ?

— À quelque chose de tout aussi dépravé, j'espère, répondit-elle en lui caressant le torse.

De nouveau, il repoussa sa main.

— J'avais envie de te lécher, murmura-t-il. De la racine des cheveux jusqu'aux orteils.

Elle ferma les yeux.

— Te lécher, t'embrasser et te caresser… partout, poursuivit-il en l'embrassant sur le front. Là où la peau est blanche, là où elle est rose, et partout ailleurs.

Il suivit la ligne d'un sourcil de la pointe de la langue.

— Et c'est ce que je vais faire maintenant, reprit-il. Ne bouge pas et laisse-toi faire.

Un frisson d'anticipation la secoua comme elle acquiesçait dans un souffle.

Il effleura des lèvres son sourire de chat satisfait, puis se tut pour s'abandonner à son premier fantasme.

La réalité, découvrit-il, était encore plus délicieuse que le rêve. Il déposa un baiser sur le bout de son nez, savoura la douceur satinée de sa joue, s'enivra de son parfum, de son goût, et la découvrit petit à petit tout entière : l'ovale de son visage, l'angle de ses pommettes, la peau si parfaite qu'il en aurait pleuré de bonheur.

Une perfection qui avait failli lui briser le cœur tant il avait cru ne jamais pouvoir la posséder.

Mais il le pouvait, du moins pour l'instant. Il avait le droit de l'embrasser, de l'enlacer, de la caresser.

Comme il avait eu envie de toucher cette peau d'albâtre, ce soir-là, à la lueur de ce réverbère parisien, se souvint-il. Envie de promener les lèvres sur sa chair tendre comme il le faisait en ce moment le long de son bras droit, puis du gauche...

Les petits soupirs qu'elle laissait échapper résonnaient à ses oreilles telle une musique divine – une musique qui se propagea jusqu'aux tréfonds de son cœur.

Il déposa des petits baisers sur ses seins fermes et ronds, en agaça la pointe dressée de la langue, se délectant de ses gémissements de plus en plus rauques tandis qu'il poursuivait sa route exaltante vers son ventre, la courbe de ses hanches, ses chevilles graciles et, fidèle à sa promesse, la pointe de ses orteils.

— Tu es si belle, Jessica, murmura-t-il en remontant vers le triangle sombre entre ses cuisses. Belle de partout.

Il enfouit les doigts dans les boucles serrées, puis les remplaça par ses lèvres.

Elle lui empoigna les cheveux avec un petit cri qui fit chanter son sang dans ses veines. Son odeur de femme languissante acheva de bouleverser ses sens. Elle représentait tout ce qu'il désirait au monde, et elle était à lui, offerte, moite de désir.

Pour l'en remercier, il la caressa des doigts et de la bouche, jusqu'à ce qu'elle crie son plaisir dans un long tressaillement de tout son être.

Alors, enfin, il s'autorisa à entrer en elle, et la rejoignit dans une extase si intense qu'il aurait donné sa vie sur-le-champ rien que pour le bonheur de ce partage.

Le lendemain, Jessica lui offrit l'icône.

Il la trouva sur la table de la salle à manger, entre son assiette et sa tasse à café. Le cadre serti de topazes, de rubis et de diamants scintillait dans la lumière du jour. Sous le halo brillant, la Madone à l'Enfant lui adressait son sourire empli de mélancolie.

Un morceau de papier plié en deux était glissé entre le cadre et la peinture. Le cœur battant, Dain s'en empara et l'ouvrit.

Bon anniversaire, lut-il.

Il releva la tête.

Assise face à lui, son épouse beurrait un scone sans se rendre compte, selon son habitude, du cataclysme qu'elle venait de déclencher.

— Jessica, articula-t-il, la gorge serrée.

— Oui ?

Elle posa le couteau et étala de la confiture sur son scone.

Dain cherchait désespérément les mots susceptibles d'exprimer ce qu'il ressentait. Sans succès.

— Jessica.

Le scone s'arrêta à mi-chemin entre l'assiette et la bouche de sa femme.

Dain désigna l'icône.

Elle la regarda.

— Oh. Je me suis dit qu'il valait mieux tard que jamais. Ce n'est pas vraiment un présent, je sais, puisque tout ce qui m'appartient est devenu légalement vôtre lors de notre mariage. Mais il faudra faire semblant, car je n'ai pas eu le temps de réfléchir à un cadeau d'anniversaire convenable.

Sur ces mots, elle croqua dans son scone comme si tout était dit et qu'il n'y avait rien à ajouter.

Pour la première fois de sa vie, Dain eut une vague idée de ce que devait ressentir Bertram Trent avec toute cette quantité de matière grise dans son cerveau dont il ignorait le mode d'emploi. Peut-être Bertram n'était-il pas né ainsi, songea-t-il. Peut-être une série de chocs émotionnels avait-elle altéré ses capacités.

Peut-être fallait-il prendre le terme « femme fatale » au sens propre. Peut-être était-ce au cerveau qu'elle était fatale.

« Pas mon cerveau, décida-t-il. Elle ne me transformera pas en crétin. »

Mais il était tellement pris de court qu'il ne trouvait pas de réaction appropriée à la situation. Son dernier cadeau d'anniversaire lui avait été offert par sa mère lorsqu'il avait huit ans. La catin que l'avaient emmené voir Wardell et Mallory le jour de ses treize ans ne comptait pas puisqu'il avait dû la payer.

Il était étonné, voilà tout. D'autant plus étonné qu'il était persuadé que Jessica préférerait jeter l'icône dans un chaudron d'acide plutôt que de la lui laisser. Il n'avait même pas évoqué l'œuvre d'art durant les négociations précédant le mariage, certain qu'elle l'avait déjà vendue.

— C'est une... très belle surprise, dit-il comme le ferait n'importe quel adulte intelligent dans les mêmes circonstances. *Grazie*. Merci.

Elle sourit.

— Je savais que vous apprécieriez.

— Je ne perçois sûrement pas toutes les implications et la signification symbolique d'un tel geste, répondit-il d'un ton posé. Mais n'oubliez pas que je suis un homme : mon cerveau est trop primaire pour ce genre de calculs. Je suis cependant capable de me rendre compte qu'il s'agit d'une œuvre magnifique dont je ne me lasserai jamais.

C'était bien tourné, estima-t-il. Adulte. Raisonnable. Il n'avait plus qu'à poser la main sur la table pour ne pas trembler.

— Je la trouve particulièrement évocatrice. Beaucoup plus que les autres icônes de l'école Stroganov. Qu'en pensez-vous ?

— Évocatrice, en effet.

Il considéra le tableau. Même à présent qu'il lui appartenait, il avait du mal à s'attarder sur les visages de la Vierge et de l'Enfant, à analyser les sentiments qu'ils lui inspiraient.

Jessica se leva, contourna la table et vint poser la main sur son épaule.

— Le jour où je l'ai récupérée chez le restaurateur, je me suis sentie très émue, avoua-t-elle. Je ne pensais pas qu'on pouvait être à ce point touché par un portrait. C'est sans doute cela le secret de l'art. Mais vous pourriez probablement expliquer cela mieux que moi. C'est vous le spécialiste. Je ne suis qu'un amateur éclairé.

Il leva les yeux vers elle, perplexe.

— Vous voudriez que je vous explique pourquoi cette œuvre est aussi extraordinaire ?

— Hormis la couleur inhabituelle du regard, fit-elle. Et l'abondance des ors. Et la finesse du trait. Rien de cela ne suffit à justifier une telle émotion.

— Vous ressentez une émotion aussi forte parce que vous êtes sentimentale, décréta-t-il.

À contrecœur, il posa les yeux sur l'icône, s'éclaircit la voix et poursuivit d'un ton professoral :

— Les visages représentés sur les icônes russes ont tous le même genre d'expression. Mais ceux-ci sont différents. L'enfant Jésus semble contrarié et boudeur, comme s'il en avait assez de poser ou souhaitait qu'on s'occupe de lui. Quant à la mère, elle n'a pas l'air tragique conventionnel, mais paraît simplement agacée, peut-être parce que le petit n'a pas été sage. Elle esquisse pourtant un sourire, comme si elle voulait le rassurer ou lui montrer qu'elle lui a pardonné. Et lui reçoit tout cela naturellement : ses sourires, sa patience, son pardon… Parce que, pour lui, de telles marques d'affection vont de soi. Il boude et se plaint, sans se rendre compte du cadeau qu'on lui fait.

Dain s'arrêta, soudain conscient du profond silence, et de l'immobilité de Jessica.

— Leur attitude est naturelle et très humaine, reprit-il d'un ton neutre. Nous en oublions qu'ils représentent des figures sacrées. C'est le contraste entre l'humanité des modèles et la religiosité de la scène qui rend cette œuvre si originale.

— Je vois ce que vous voulez dire, fit-elle doucement. L'artiste a su rendre la personnalité de ses modèles, l'amour de la mère pour son enfant, ainsi que l'humeur du moment.

— C'est là tout son talent : il nous fait nous poser des questions sur la nature véritable des sentiments entre les personnages. D'une certaine manière, il joue un tour au spectateur.

Levant les yeux vers Jessica, Dain lâcha un petit rire, comme si cette représentation douloureusement belle de l'amour maternel n'était rien d'autre qu'une énigme artistique.

Elle lui pressa l'épaule.

— Je savais qu'il y avait dans ce tableau plus que ce que mon œil non professionnel percevait. Merci, Dain. Vous êtes si perspicace.

Elle se détourna vivement pour regagner sa place, mais il avait eu le temps de voir dans son regard ce qu'il avait entendu dans sa voix : de la tristesse… et de la pitié.

Une bouffée de rage l'envahit. Contre lui-même, parce qu'il en avait trop dit. Et contre Jessica, qui avait perçu la douleur que dissimulaient ses mots et avait osé, à tort, le croire faible et démuni.

En voyant le visage de Dain se fermer, Jessica comprit son erreur. Dès qu'elle avait senti que ses commentaires sur la peinture parlaient de lui et de son enfance, elle aurait dû changer de sujet au lieu de laisser voir sa compassion pour le petit garçon d'autrefois.

À présent, il croyait probablement qu'elle avait pitié de lui ou, pire, qu'elle l'avait poussé à dessein à révéler ses blessures et ses failles.

Et il lui en voulait.

« Sois en colère, si tu veux, l'implora-t-elle silencieusement, mais ne te détourne pas de moi et ne pars pas. »

15

Dain ne partit pas.

Néanmoins, son attitude les jours suivants aurait ôté à Jessica tout espoir de parvenir à une union heureuse si elle n'avait eu une connaissance aussi approfondie de la façon dont fonctionnait un cerveau masculin. Elle aurait alors oublié Dain et le petit garçon de jadis pour ne voir que le Belzébuth du début de leur rencontre.

Sauf que ce dernier était juste une façade, elle le savait, l'image qu'il tentait de donner de lui-même. Il voulait lui faire croire, à elle comme aux autres, qu'il était un débauché uniquement intéressé par le sexe.

Ainsi, en quelques jours, avaient-ils fait l'amour sur le rebord d'une fenêtre, dans une alcôve de la galerie de portraits, sous le piano de la salle de musique et contre la porte du salon de Jessica – autrement dit face au portrait de l'ancienne marquise. Cela en plus de leurs ébats nocturnes, bien entendu.

Au moins Dain se montrait-il toujours aussi passionné dans ces moments-là. Malgré ses efforts pour paraître distant et rationnel, il n'arrivait pas à cacher son désir pour elle ni son envie de lui donner du plaisir.

Le reste du temps, en revanche, il se comportait comme le Dain que tout le monde connaissait. Il pouvait se montrer aimable, charmant même, plusieurs heures de suite, puis, sans raison apparente, devenir sarcastique ou condescendant, et lui lancer l'air de rien des piques blessantes. Cela pour lui signifier que si elle avait le droit de le désirer, elle n'avait pas celui de l'insulter avec des émotions telles que la tendresse ou la compassion.

Une interdiction d'autant plus difficile à supporter qu'elle-même sentait son attirance pour lui se doubler inexorablement d'un sentiment beaucoup plus profond.

Ce qui ne l'empêchait pas d'avoir souvent envie de l'étrangler. Car dès qu'il s'agissait d'être exaspérant, Dain se révélait un véritable génie.

Au point que le samedi, elle en était à se demander si elle ne devrait pas lui tirer une autre balle dans un endroit de son anatomie dont elle pourrait aisément se passer. Le cerveau, par exemple.

Dain l'avait réveillée à l'aube, car il avait envie d'elle. Résultat, ils s'étaient rendormis après avoir fait l'amour, étaient partis en retard pour Davenport, et étaient arrivés cinq minutes après le début de la rencontre. Depuis, il se plaignait d'être mal placé et l'en rendait responsable.

— Si vous n'aviez pas écrasé vos fesses contre mon sexe, je ne me serais pas réveillé excité, avait-il osé rétorquer lorsqu'elle lui avait rappelé la cause de leur retard.

Et maintenant, il râlait parce qu'ils étaient trop près, oubliant que c'était lui qui avait joué des coudes pour atteindre le premier rang.

— Ils vont finir par nous éclabousser de sueur – et probablement de sang si Sawyer n'arrête pas de flanquer des coups de pied dans les genoux de Keast.

— C'est ce qui a permis à Cann de venir à bout de Polkinghorne, riposta-t-elle. J'ai cru comprendre que les coups de pied étaient autorisés dans l'Ouest.

— C'est surtout l'emploi de l'eau et du savon pour le public qui devrait l'être, marmonna-t-il en jetant un regard mauvais à ses voisins. Je suis prêt à parier cinquante livres qu'aucun d'eux n'a pris de bain au cours des douze derniers mois. Ce match est pathétique, ajouta-t-il avec un soupir. Je pourrais envoyer Sawyer au tapis avec les mains liées et une jambe cassée. Bon sang, même vous, vous y arriveriez, Jessica. J'ai du mal à croire que Sherbrune ait fait deux cents miles pour voir un spectacle aussi déplorable alors qu'il aurait pu rester tranquillement au lit avec sa femme. Si encore il était marié à un laideron, on comprendrait, mais son épouse est plutôt pas mal dans le genre poupée de porcelaine.

Jessica se tourna vers lui, incrédule. Comme chaque fois qu'il était de mauvaise humeur, Dain récriminait contre tout et tous. Mais avait-il vraiment dit que Sherburne aurait mieux fait de rester tranquillement au lit avec sa femme ? Finalement, elle avait peut-être progressé plus qu'elle le pensait avec son béotien de mari.

Réprimant un sourire, elle déclara :

— Vous ne semblez pas vous amuser, milord.

— La puanteur est insupportable. Et cet imbécile d'Ainswood n'arrête pas de vous reluquer. À croire qu'il me supplie de lui arracher la tête.

— Ainswood ?

Elle eut beau tendre le cou, elle ne parvint pas à le repérer dans la foule.

— Ne vous sentez pas obligée de lui rendre la pareille, observa Dain sèchement. Ce type est tellement stupide qu'il pourrait croire que vous l'encouragez. Oh, parfait, Tolliver s'y met aussi. Et Vawtry.

— À mon avis, c'est vous qu'ils regardent, assura-t-elle d'un ton apaisant.

Mais en son for intérieur, elle jubilait. Son butor d'époux était jaloux !

— Ils ont dû parier que vous viendriez, ou pas, et Ainswood ne se lasse pas de vous contempler, car il a gagné.

— Raison de plus pour regretter de ne pas être resté au château. Au lit.

Dain la fusilla du regard avant d'enchaîner :

— Mais, bien sûr, cela n'aurait pas convenu à mon épouse dont la vie entière aurait été gâchée si elle n'avait pu assister à un match de lutte, et donc...

— ... vous avez sacrifié votre bien-être pour me faire plaisir. Et après tous ces efforts, vous vous rendez compte que le match n'est pas à la hauteur. Du coup, vous êtes vexé et pensez que tout est gâché.

Il se rembrunit un peu plus.

— Jessica, je n'aime pas la manière dont vous me parlez. Je ne suis pas un enfant, et je déteste qu'on s'adresse à moi sur ce ton condescendant.

— Dans ce cas, cessez de pleurnicher à propos de tout et dites clairement ce qui ne va pas, rétorqua-t-elle avant de reporter son attention sur le match. Je ne lis pas encore dans les esprits.

— Pleurnicher ? répéta-t-il. Moi, je pleurniche ?

— Comme un gamin de deux ans qui n'a pas fait sa sieste.

— Un gamin... !

Il prit une longue inspiration, deux... trois.

— On s'en va, annonça-t-il. *Maintenant.*

Fou de rage, Dain entraîna Jessica en direction de la voiture. Mais après avoir traversé la foule, il se rendit compte qu'il ne pourrait pas attendre de rejoindre le véhicule, stationné derrière des dizaines d'autres à plusieurs centaines de mètres de là, pour laisser libre cours à sa colère. Il emmena donc sa femme vers le premier coin à peu près tranquille qu'il repéra.

Il s'agissait d'un petit cimetière autour d'une minuscule église à moitié en ruine. Plus aucune fleur ne décorait les tombes érodées par les ans et l'air salin.

— On se croirait hors du temps, commenta Jessica aussi tranquillement que s'ils avaient effectué une promenade en amoureux. Comme si cet endroit était oublié de tous. Ou n'avait jamais existé.

— Dans un moment, c'est vous qui souhaiterez n'avoir jamais existé, rétorqua-t-il.

— Où allons-nous, Dain ? Ce n'est pas le plus court trajet pour rejoindre la voiture, vous savez... Oh, Dieu que ces rhododendrons sont beaux !

Dain n'eut pas besoin de regarder dans la direction qu'indiquait Jessica pour repérer les énormes massifs blancs et mauves qui poussaient autour du pilier d'un ancien portail. Il avait déjà remarqué qu'ils étaient suffisamment denses pour les abriter des regards.

Il fonça droit sur eux, puis, d'un mouvement brusque, fit pivoter Jessica face à lui et la poussa contre le pilier.

— Ainsi, je me conduis comme un enfant de deux ans ? articula-t-il, avant d'ôter son gant droit avec les dents. Je vais vous montrer quel âge j'ai.

Il arracha son autre gant.

Puis, conscient du regard de Jessica sur sa main, il déboutonna sa braguette.

Il l'entendit retenir son souffle.

Son sexe jaillit de l'ouverture, dur et palpitant.

Jessica se laissa aller contre le pilier, les yeux clos.

Il lui retroussa ses jupes.

— J'ai envie de toi depuis des heures, grogna-t-il.

Il attendait ce moment depuis trop longtemps pour s'embarrasser avec des nœuds et des rubans. Glissant les doigts dans l'échancrure de la culotte de Jessica, il trouva aussitôt la fente humide et tiède au milieu des boucles soyeuses.

Quelques caresses impatientes, et elle fut prête à l'accueillir, la respiration rauque et précipitée.

Refermant la main sur ses fesses, il la souleva légèrement et la pénétra d'un seul coup de reins. Avec un gémissement de pur plaisir, elle s'accrocha à ses épaules et noua les jambes autour de sa taille pour mieux le sentir en elle.

— Moi aussi, j'avais envie de toi, Dain. À en devenir folle.

Folle, oui, de vouloir une brute comme lui, se dit-il.

— Je t'aime.

Les mots le traversèrent comme une flèche. Refusant de les laisser se ficher dans son cœur, il se retira presque complètement, puis plongea de nouveau en elle, plus brutalement, cette fois.

— Tu n'y peux rien, haleta-t-elle. Je t'aime.

Il continua de la pilonner, encore et encore, chaque poussée un peu plus brutale que la précédente, dans l'espoir de la faire taire.

Mais toujours, elle répétait les mêmes mots fatidiques, et elle continua quand la terre trembla et s'ouvrit sous ses pieds, et que l'extase l'ébranla si violemment qu'il crut mourir.

Il comprit alors qu'il ne lui échapperait jamais.

Femme fatale.

Et qu'il y avait de pires façons de mourir.

Carpe Diem.

Comme il aurait dû s'y attendre, Dain émergea du paradis pour entrer en plein cauchemar.

Le temps qu'ils quittent le cimetière pour rejoindre leur attelage, le match s'était terminé, et la foule commençait à s'égailler dans toutes les directions.

Ils se frayèrent un passage dans cette marée humaine, et avaient presque atteint leur but quand Dain entendit Vawtry l'appeler.

— Je vous attends à l'intérieur, fit Jessica en lui lâchant le bras. Je ne suis pas en état de faire la conversation.

Bien qu'il ne se sentît guère plus en état qu'elle, il lui adressa un petit sourire entendu et rejoignit Vawtry.

Entouré d'une poignée de compagnons, parmi lesquels Ainswood, celui-ci s'indignait du niveau déplorable du match auquel ils venaient d'assister. Dain l'écoutait d'une oreille lorsqu'il se rendit compte qu'Ainswood avait lui aussi cessé de suivre la conversation et regardait en direction de sa voiture. Et de Jessica, sans doute.

Agacé, il ouvrit la bouche pour rappeler le duc à l'ordre, quand celui-ci pivota vers lui en déclarant :

— On dirait que ton cocher a des problèmes.

Jetant un coup d'œil par-dessus son épaule, Dain découvrit Joseph aux prises avec un garnement dépenaillé. Malgré sa haute stature, le cocher semblait effectivement avoir du mal à venir à bout du gamin – probablement l'un des innombrables pickpockets attirés par l'événement – qui lui lançait des coups de pied rageurs. Dain s'apprêtait à suivre la scène de loin quand la portière de la calèche s'ouvrit.

— Joseph, que diable fabriquez-vous ? s'exclama Jessica.

Bien que certain que son épouse était capable de se sortir d'affaire sans son aide, Dain était aussi conscient de représenter l'autorité. En outre ses amis regardaient… Il se précipita donc pour intervenir.

Un cri perçant s'éleva soudain dans son dos.

Surpris, Joseph tourna la tête. Le gamin en profita pour se libérer et filer. Manque de chance, Dain arriva à ce moment-là et le saisit par sa veste crasseuse.

— Attends un peu, espèce de petit…

Il s'arrêta net en croisant le regard de l'enfant : un regard noir au-dessus d'un nez monstrueux dans un visage olivâtre.

Il le lâcha comme s'il s'était brûlé.

Le garçon ne bougea pas. Bouche bée, il le fixait de ses grands yeux écarquillés.

— Tu vois, mon chéri, lança une voix stridente derrière eux. Je t'avais bien dit que c'était ton papa. Hein, milord ? Vous avez vu comme le gosse vous ressemble ?

Une ressemblance atroce, songea Dain. Si évidente qu'il avait l'impression de se voir vingt-cinq ans plus tôt dans un miroir démoniaque.

Et c'était la voix de la propre catin de Satan qu'il entendait. Il l'avait su avant même de croiser le regard sournois de Charity Graves. Charity Graves qui, il en était certain, avait tout calculé, comme elle avait calculé, quelques années plus tôt, la naissance de ce fils abject.

Fidèle à son habitude, il voulut sortir de ce cauchemar par un éclat de rire, avant de se souvenir qu'ils n'étaient pas seuls, et que parmi les spectateurs de cette farce grotesque se trouvait sa propre épouse.

Dans l'espoir fou qu'elle n'eût pas encore eu le temps de détailler les traits du garçon, il se déplaça pour le lui cacher. Ce qui s'avéra d'autant moins nécessaire que le gamin, également remis de sa surprise, détalait déjà à toutes jambes.

— Dominick ! hurla sa maudite mère. Reviens ici, chéri.

Dain se tourna vers sa femme. Sourcils froncés, elle fixait l'endroit où l'enfant avait disparu dans la foule.

Il se dirigea vers elle en lançant un coup d'œil entendu à Ainswood.

Malgré son état d'ébriété, le duc comprit le message.

— Grands dieux, est-ce bien vous, Charity, mon cœur ? s'écria-t-il.

Charity marchait déjà vers la voiture – et Jessica –, mais Ainswood fut plus rapide. L'attrapant par le bras, il la tira en arrière.

— Par le Ciel, c'est bien vous ! s'exclama-t-il d'une voix forte. Et moi qui vous croyais toujours à l'asile.

— Lâchez-moi ! cria-t-elle. J'ai quelque chose à dire à Mme la marquise.

Mais Dain avait eu le temps de rejoindre sa femme.

— Montez, ordonna-t-il.

Les yeux écarquillés, elle regardait Ainswood et ses compagnons qui entraînaient Charity à l'écart.

— Elle a l'esprit dérangé, expliqua Dain. Montez dans la voiture, Jessica.

Droite sur son siège, les mains croisées dans son giron, Jessica ne desserrait pas les dents.

Au bout d'une vingtaine de minutes, n'y tenant plus, Dain déclara d'un ton guindé :

— Je suis désolé. Je vous avais promis de ne jamais vous faire honte en public, je sais. Mais je ne l'ai pas fait volontairement, cela me semble évident.

— Je sais parfaitement que vous n'avez pas fait cet enfant volontairement, répliqua-t-elle, glaciale. Ce n'est généralement pas dans ce but qu'un homme va voir une prostituée.

Apparemment, ses efforts pour lui dissimuler le visage du jeune pickpocket avaient été vains.

Il aurait dû s'en douter. Une femme capable de repérer une icône de grande valeur sous des centimètres de crasse ne pouvait que reconnaître un bâtard au premier coup d'œil. Pourtant s'il niait…

— Et n'essayez pas de prétendre que l'enfant n'est pas de vous, poursuivit-elle comme si elle avait lu dans ses pensées. Déjà que votre ami Ainswood s'est cru obligé de me prendre pour une idiote en inventant cette histoire d'asile. Comment avez-vous pu le laisser filer ainsi, Dain ? Alors que vous le teniez !

Il la dévisagea sans comprendre.

Elle se tourna vers la fenêtre.

— Maintenant que nous l'avons perdu, Dieu seul sait combien de temps il faudra pour le retrouver ! Ça me donne envie de hurler. Si je n'avais pas eu peur de vous contrarier devant vos amis, je vous aurais crié de le rattraper – même s'il est vrai qu'à la vitesse où il courait, il était peu probable que vous y parveniez. Je n'ai jamais vu un gamin détaler aussi vite. Il était là, et l'instant d'après, il avait disparu.

Le retrouver ? L'attraper ?

Dain fronça les sourcils. Jessica voulait qu'il retrouve cette monstruosité née de lui et de cette putain sournoise et cupide ? Elle voulait qu'il lui parle, le touche et…

— Non !

L'exclamation résonna avec force dans l'habitacle. Dain sentit un mur froid et sombre se dresser autour de son cœur.

Le visage au regard noir de l'enfant avait éveillé en lui un volcan qu'il s'était aussitôt efforcé d'étouffer. Les paroles de sa femme venaient de le ranimer.

Mais l'obscurité glacée était revenue, comme toujours, pour étouffer ses émotions.

— Non, répéta-t-il d'une voix plus posée. On ne le cherchera pas. Elle n'aurait jamais dû l'avoir, de toute façon. Charity Graves sait parfaitement comment se débarrasser de ce genre de « problème ». Elle l'a fait un nombre incalculable de fois et le refera au moins autant, j'en suis certain.

À présent, Jessica le regardait. Elle était pâle et arborait la même expression indignée que le jour où il lui avait parlé de sa mère.

— Sauf qu'elle a rarement l'occasion de rencontrer de riches aristocrates, enchaîna-t-il. Et lorsque, après une nuit arrosée en compagnie d'Ainswood et moi, elle s'est retrouvée enceinte, elle a tout de suite compris qu'il y avait un pigeon à plumer. Dès qu'elle a su lequel des deux était le père, elle s'est précipitée chez mon notaire pour réclamer une rente de cinq cents livres par an.

— Cinq cents livres ? répéta Jessica, incrédule. Pour une professionnelle ? Qui n'était même pas votre maîtresse régulière ? ajouta-t-elle, outrée. Une femme qui a eu un enfant par intérêt, et non une jeune fille respectable qui se serait…

— Respectable ? M'imaginez-vous vraiment capable, Jessica, de séduire une fille innocente et de la laisser se débrouiller avec sa progéniture ?

Sa voix avait monté d'un cran. Serrant les poings, il reprit d'un ton plus calme :

— Vous savez très bien que j'ai toujours évité les femmes respectables avant que vous ne débouliez dans ma vie.

— Évidemment, je ne vous ai jamais cru capable de vous attaquer à une innocente. Simplement, il ne m'était pas venu à l'esprit qu'une prostituée puisse décider d'avoir un enfant par pur intérêt. Cinq cents livres ! répéta-t-elle en secouant la tête. Même les mères de bâtards royaux ne reçoivent pas une telle somme. Pas étonnant que vous soyez fou de rage contre elle. Quoi qu'il en soit, je la soupçonne de s'être montrée uniquement pour vous embarrasser.

— Si son rejeton et elle ont le malheur de s'approcher à nouveau de vous, je...

— Dain, cette femme est une chose, coupa-t-elle. Le garçon en est une autre. Il n'a pas demandé à avoir une telle mère, pas plus qu'il n'a demandé à venir au monde. La manière dont elle s'est servie de lui aujourd'hui est répugnante. Aucun enfant ne devrait être témoin d'une telle scène. Mais j'imagine qu'elle se soucie peu de ce qu'il ressent. Il suffit de voir les guenilles que porte son « chéri » alors qu'elle est vêtue comme une courtisane londonienne.

Elle leva les yeux vers lui.

— Combien lui versez-vous finalement ?

— Cinquante livres. Largement de quoi les nourrir et les habiller tous les deux. Mais je suppose que les haillons faisaient partie de la mise en scène, histoire de me faire passer pour un scélérat. Dommage pour elle, je suis habitué à ce rôle, et je me fiche totalement de l'opinion qu'on peut avoir de moi.

— Cinquante par an, c'est plus que généreux. Quel âge a-t-il ? Six ans ? Sept ?

— Huit, mais il ne les fait...

— Il est assez âgé pour être conscient de son apparence physique. Cette femme n'a aucune excuse. Elle a suffisamment d'argent et devrait savoir ce qu'éprouve un garçon de cet âge. Le pauvre devait être mortifié. Je vous conjure, Dain, de mettre de côté vos sentiments pour la mère et de penser à votre fils. Selon la loi, il est à vous. Vous pouvez le lui retirer.

— Non.

Il avait réussi à étouffer ses sentiments, mais ne pouvait rien contre la douleur qui lui vrillait le crâne.

— Non, répéta-t-il. Et arrêtez de m'ennuyer avec cette histoire, Jessica. D'ailleurs, rien de cela ne serait arrivé si vous n'aviez pas insisté pour venir à ce satané match. À croire que vous ne pouvez pas aller quelque part sans attirer les problèmes. Pas étonnant, dans ces conditions, que j'aie mal au crâne. Quand ce n'est pas une chose, c'en est une autre. Les femmes ! Elles sont partout. Épouses, madones, mères, putains... vous me rendez la vie impossible, toutes autant que vous êtes !

Au même moment, Roland Vawtry, qui avait proposé à Ainswood de s'occuper de Charity Graves, déposait celle-ci à l'auberge où elle était descendue. Il avait été d'autant plus surpris de la voir à Devonport qu'il l'avait croisée deux jours plus tôt dans un pub d'Ashburton où des amis à lui l'avaient invitée à leur table. Après leur départ, Vawtry lui avait offert une ou deux pintes, et finalement, ils avaient passé le restant de la soirée ensemble à boire de la bière et à s'amuser comme des fous. Pas une fois, elle n'avait fait allusion à Dain ou au bâtard de ce dernier.

Aussi, loin de le réjouir, cette nouvelle rencontre fortuite l'inquiétait.

Par chance, l'établissement était assez mal famé pour que personne ne s'offusquât de sa présence dans la chambre de Charity.

— Sale petite sournoise, vociféra-t-il dès que la porte se fut refermée derrière eux.

— Rolly, mon chou, que se passe-t-il ? minauda-t-elle d'un air innocent. Tu as pas l'air content de me voir.

— Ne m'appelez pas ainsi et ne me tutoyez pas ! Je ne suis pas votre « chou », espèce de grosse vache stupide. À cause de vous, Dain va me trucider. S'il apprend qu'on nous a vus ensemble à Ashburton, il va croire que c'est moi qui ai organisé cette comédie ridicule, et me découpera en morceaux avant même d'en savoir plus.

Il se laissa tomber sur une chaise et reprit :

— Évidemment qu'il l'apprendra, parce que tout se sait toujours dès qu'il s'agit de Dain. Seigneur, je dois être maudit ! D'abord, vingt mille livres qui me glissent entre les doigts avec la sœur de Trent, et maintenant ça. Alors que je n'avais même jamais entendu parler de son bâtard ! Personne n'était au courant d'ailleurs avant votre grande scène.

Charity s'approcha de lui.

— Tu as dit « vingt mille livres », mon chou ?

S'asseyant sur ses genoux, elle lui prit la main et la pressa sur son ample poitrine.

— Fiche-moi la paix, grommela-t-il. Je ne suis pas d'humeur.

En vérité, Vawtry était proche du désespoir. Il maudissait le destin qui, après l'avoir criblé de dettes et privé d'une icône valant une fortune, lui avait livré une fille sur un plateau pour mieux le faire chuter. En quelques jours, il avait perdu toute confiance en lui et en l'avenir, et cela par la faute d'un homme riche à millions, dont l'un des plus grands plaisirs consistait à nuire aux autres.

Soudain, son amitié avec Dain lui apparut comme la source de tous ses malheurs : sans lui, il n'aurait pas perdu pari sur pari ni dilapidé son argent au jeu. Surtout, il ne serait pas menacé d'une mort imminente. Il devait réfléchir, ou mieux encore, fuir, songea-t-il. Deux choses impossibles à faire avec une prostituée sur les genoux.

Pourtant, quelle qu'en fût son envie, il n'arrivait pas à repousser Charity. Ses seins généreux étaient tièdes et doux, la caresse de ses doigts dans son dos réconfortante.

Peu à peu, il sentit fondre sa colère contre elle. Après tout, ils étaient tous les deux dans le même bateau. Elle aussi avait été le jouet de Dain. Il ne pouvait tout de même pas lui reprocher d'avoir eu le courage de se venger.

Et puis, elle était jolie – très jolie, même – et d'une compagnie particulièrement agréable au lit. Lui pressant le sein de la main, il l'embrassa.

— Ah, enfin, tu arrêtes d'être méchant avec moi, susurra-t-elle. Tu m'as dit des choses affreuses tout à l'heure. À moi qui ne pense qu'à ton bien. Si tu faisais marcher un peu ta petite tête, ajouta-t-elle en lui frottant gentiment le crâne, tu comprendrais qu'il ne peut pas t'accuser. Simplement, parce que je déclarerai que Vawtry m'a versé…

Elle réfléchit.

— … vingt livres, dit-elle finalement, pour pas ennuyer son cher ami le marquis de Dain. Je dirai partout combien tu as insisté pour que je ne gâche pas leur lune de miel.

Quelle idée de génie ! Vawtry enfouit le visage entre ses énormes seins.

— Mais je suis quand même venue parce que je suis méchante et vicieuse, poursuivit-elle. Et cela t'a tellement contrarié que tu m'as battue. Voilà ce que je dirai, conclut-elle en lui déposant un baiser sur le front.

— J'aimerais avoir vingt livres, murmura-t-il contre son corset. Je te les donnerais. Vraiment. Oh, Charity, que vais-je devenir ?

Avant de lui prodiguer ses conseils, Charity entreprit de le consoler. Finalement, après plusieurs heures de caresses expérimentées – et de nombreuses confidences –, Vawtry finit par s'endormir entre ses bras. Alors, elle put réfléchir au plan qui lui permettrait de réaliser ses rêves.

16

Une demi-heure après l'avoir entendu claquer la porte de sa propre chambre, Jessica vit Dain apparaître sur le seuil de son cabinet de toilette.

— Sortez ! ordonna-t-il à Bridget.

La femme de chambre disparut à la vitesse de l'éclair.

Les yeux toujours fixés sur le miroir de la coiffeuse, Jessica entreprit d'enlever elle-même les épingles de son chignon.

— Je n'ai pas l'intention de perdre mon temps à me quereller avec vous, annonça-t-elle sans se retourner. Cela ne sert à rien, vous n'écoutez pas un mot de ce que je dis.

— Il n'y a rien à écouter, rétorqua-t-il. Cette histoire ne vous concerne en rien !

Toujours le même argument. Il le lui avait répété des dizaines de fois sur le trajet du retour tandis qu'elle essayait de lui expliquer comment elle voyait les choses. L'irruption de cette femme avait, lui semblait-il, annulé tous les progrès faits depuis le début de leur relation. Ils étaient revenus au point de départ.

— Tout ce qui vous touche me concerne, ripostat-elle. Pour résumer la situation, Dain, ajouta-t-elle en pivotant pour le regarder droit dans les yeux, je dirais que vous avez fait une erreur et qu'il serait grand temps de la réparer.

Il cilla. Puis un rictus mauvais étira ses lèvres.

— Dois-je vous rappeler, madame, que je ne reçois d'ordre de *personne*, et certainement pas de vous ?

— Cet enfant est en danger. Si on la laisse faire, sa mère va lui gâcher sa vie. J'ai tenté de vous l'expliquer de mille façons, mais vous refusez de faire confiance à mon instinct alors que, je vous le rappelle, j'ai élevé presque seule une dizaine de petits garçons.

— Dans ce cas, vous devriez vous rendre compte que je n'en suis plus un et cesser de vouloir me dicter ma conduite.

Autant parler à un sourd ! Résignée, Jessica se retourna vers le miroir et ôta la dernière épingle de ses cheveux.

— Je suis lasse de ces discussions, soupira-t-elle. Lasse de votre méfiance et de vos accusations, lasse d'essayer de parler raisonnablement avec un homme déraisonnable, et lasse d'écouter vos insultes.

Tout en commençant à se brosser les cheveux, elle enchaîna :

— Hormis le plaisir physique, vous considérez tout ce que je vous offre comme un affront. Eh bien, soyez satisfait, je vais cesser de vous persécuter : à partir de maintenant, je ne tenterai plus d'avoir avec vous des discussions d'adultes.

Il eut un rire amer.

— Je vois. À la place, j'aurai le droit à un silence glacial ou réprobateur. À moins que vous ne boudiez, comme vous l'avez fait à la fin du trajet.

— Si j'ai été désagréable, je vous prie de m'en excuser, dit-elle calmement. Cela ne se reproduira pas.

Il la rejoignit en deux enjambées, et s'appuya de la main sur la coiffeuse.

— Regardez-moi, ordonna-t-il, et dites-moi ce que cela est censé signifier.

Elle leva les yeux vers lui, vit les émotions qui bouillonnaient dans les profondeurs de son regard et eut mal pour lui. Elle répondit cependant d'un ton posé :

— Simplement que vous avez gagné. Dorénavant, milord, tout se passera comme vous le souhaitez. Vous souhaitiez une obéissance aveugle, vous l'aurez.

— Je le croirai quand je le verrai, commenta-t-il en ricanant.

Sur quoi, il sortit à grands pas.

Il lui fallut une semaine pour y croire, bien qu'il le constatât à chaque heure du jour et de la nuit : Jessica acquiesçait à tout ce qu'il disait – même les choses les plus stupides. Elle ne discutait rien, ne répliquait pas et se montrait toujours aimable, y compris lorsqu'il était odieux.

S'il avait été superstitieux, il aurait presque pensé que l'esprit d'une autre avait pris possession du corps de sa femme.

Après une semaine de ce régime, Dain commença à se sentir mal à l'aise. Au bout de deux, il se sentait misérable.

Pourtant, il ne pouvait rien à reprocher à sa femme. Du moins, pas sans égratigner sa propre fierté. Comment l'accuser, en effet, de lui empoisonner la vie quand elle ne donnait jamais le moindre signe de contrariété ? Ou d'être froide au lit quand elle faisait preuve d'autant d'empressement qu'avant ?

D'un point de vue extérieur, elle était une épouse parfaite. Sauf qu'ils savaient l'un et l'autre que son obéissance n'était en réalité qu'un moyen de se venger de lui.

Comme à Paris, Jessica avait élaboré sa punition avec une précision diabolique, sauf que cette fois, elle se contentait de ne plus lui donner ce qu'il affirmait ne pas vouloir. Terminées les discussions, les argumentations ou la désobéissance. Finis les émotions embarrassantes, la pitié et… l'amour. Depuis leur étreinte brutale dans le cimetière de Devonport, Jessica ne lui avait plus jamais dit « Je t'aime ». Pourtant, à sa grande honte, il essayait de lui extorquer ces mots chaque fois qu'ils faisaient l'amour. Mais peu importait la tendresse ou la créativité dont il témoignait, elle se refusait à les prononcer. Elle soupirait, gémissait, criait son nom même, mais n'articulait jamais les trois mots qu'il brûlait d'entendre.

Deux autres semaines s'écoulèrent, au cours desquelles Dain faillit craquer plus de cent fois. Il se sentait prêt à tout pour obliger Jessica à briser cette armure d'amabilité insupportable. S'il l'avait osé, il l'aurait poussée à bout rien que pour la voir exploser et l'entendre le traiter d'imbécile ou de goujat. Mais comment être certain que, dans sa rage, elle ne finirait pas par le quitter ?

Car c'était bien là ce qui l'effrayait le plus : l'impassibilité de Jessica ne durerait pas éternellement. Même l'épouse la plus parfaite était incapable de supporter indéfiniment un mari exécrable. Et alors que se passerait-il ?

Il avait déjà l'impression de percevoir les premiers signes de fêlure. Un dimanche matin, tandis qu'elle lui faisait face à l'autre bout de la table de la salle à manger, il remarqua les cernes sombres sous ses yeux gris et une petite ride amère à la commissure de ses lèvres. Elle se tenait aussi droite qu'à son habitude et discutait de banalités.

« Je suis en train de la perdre », se dit-il, affolé. Instinctivement, il tendit la main vers elle pour la retenir, avant de la refermer au dernier moment sur la cafetière. Le liquide noir coula dans sa tasse, aussi sombre, lui sembla-t-il, que l'avenir qui l'attendait.

Car même s'il l'avait voulu, il se savait incapable de donner à Jessica ce qu'elle exigeait. Incapable d'accepter la monstruosité qu'elle appelait « son fils ».

Sans doute jugeait-elle son attitude irrationnelle. Lui-même avait du mal à se l'expliquer, bien qu'il essayât depuis un mois. Mais il ne parvenait pas à dépasser sa répulsion. Même en cet instant, en plein accès de panique, il n'arrivait pas à refouler la bile qui lui montait à la gorge au souvenir du petit visage olivâtre, du nez en bec d'aigle et du corps malingre de l'enfant.

— Je ferais bien de me presser, annonça Jessica en se levant, ou je vais être en retard pour la messe.

Il se mit debout à son tour et, en mari attentionné, l'accompagna au rez-de-chaussée où Bridget l'aida à enfiler son manteau.

Comme le dimanche précédent, il plaisanta sur le bon exemple que lady Dain offrait à la communauté tandis que son mari préférait éviter les églises de peur que sa présence ne fît s'effondrer le toit sur les paroissiens d'Athton.

Et quand la calèche de sa femme s'éloigna, il la regarda disparaître au bout de l'allée comme chaque dimanche depuis un mois.

Mais cette fois, au lieu de regagner son bureau, il se rendit dans la petite chapelle du château et s'assit sur le banc de pierre où il avait si souvent tremblé de froid jadis en s'efforçant d'avoir des pensées pieuses.

Aujourd'hui, il se sentait aussi perdu et désemparé que le petit garçon qui cherchait à comprendre pourquoi le Père Éternel l'avait fait aussi laid dedans et dehors, et se demandait quelle pénitence l'aiderait à se métamorphoser.

Au moment où lord Dain luttait contre ses démons intérieurs, Jessica mettait au point les derniers détails de son plan. Et bien qu'elle eût foi en la Providence, elle préférait rechercher de l'aide auprès de sources plus accessibles, telles que Phelps, le cocher.

Phelps était l'un des rares domestiques du château à avoir connu l'ancienne marquise. Il n'en tirait cependant aucune gloire, et sa réserve alliée à sa compétence lui avaient valu le respect de Dain qui l'avait gardé auprès de lui.

Mais s'il éprouvait lui aussi un profond respect à l'égard de son employeur, il ne l'en jugeait pas pour autant infaillible. Ce qui signifiait, comprit Jessica peu après l'épisode de Devonport, qu'il comprenait la différence entre ce qui était bon pour le marquis et les ordres que ce dernier lui donnait.

Leur alliance datait du premier dimanche où elle s'était rendue à la messe à Athton. Après l'avoir déposée devant l'église, Phelps lui avait demandé la permission de l'attendre en « méditant » au pub.

— Je vous en prie, avait-elle répondu avec un sourire envieux. Je regrette juste de ne pouvoir vous y accompagner.

— Sûr, avait-il acquiescé. Surtout que l'histoire d'hier avec cette folle a dû faire le tour du Dartmoor à l'heure qu'il est. Tous les bigots du coin vont vous étudier sous toutes les coutures. Mais vous vous moquez des mauvaises langues, pas vrai ? Si ce qu'on dit est exact et que vous lui avez tiré dessus, m'est avis que c'est pas une bande de commères qui va vous impressionner.

Quelques jours plus tard, alors qu'il la conduisait chez le pasteur pour prendre le thé, Phelps avait encore clarifié sa position en lui rapportant ce qu'il avait appris au pub sur Charity Graves et son fils.

Ainsi, cinq semaines après l'incident, Jessica avait-elle une idée assez précise du genre de femme qu'était Charity, et la certitude que le petit Dominick avait besoin d'aide.

Selon Phelps, Charity avait confié l'enfant dès sa naissance à une vieille accoucheuse dénommée Annie Geach avant de partir en vadrouille à travers le Dartmoor. Annie était morte peu après le retour de Dain en Angleterre. Depuis, Charity traînait dans le coin et, bien qu'on l'eût rarement vue au village, son fils y avait été fréquemment repéré seul, généralement en train de faire une bêtise.

Il y avait un mois et demi de cela, quelques personnes bien intentionnées avaient tenté de l'envoyer à l'école. Dominick s'y était rendu trois fois, au cours desquelles il s'était battu et avait joué des mauvais tours à l'instituteur et aux autres enfants. À chaque tentative pour le raisonner, il répondait par des rires et des obscénités. Quant aux coups de fouet, personne n'avait été encore assez rapide pour savoir s'ils seraient plus efficaces que des paroles.

Au cours des dernières semaines, les incidents s'étaient multipliés. Rien que la précédente, Dominick avait dépendu et roulé dans la boue le linge que Mme Knapp avait mis à sécher, jeté une souris morte dans le panier de Mlle Lobb, écrasé du crottin frais sur les portes fraîchement repeintes de M. Pomeroy, uriné sur le seuil de la boulangerie, montré ses fesses à la bonne du pasteur, et mis un œil au beurre noir à trois gamins du village.

Bien que contrariés, les villageois s'étaient tus, car ils ne savaient comment réagir face aux agissements du fils illégitime du marquis. De fait, aucun n'avait encore trouvé le courage d'aller se plaindre à Dain ni osé parler du bâtard à son épouse. Quant à Charity Graves, personne ne l'avait vue depuis au moins quinze jours.

C'était ce dernier point qui inquiétait le plus Jessica. Car à en juger par les efforts de l'enfant pour attirer l'attention, celui-ci devait se sentir de plus en plus seul et désespéré. Était-il possible qu'après son échec auprès de Dain, sa mère l'eût simplement abandonné ? Ou s'agissait-il d'un nouveau piège tendu par Charity pour parvenir à ses fins ?

Dans l'un ou l'autre cas, Jessica avait estimé que cela suffisait. Cet enfant ne pouvait continuer à dormir dans la lande et à se déchaîner plus longtemps. Sous peu, les villageois lassés viendraient frapper au château, et elle n'avait pas plus envie de les recevoir que d'apprendre un beau jour que le pauvre gosse avait été retrouvé mort de froid ou de faim. Elle n'avait plus le temps d'attendre que Dain retrouve enfin ses esprits.

Aussi était-elle descendue déjeuner ce matin-là avec la même expression hagarde que tante Claire lorsqu'elle était en proie à l'une de ses terribles migraines. Tous les domestiques s'en étaient émus. Sur le chemin de l'église, Bridget lui avait même demandé deux fois comment elle se sentait.

— C'est juste une migraine, l'avait-elle rassurée. Cela va bientôt passer, j'en suis sûre.

Une fois arrivée, elle avait traîné un peu dans la calèche jusqu'au départ de Joseph qui, comme chaque semaine, rendait visite à son jeune frère commis boulanger. Tous les autres serviteurs étant déjà à la messe ou vaquant à leurs occupations dominicales, il ne lui restait plus qu'à se débarrasser de Bridget.

— Je crois que je vais me passer de messe pour aujourd'hui, déclara-t-elle en se frottant les tempes. Dans mon état, marcher dans la campagne me semble plus indiqué.

Pour Bridget, employée à Londres depuis des années, marcher consistait à aller de la porte d'entrée à la voiture. Aussi, accueillit-elle avec soulagement la proposition de Phelps d'accompagner sa maîtresse, et s'empressa-t-elle de pénétrer à l'intérieur de l'église avant qu'il change d'avis.

Sa femme de chambre disparue, Jessica se tourna vers le cocher.

— Avez-vous du nouveau ?

— Vendredi après-midi, il a ouvert les clapiers des lapins de Tom Hamby. Tom l'a coursé jusqu'au mur sud du parc du château. Et hier après-midi, le chiffonnier Jem Furse l'a poursuivi à peu près jusqu'au même endroit après l'avoir vu fouiner dans ses affaires.

Phelps regarda vers le parc et ajouta :

— Le gamin se réfugie là où il sait qu'on viendra pas le chercher : dans la propriété de M. le marquis. Y a un petit pavillon d'été par là-bas. Feu le grand-père de M. le marquis l'avait fait construire pour sa femme. M'est avis que le gosse a pas eu trop de mal à en forcer l'entrée.

— S'il s'est installé dans le pavillon, nous ferions mieux de nous mettre en route. C'est à trois bons kilomètres d'ici.

— Par la route principale. Mais si vous craignez pas les côtes, je connais un raccourci.

Un quart d'heure plus tard, Jessica se trouvait à la lisière d'une clairière devant l'étonnant pavillon d'été que le deuxième marquis de Dain avait fait bâtir pour son épouse. C'était une structure octogonale en pierre, entièrement peinte en blanc et surmontée d'un toit rouge pentu. Des fenêtres rondes aux encadrements sculptés ornaient quatre des faces de l'octogone ; les quatre autres étaient décorées de médaillons de la même taille représentant des chevaliers et leurs gentes dames. Des rosiers habilement taillés entouraient fenêtres et médaillons. Avec son esthétique rococo, la maisonnette possédait un charme un peu tape-à-l'œil qui avait tout pour plaire à un enfant.

Dissimulée derrière un buisson, Jessica attendit que Phelps effectuât le tour de la bâtisse à la recherche de l'enfant. Il revint en secouant la tête.

Elle étouffa un juron. Elle avait tellement espéré trouver Dominick ici ! D'autant que personne ne l'avait jamais vu au village un dimanche matin. Déçue, elle s'apprêtait à quitter sa cachette quand elle perçut des craquements de brindilles et des bruits de pas. Faisant signe au cocher de reculer, elle se baissa vivement.

La seconde d'après, le gamin débouchait dans la clairière. Il courut sans s'arrêter jusqu'à la porte du pavillon. Il tendait la main pour l'ouvrir quand Phelps bondit et l'attrapa par la manche. Le gamin lui expédia illico un coup de coude dans l'entrejambe. Puis, sans demander son reste, il fonça ventre à terre vers la forêt derrière la maison.

Abandonnant le cocher plié de douleur sur le seuil, Jessica s'élança à la poursuite de l'enfant.

Il filait à une allure démoniaque. Par chance, sa course pour regagner le pavillon l'avait un peu épuisé, et elle profita de la brève hésitation qui le fit ralentir à un croisement pour réduire la distance qui les séparait. Enfin, après avoir suivi une piste cavalière, passé un pont et débouché sur un étroit sentier qui longeait un ruisseau, elle le rattrapa et le plaqua au sol.

Avant même qu'il songe à se débattre, elle l'empoigna par les cheveux et tira d'un coup sec. Le gamin poussa un hurlement.

— Les filles ont des armes secrètes. Arrête de gigoter ou je t'arrache la peau du crâne, menaça-t-elle.

Ce qui lui valut un chapelet d'injures en retour.

— J'ai déjà entendu toutes ces insanités. J'en connais même de pires, si ça t'intéresse, répliqua-t-elle.

Le gamin en resta un instant bouche bée, puis explosa :

— Ôtez-vous de là ! Lâchez-moi, espèce de grosse vache !

— Ce n'est pas ainsi qu'on demande poliment quelque chose. Il faut dire : « Ôtez-vous de moi, madame, s'il vous plaît. »

— Allez vous faire foutre !

— Mon Dieu, je crains de devoir prendre des mesures drastiques.

Sur quoi, elle lui lâcha les cheveux pour lui planter un baiser sonore sur le crâne.

Il poussa une exclamation choquée.

Nouveau baiser, tout aussi sonore. Le gamin se raidit. Elle lui embrassa la joue.

Relâchant l'air qu'il retenait dans ses poumons, il se tortilla furieusement sous elle. Mais avant qu'il eût réussi à se libérer, elle agrippa sa veste crasseuse aux épaules et se releva, le hissant sur ses pieds dans la foulée.

Elle n'eut que le temps de faire un petit saut de côté pour éviter un coup de pied.

— Ça suffit ! ordonna-t-elle en le secouant. Si tu essaies encore de me donner un coup de pied, je vais t'en flanquer un que tu ne seras pas près d'oublier.

— Lâchez-moi, espèce de truie stupide ! hurla le gosse en se débattant en tout sens. Lâchez-moi ! Lâchez-moi !

Habituée aux colères enfantines, Jessica le maintenait fermement. Un instant, il faillit lui échapper, mais elle le ramena promptement vers elle et l'encercla de ses bras.

Et soudain, contre toute attente, il s'immobilisa. Ses cris, en revanche, redoublèrent. Il semblait authentiquement affolé, nota soudain Jessica.

Que diable avait-elle fait pour déclencher une telle panique ? s'interrogea-t-elle, perplexe.

La réponse apparut au détour du sentier : ce n'était pas elle qui était en cause, ni Phelps qui venait à leur rencontre, mais la femme qui accompagnait ce dernier.

Et qui n'était autre que Charity Graves.

Cette fois, c'était sa propre mère qui pourchassait le garçon. Et contrairement aux villageois, elle avait une idée très précise de ce qu'elle lui ferait après l'avoir trouvé. Pour commencer, elle le fouetterait jusqu'au sang, annonça-t-elle.

Il s'était enfui deux semaines plus tôt, et elle l'avait cherché partout, expliqua-t-elle. Finalement, elle s'était rendue à Athton – bien qu'elle risquât sa vie à s'approcher à moins de dix kilomètres du marquis, crut-elle bon de préciser – où Tom Hamby, Jem Furse et une dizaine d'hommes en colère s'étaient rués sur elle.

— Ça, je peux dire que j'en ai pris pour mon grade, fit-elle en jetant un regard torve à son fils.

Jessica ne le tenait plus par le col de sa veste. Elle n'en avait plus besoin, car à l'apparition de sa mère, Dominick lui avait pris la main. À présent, il la serrait de toutes ses forces, ses grands yeux noirs rivés sur Charity.

— Tout le Dartmoor est au courant de ses frasques, observa sèchement Jessica. J'ai du mal à croire que vous n'en ayez pas entendu parler. Où étiez-vous ? À Constantinople ?

— Je travaille, moi, se défendit Charity en relevant le menton. J'ai pas de nourrice pour s'occuper de lui et je peux pas le surveiller en permanence. J'ai bien essayé de l'envoyer à l'école, mais le maître a pas voulu le garder. Que vouliez-vous que je fasse quand je savais même pas où il était ?

Jessica aurait juré que Charity se moquait de savoir où était passé son rejeton avant d'apprendre où il s'était réfugié. Certes, la présence de ce bâtard crasseux dans le coquet pavillon d'été de son aïeul risquait de mettre Dain dans une colère noire dont elle subirait les conséquences. Pourtant, malgré les coups d'œil furtifs qu'elle jetait autour d'elle, Charity semblait beaucoup moins inquiète qu'elle ne l'affirmait. Elle paraissait même plutôt satisfaite de cette rencontre avec la marquise de Dain.

— Je sais ce que vous pensez, reprit-elle d'un ton radouci. Vous vous dites qu'un enfant s'enfuit pas s'il se sent bien chez lui. Mais c'est pas à cause de ça qu'il est parti. C'est la faute de ces sales mômes à l'école qui ont rien trouvé de mieux que de lui expliquer comment sa mère gagnait sa vie. Ces imbéciles se sont moqués de lui – comme si leurs grands frères et leurs pères venaient pas frapper à ma porte, et leurs mères et leurs sœurs aussi pour que j'efface leurs « erreurs ». Ils m'ont traitée de traînée et l'ont insulté. Pas vrai, mon chéri ?

Elle posa un regard apitoyé sur Dominick avant de poursuivre :

— Pas étonnant dans ces conditions qu'il se soit enfui loin de sa maman. Et voyez où le pauvre enfant s'est réfugié, madame. S'il apprend ça, son père me tuera. Ou il me fera enfermer et arrêtera d'envoyer de l'argent. Et qu'est-ce que nous deviendrons, je vous le demande ?

Phelps contemplait Charity d'un air dégoûté. Il ouvrait la bouche pour répliquer quand, d'un regard, Jessica l'en empêcha. Il lâcha un soupir résigné.

— J'avais deviné seule tout ce que vous venez de me raconter, rétorqua Jessica. En revanche, je ne comprends toujours pas ce que vous êtes venue faire à Athton alors que vous connaissiez les sentiments du marquis à votre égard. Ni pourquoi vous restez malgré la détresse de votre fils. Vous devez avoir une bonne raison pour prendre autant de risques.

À ces mots, les traits de Charity se durcirent. Se raidissant, elle toisa Jessica de la tête aux pieds, puis, un sourire sournois aux lèvres, déclara :

— À ce que je vois, le marquis a pas épousé la dernière des cruches. Vous avez raison, madame, j'ai mes plans, et ce petit crétin a bien failli tout gâcher. Mais tout n'est pas forcément fichu. Vous et moi on va peut-être trouver un terrain d'entente...

Quelques minutes plus tard, après avoir convaincu Dominick de lui lâcher la main, Jessica regagnait la route principale en compagnie de Charity Graves. Phelps marchait devant elles avec le garçon afin qu'elles puissent négocier en privé.

— Moi non plus je suis pas complètement cruche, commença Charity en lançant un regard en direction de son fils. J'ai bien vu que vous le vouliez le petit démon. Mais le marquis est pas d'accord, pas vrai ? Sinon, il serait déjà venu le chercher. Et vous savez que vous pouvez pas juste me le voler parce que je m'arrangerais pour que tout le monde soit au courant, et lui le premier. De toute façon, vous trouveriez personne qui accepterait de s'en occuper. J'ai déjà essayé, mais ils ont tous peur de lui parce qu'il ressemble au diable et se conduit aussi mal que lui.

— Je ne suis pas la seule à avoir un problème, rappela Jessica, glaciale. Quand Dain apprendra que vous avez laissé l'enfant vagabonder dans le domaine, vous regretterez de ne pas avoir fini votre vie dans un asile. Il vous fera embarquer sur le premier bateau en partance pour la Nouvelle-Galles.

Charity lâcha un rire gras.

— Oh, vous inquiétez pas, je compte pas rester jusqu'à ce qu'il l'apprenne. Vous auriez dû entendre Tom, Jem et les autres tout à l'heure. Ils vont pas attendre que le marquis fasse quoi que ce soit. Ils veulent que je parte, et ils m'ont prévenue que s'ils me revoyaient dans le coin, ils me pourchasseraient jusqu'à Exeter. Avec leurs chiens. Du coup, j'ai décidé de prendre la première diligence pour Londres demain matin.

— Sage décision, commenta Jessica qui frémit à l'idée de ce que deviendrait Dominick dans les rues mal famées de la capitale. Et si je comprends bien, maintenant que vous m'avez rencontrée, vous vous dites que ce serait bien de ne pas repartir d'ici les mains vides.

Charity la gratifia d'un sourire ravi. De toute évidence, elle se délectait de cette conversation.

— Bravo, vous comprenez vite. Je suis sûre que vous trouverez quoi faire de mon petit chéri si je vous le laisse sans faire d'histoires. Comme je trouverai quoi faire de lui à Londres si vous pensez qu'il mérite pas tant de désagréments.

— Je ne voudrais pas vous presser, mais je dois être de retour à l'église avant la fin de la messe, déclara Jessica. Auriez-vous l'obligeance de me décrire ces « désagréments » en livres, shillings et pence ?

— Oh, c'est bien plus simple que ça ! assura Charity. Tout ce que vous avez à faire, c'est de me donner le tableau.

17

À 14 heures, Dain se tenait près de son épouse sur la crête de Haytor Rocks.

Au cours du déjeuner, Jessica lui avait déclaré qu'elle aimerait gravir cette colline, et bien qu'il lui trouvât l'air un peu fatigué pour une telle ascension, il avait aussitôt accepté de l'y accompagner. Même s'il comprenait mal ce qui la poussait à arpenter ces terres humides balayées par des vents polaires, il tenait à lui montrer qu'il était prêt à faire des efforts pour améliorer leur relation.

— Je m'attendais que cela ressemble aux landes du Yorkshire, commenta-t-elle en contemplant le paysage à leurs pieds. Or, c'est très différent. Plus aride. Plus… volcanique.

— Le Dartmoor n'est, au fond, qu'un énorme tas de granit. Rien ne peut vraiment s'y enraciner à part les ajoncs et la bruyère. Vous voyez cette zone verte là-bas ? fit-il en tendant le bras. Cela ressemble à une oasis dans un désert de roche, n'est-ce pas ? Eh bien, il ne faut pas s'y fier. Au mieux, il s'agit d'un marais, au pire d'une tourbière. Vous n'imaginez pas la quantité de moutons, de vaches et même d'hommes qui ont disparu plus au nord, dans les sables mouvants des marécages de Grimspound.

— Cela vous ferait quel effet, Dain, d'apprendre qu'un enfant se promène seul depuis des semaines dans ces terres inhospitalières ? interrogea Jessica sans le regarder.

À ces mots, un petit visage maussade s'imposa à lui. Il sentit un poids s'abattre sur ses épaules.

— Bon Dieu, Jessica.

Elle pivota vers lui. Sous le large bord de son chapeau, son regard était aussi tourmenté que le ciel au-dessus d'eux.

— Vous savez de quel enfant je veux parler, n'est-ce pas ?

Il se sentit vaciller. Ses membres se mirent à trembler. Il alla s'adosser à un bloc de granit à proximité et pressa le front contre son poing.

Jessica le rejoignit.

— Je me suis trompée, reprit-elle. Je pensais que vous en vouliez avant tout à sa mère et finiriez par vous rendre compte que la vie de Dominick était plus importante que votre ressentiment. Beaucoup d'hommes n'ont aucun mal à accepter leurs bâtards, certains en sont même fiers. Mais visiblement, ce n'est pas votre cas. Son existence semble vous poser un problème insurmontable.

— Oui, reconnut-il, les yeux baissés. C'est ridicule, j'en suis conscient, mais je n'y peux rien. C'est plus fort que moi. Mon cerveau est comme… paralysé.

Il lâcha un rire bref.

— C'est stupide.

— Je n'en avais aucune idée, avoua-t-elle. Mais au moins, vous m'en parlez, c'est un progrès. Même si, malheureusement, ça ne change rien à la situation. Je suis dans une position délicate, Dain. Je sais comment m'en sortir, mais il m'est impossible de le faire sans vous en informer.

Il sentit les premières gouttes de pluie s'écraser sur sa nuque. Il redressa la tête.

— On ferait mieux de regagner la voiture avant que vous attrapiez la mort.

— Je me suis habillée chaudement. Je savais à quoi m'attendre.

— Nous pourrions continuer cette discussion à la maison, devant un bon feu. Je préférerais qu'on rentre avant d'être trempés.

— Non ! explosa-t-elle en frappant du pied. On ne *discute* pas ! J'explique et vous *écoutez* ! Et je me fiche que vous attrapiez une pneumonie ou quoi que ce soit d'autre. Si un gamin de sept ans peut survivre dans cet endroit, en haillons avec des chaussures trouées et quasiment rien dans le ventre, vous devriez y arriver aussi, non ?

Dain vit de nouveau le petit visage de Dominick danser devant ses yeux. Une bile acide lui remonta dans la gorge. Il prit une longue inspiration pour tenter de calmer l'angoisse qui l'envahissait.

Oui, il y arriverait. Il survivrait à tout, se rendait-il compte. Sauf au départ de Jessica.

— Je vous écoute, fit-il.

— Je n'ai pas l'intention de vous torturer, Dain, prévint-elle en le dévisageant. Si je savais pourquoi cela vous est si difficile, je vous assure que j'essaierais de vous aider. Mais, de toute évidence, il faudrait du temps, et pour l'instant, je n'en ai pas. Dans l'immédiat, c'est votre fils qu'il faut sauver.

Dain se concentra sur ses paroles pour tenter de repousser l'image qui flottait toujours devant lui.

— Je vois. Dans la lande, avez-vous dit. Tout seul. Ce n'est pas acceptable.

— C'est pourquoi j'ai été forcée d'intervenir. Et comme vous ne vouliez pas en entendre parler, il m'a fallu agir dans votre dos.

— Je comprends. Vous n'avez pas eu le choix.

— Et je ne vous importunerais pas avec cela si je ne me retrouvais pas dans l'obligation de faire une chose que vous ne me pardonnerez peut-être jamais.

Il reprit une longue goulée d'air.

— Jessica, la seule chose impardonnable que vous puissiez faire serait de me quitter. *Se mi lasci mi uccido*. Si vous me quittez, je me tue.

— Ne dites pas de bêtises, Dain, répliqua-t-elle. Comme si je risquais de vous quitter un jour. Où allez-vous chercher des idées pareilles ?

Sur quoi, sans paraître se rendre compte de l'impact de ce qu'elle venait de dire, elle revint à son sujet et lui relata sa rencontre matinale avec Charity Graves.

Le malaise de Dain fut peu à peu remplacé par un sentiment de profonde stupeur. La graine de démon qu'il avait plantée terrorisait le village et vagabondait dans son parc sans qu'il eût entendu la moindre rumeur à ce sujet ! Jessica, aidée de Phelps, avait découvert sa cachette et voulait qu'il vienne vivre avec eux !

— Charity exige l'icône en échange de Dominick, continua celle-ci sans lui laisser le temps de se remettre de ses émotions. Elle part demain pour Londres. Avec son fils. Mais je ne permettrai pas une telle chose. Si tel est votre souhait, je me débrouillerai pour que vous ne croisiez jamais Dominick, mais je ne le laisserai pas suivre son irresponsable de mère à Londres et tomber entre les mains de tous les pervers et les criminels de la capitale.

— L'icône ? répéta-t-il, incrédule. Cette catin veut ma Madone – un Stroganov – en échange de ce hideux petit…

— Dominick n'est pas hideux, coupa Jessica d'un ton tranchant. Certes, il se conduit affreusement mal, mais cela n'a rien d'étonnant vu son éducation – ou plutôt son absence d'éducation. En outre, il ignorait qu'il était un bâtard, et ne savait rien des activités de sa mère jusqu'à ce que les enfants du village lui apprennent l'un et l'autre de la manière la plus cruelle. À présent, il est effrayé, perdu, conscient d'être différent des autres, et il se rend compte que personne ne veut de lui… À part moi, ajouta-t-elle après une pause. Si j'avais feint de ne pas m'intéresser à lui, sa mère ne m'aurait pas demandé autant en échange. Mais Dominick se serait senti encore plus rejeté.

— Que la peste emporte ce foutu gamin ! s'écria Dain en se détachant du rocher. Cette garce n'aura jamais mon icône !

— Dans ce cas, vous devrez lui prendre l'enfant vous-même, rétorqua Jessica. J'ignore où elle se cache, mais je doute qu'on puisse la retrouver en moins de vingt-quatre heures. Ce qui signifie que quelqu'un doit la retrouver demain, à l'arrêt de la diligence de Postbridge. Si ce n'est pas moi, ce ne peut être que vous.

Il ouvrit la bouche pour l'envoyer au diable, mais se ressaisit à la dernière seconde.

— Vous me suggérez, résuma-t-il d'un ton posé, de me rendre à Postbridge à l'aube et d'attendre Charity pour *négocier* avec elle au vu et au su d'une foule de manants ?

— Vous n'aurez nullement besoin de négocier. Je vous rappelle qu'il s'agit de votre fils. Si vous le lui enlevez, elle ne pourra rien contre vous.

— L'enlever ? Comme ça ? Devant tout le monde ?

Jessica le dévisagea.

— Je ne vois pas ce qu'il y a de si choquant. N'est-ce pas votre manière habituelle de vous conduire ? Vous arrivez, imposez votre volonté et envoyez Charity au diable.

Il s'obligea à garder son sang-froid.

— Jessica, je ne suis pas stupide. Je vois bien que vous êtes en train de me… manipuler. La possibilité de donner une bonne leçon à Charity Graves est censée être extrêmement tentante. Et logique, puisque je n'ai aucune intention de lui laisser l'icône.

— Ce dont j'ai parfaitement conscience. C'est pourquoi il m'est impossible de vous la voler. Je n'arrive même pas à comprendre comment Charity a pu imaginer que je ferais une chose pareille. Mais je suppose que la notion de loyauté lui est totalement étrangère.

— Dois-je comprendre que vous envisagez de prendre l'icône si je ne me rends pas à vos arguments ?

— Je n'ai pas le choix. Mais au moins je vous aurai prévenu.

Il lui saisit le menton et plongea son regard dans le sien.

— Vous est-il venu un instant à l'esprit, Mademoiselle J'ai-une-solution-à-tout que je pourrais vous en empêcher ?

— Il m'est venu à l'esprit que vous pourriez *essayer* de m'en empêcher.

La relâchant, il poussa un soupir et se tourna vers les collines.

— J'ai autant de chance d'y parvenir, j'imagine, que de persuader ce rocher de se déplacer.

Comme pour acquiescer à sa remarque, un grondement sourd résonna dans le lointain. Dain soupira de nouveau. Il était aussi abasourdi, furieux et démuni que le jour où il avait embrassé Jessica sous cet autre orage, à Paris.

Comment supporterait-il de voir, de toucher, de parler à cette chose abjecte qu'il avait créée avec Charity Graves quand le simple fait d'y penser lui donnait la nausée ?

À leur arrivée au château, la tempête faisait rage. La pluie tambourinait sur le toit, le vent faisait trembler les vitres et la foudre inondait les pièces d'une lumière aveuglante.

Une même fureur se déchaîna bientôt à l'intérieur, où les vociférations de Dain résonnèrent d'un bout à l'autre de l'immense bâtisse.

Il commença par hurler après les domestiques parce qu'ils étaient trop lents à débarrasser son épouse, puis il traversa le hall d'entrée à grandes enjambées sans prendre la peine d'ôter son manteau trempé et ses bottes boueuses.

La seconde d'après, on l'entendit tonitruer parce que leurs bains n'étaient pas prêts, comme si tout le monde aurait dû deviner à quel moment ils seraient de retour. Il se plaignit ensuite d'avoir abîmé ses bottes et d'une foule d'autres choses que Jessica écouta d'une oreille distraite tandis qu'elle prenait son bain en se demandant combien de temps encore le pauvre Andrews allait devoir supporter les foudres de son maître.

Heureusement, l'eau chaude dut avoir un effet apaisant, car lorsqu'il la rejoignit dans ses appartements, ses rugissements s'étaient transformés en bougonnements.

Elle remarqua qu'il avait le bras en écharpe.

— Des concessions ! commença-t-il tandis que Bridget quittait prestement la pièce avant d'en être chassée. Le mariage exige de foutues concessions. Vous vouliez que je porte le bras en écharpe, je porte le bras en écharpe.

— Cela ne nuit nullement à la ligne de votre costume, commenta-t-elle en l'examinant d'un œil critique. Cela vous va même plutôt bien.

— Ne vous fichez pas de moi ! rétorqua-t-il en se dirigeant d'un pas décidé vers le petit salon.

Là, il décrocha le portrait de sa mère au-dessus de la cheminée et l'emporta dans la salle à manger.

Jessica lui emboîta le pas.

— Vous vouliez voir ma mère dans la salle à manger, elle y est, lança-t-il en déposant la peinture sur une chaise.

Puis, après avoir sonné un domestique pour lui ordonner de remplacer le paysage sur le mur par le portrait, il se rendit sans attendre dans son bureau.

— Le portrait de votre mère rendra très bien au-dessus de la cheminée, déclara Jessica en l'y suivant. J'ai trouvé de très jolis rideaux dans la tour nord. Je demanderai qu'on les accroche à la place de ceux qui y sont actuellement. Ils iront beaucoup mieux avec le tableau.

Au lieu de s'asseoir derrière son bureau comme elle s'y attendait, il s'arrêta devant. Puis, la mine sombre, il se tourna à demi vers elle.

— J'avais huit ans. J'étais assis là.

Il désigna la chaise devant la table de travail.

— Mon père était là.

Il montra sa place habituelle.

— Il m'a dit que ma mère était Jézabel et qu'elle serait dévorée par les chiens. Qu'elle était en route vers l'enfer. C'est la seule explication à laquelle j'ai eu droit après son départ.

Jessica dut se détourner pour dissimuler son émotion. Quel genre d'homme pouvait être assez cruel pour raconter une histoire aussi épouvantable à un enfant terrassé par le départ de sa mère ?

— Il était sans doute furieux, et se sentait humilié, pour vous dire une chose pareille, répondit-elle. Il n'empêche que s'il avait vraiment tenu à elle, il se serait lancé à sa poursuite au lieu de décharger sa bile sur vous.

— Si vous partiez, affirma-t-il avec force, je vous poursuivrais au bout du monde.

— Je sais, murmura-t-elle. Hélas, votre père était un vieil aigri qui avait épousé une femme qui ne lui convenait pas. Alors il l'a brisée. Mais je ne vous permettrais pas de me briser.

— Pas plus que vous ne permettrez à cette diablesse d'emmener le rejeton de Satan à Londres.

Jessica acquiesça d'un hochement de tête.

— Il ne vous est pas venu à l'esprit que cet enfant n'aura peut-être pas envie de quitter sa mère, reprit Dain en fixant le tapis. Qu'une telle séparation pourrait le…

Il n'acheva pas sa phrase. Il n'en avait pas besoin. Jessica savait qu'à travers Dominick, il parlait de lui ; l'abandon de sa mère l'avait anéanti… et il ne s'en était toujours pas remis.

— Je sais que ce sera douloureux, dit-elle. J'ai suggéré à Charity d'essayer de l'y préparer en lui expliquant que Londres était un endroit dangereux pour un petit garçon de son âge et qu'elle préférait le laisser là où elle était sûre qu'on prendrait soin de lui.

Dain lui lança un bref regard, avant de fixer de nouveau le sol.

— J'aimerais que ce soit vrai, poursuivit-elle. Si elle l'aimait vraiment, elle n'aurait jamais envisagé de l'exposer à un tel péril. Elle aurait pensé d'abord à lui, comme votre mère, qui n'a pas voulu emmener son fils dans un long voyage hasardeux sur les mers. Certes, elle vous a abandonné, mais sa vie était une tragédie, alors que Charity Graves... Par certains côtés, elle est elle-même une enfant.

— Ma mère est une héroïne tragique et Charity Graves une enfant, résuma Dain avec un rictus sceptique.

S'écartant du bureau, il le contourna et s'approcha de la fenêtre.

La tempête s'était calmée, remarqua Jessica.

— Charity veut de beaux vêtements, des bijoux et l'admiration des hommes. Avec son physique et son intelligence – car elle possède l'un et l'autre, il faut le reconnaître –, elle aurait pu devenir une courtisane renommée à Londres, mais elle était trop paresseuse, incapable de se projeter au-delà du moment présent.

— Ce qui ne l'empêche pourtant pas de penser à son avenir en exigeant mon icône. Le plus étonnant, c'est qu'elle ne l'a jamais vue, réfléchit Dain à haute voix. Au mieux, elle a appris son existence par quelqu'un qui a entendu un domestique en parler. Mais dans ce cas, comment sait-elle qu'elle vaut vingt mille livres. Car c'est bien ce qu'elle vous a proposé, n'est-ce pas ? L'icône ou vingt mille livres en souverains ? Je serais curieux de savoir qui lui a mis cette somme en tête.

— Moi aussi, renchérit Jessica en le rejoignant. Malheureusement, nous n'avons pas le temps de le découvrir.

Il lâcha un rire bref.

— « Nous » ? Il n'est pas question de « nous » que je sache. Juste de Dain, un type pitoyable que sa femme mène par le bout du nez.

— Si je vous menais par le bout du nez, vous m'obéiriez aveuglément. Ce qui n'est pas le cas, il me semble. J'ai l'impression, au contraire, que vous voyez de plus en plus clair dans la situation. Vous avez compris les raisons de ma conduite, et cernez un peu mieux celles de Charity. Et je vous soupçonne de commencer à vous mettre à la place de votre fils et à imaginer ce qu'il ressent.

Elle lui caressa la joue pour ajouter d'un ton mi-charmeur mi-narquois :

— Allez-y, accusez-moi de vous manipuler ou de je ne sais quelle autre perfidie typiquement féminine.

Dain soupira.

— Jessica, vous êtes une véritable plaie. Si je n'étais pas aussi immensément entiché de vous, je vous jetterai par cette fenêtre sur-le-champ.

— *Immensément* entiché ? répéta-t-elle en l'enlaçant avant d'appuyer la tête contre son torse. Mon Dieu, Dain, je crois que je vais défaillir.

— Je ne vous le conseille pas, répliqua-t-il, faussement contrarié, je n'aurais pas le temps de vous ramasser. À présent, lâchez-moi, Jessica. Je dois partir pour Postbridge.

— Maintenant ?

— Évidemment maintenant, fit-il en se dégageant. Je suis prêt à parier que cette garce s'y trouve déjà, et plus vite je réglerai cette affaire idiote, mieux ce sera. En outre, je risque moins de finir au fond d'une tourbière si je profite des dernières heures de jour pour chevaucher dans la lande.

— Dain, essayez de garder votre sang-froid, conseilla-t-elle en le suivant.

Il pivota vers elle.

— Je croyais que j'étais censé lui donner une leçon ?

— Certes. Mais je ne voudrais pas que vous effrayiez le petit. S'il s'enfuit, vous aurez un mal de chien à le rattraper. Peut-être devrais-je vous accompagner, d'ailleurs.

— Jessica, je peux me débrouiller seul. Je ne suis pas complètement incompétent.

— Mais vous n'avez pas l'habitude des enfants, insista-t-elle. Leur comportement est parfois surprenant et…

— Jessica, coupa-t-il d'un ton agacé, vous m'avez demandé de ramener ce petit monstre ici, et je le ramènerai. À vous de voir ensuite ce que vous en ferez, parce que, pour ma part, je n'en ai pas la moindre idée.

Sur ces paroles, il sortit.

18

Debout près de la fenêtre surplombant la cour de l'auberge, Roland Vawtry faisait de son mieux pour ignorer les haut-le-cœur répugnants qui s'élevaient dans son dos.

Charity Graves, avait-il eu l'occasion de constater, était une catin de premier choix, et une fille assez intelligente pour s'adapter en un clin d'œil quand les circonstances l'exigeaient.

En tant que mère, en revanche, on trouvait difficilement pire.

Juste après sa rencontre avec lady Dain, elle s'était précipitée dans son minuscule cottage de Grimspound pour rassembler ses affaires et les charger dans le cabriolet branlant qu'elle avait acheté une semaine plus tôt en même temps qu'un poney tout aussi branlant. Puis elle avait ordonné à son fils de grimper à côté d'elle.

Mais celui-ci, effrayé par l'orage qui grondait au loin, avait obstinément refusé.

Alors, plutôt que de se fâcher, Charity avait fait semblant de se rendre à ses arguments et lui avait servi un morceau de pain et un verre de bière en attendant, prétendit-elle, que l'orage se calme. Sauf qu'elle avait versé dans l'alcool « presque rien, à peine une goutte », selon ses dires, de laudanum.

Le « presque rien » avait tout de même plongé Dominick dans un sommeil assez profond pour qu'elle le charge sur le cabriolet et le conduise d'une traite jusqu'à Postbridge.

Quand Vawtry les avait retrouvés, comme convenu, à l'auberge, le gamin dormait toujours. Ils avaient dû le secouer pour qu'il avale son dîner pendant que Charity racontait son entrevue avec lady Dain et expliquait pourquoi elle avait modifié leur plan d'origine.

— Le pire qui puisse arriver, c'est que le marquis se ramène ici à sa place demain matin, avait-elle déclaré. Mais il suffit de surveiller les environs. Avec la vue qu'on a de la fenêtre, on le verra arriver d'assez loin pour avoir le temps de filer. Et si ce gosse est pas capable de se tenir tranquille une semaine, on aura qu'à revenir au plan de départ.

L'ancien plan impliquait un acte criminel. Le nouveau demandait juste de surveiller attentivement les parages, ce qui paraissait beaucoup plus simple.

Vawtry aurait donc été totalement satisfait de ces changements de dernière minute si Charity avait fait preuve d'autant de bon sens en tant que mère que dans les autres domaines. Si tel avait été le cas, elle aurait battu le gosse au lieu de le gaver de laudanum, et celui-ci ne serait pas en ce moment même en train de vomir tripes et boyaux dans la chambre.

Vawtry se détourna de la fenêtre pour lui jeter un coup d'œil. Allongé sur son petit lit, Dominick avait la tête penchée au-dessus du pot de chambre que tenait sa mère. Il avait le teint couleur de cendre et les lèvres bleues.

— C'est pas le laudanum, se défendit Charity. Je suis sûr que le mouton qu'il a mangé ce soir était avarié. À moins que ce ne soit le lait qui avait tourné.

— Il a tout rendu et, visiblement, ça ne s'arrange pas, fit remarquer Vawtry. Au contraire. Je ferais peut-être mieux d'aller chercher un médecin. S'il lui arrive malheur la marquise risque de très mal le prendre, et j'en connais une qui pourrait se retrouver suspendue à un gibet plus vite qu'elle le voudrait.

En entendant le mot « gibet », Charity blêmit.

— C'est bien de toi d'imaginer toujours le pire, riposta-t-elle.

Elle ne protesta cependant pas lorsqu'il coiffa son chapeau pour sortir.

Vawtry traversait le palier quand il entendit résonner une voix horriblement familière : celle de Belzébuth en personne, qui semblait monter des entrailles de la terre.

Il n'eut pas besoin de sentir l'odeur du soufre pour deviner que, le temps qu'il se détourne de la fenêtre, l'auberge du *Cœur Doré* s'était transformée en enfer et que lui-même ne serait bientôt plus qu'un petit tas de cendres fumantes.

Rebroussant chemin, il ouvrit la porte de la chambre à la volée.

— Il est déjà là ! En bas ! En train de terrifier l'aubergiste.

Le gamin redressa brusquement la tête et, les yeux écarquillés, le regarda ramasser frénétiquement ses vêtements éparpillés dans la pièce.

— Pas de panique, Rolly, intervint Charity en se levant. Et laisse tomber tes affaires. Sers-toi plutôt de tes méninges.

— Il sera là dans une minute ! Qu'allons-nous faire ?

— Déguerpir, répondit-elle en allant jeter un coup d'œil à la fenêtre. Tu prends Dominick sur ton dos, tu longes la corniche jusqu'à la charrette de foin là-bas, et tu sautes.

Vawtry se pencha pour voir la charrette en question. Elle semblait toute petite et à peine remplie.

— Je n'y arriverai jamais, protesta-t-il. Pas avec lui.

Mais Charity avait déjà gagné la porte.

— Tu dois l'emmener. Je ne suis pas assez costaude pour le porter, et il vaut cher, rappelle-toi. On se retrouve à Moretonhampstead demain.

— Charity !

Le battant claqua derrière elle. Vawtry le contempla un instant, incrédule, tandis que le bruit des pas de sa maîtresse décroissait dans l'escalier.

Quand il se tourna vers le gamin, celui-ci fixait également la porte.

— Maman ! cria-t-il en rampant hors du lit.

Il fit trois pas avant de s'écrouler dans un nouveau jet de vomissures.

Vawtry eut un instant d'hésitation. Puis il perçut la voix de Dain sur le palier.

Il bondit vers la fenêtre et l'enjamba. Quelques secondes plus tard, alors qu'il longeait précautionneusement la corniche, il entendit la porte de la chambre s'ouvrir avec fracas. Un juron tonitruant retentit. Oubliant toute précaution, Vawtry fila jusqu'à la charrette et sauta.

Dain s'élança en vociférant vers la fenêtre ouverte. Il s'arrêta une fraction de seconde avant de poser le pied sur un tas de chiffons puants. Avec une grimace de dégoût, il s'apprêtait à l'enjamber quand la masse répugnante se mit à bouger.

Surpris, il recula d'un pas et prit une profonde inspiration. L'odeur âcre du vomi le prit à la gorge. Un gémissement s'éleva de la pile crasseuse.

La bouche emplie de bile, Dain s'obligea à baisser les yeux.

— Maman, hoqueta la chose au sol. Maman !

Ave Maria, gratia plena, Dominus tecum, benedicta tu in mulieribus, et benedictus fructus ventris tui, Iesus.

Les mots lui revenaient malgré lui. Et avec eux le souvenir de l'enfant d'autrefois qui cherchait un réconfort auprès de la Vierge Marie.

Cet enfant ignorait pourquoi il priait. Il ignorait quel péché sa mère ou lui avaient commis. Tout ce qu'il savait, c'était qu'il était seul.

Oui, Dain connaissait ce sentiment d'abandon et de rejet. Il connaissait la peur et cette impression d'être perdu que Jessica avait évoquées à propos de Dominick.

— Maman est partie, articula-t-il, la gorge serrée. Je suis ton papa.

La chose leva la tête. Ses yeux noirs étaient gonflés et cerclés de rouge. De la morve coulait de son nez busqué.

— Que le diable t'emporte, on dirait un vrai pourceau ! s'exclama Dain. De quand date ton dernier bain ?

Le petit visage se tordit en une grimace à faire fuir Lucifer lui-même.

— Va te faire foutre ! coassa le gamin.

L'attrapant par le col, Dain le mit debout.

— Je suis ton père, petit misérable, et quand je te dis que tu as besoin d'un bain, tu réponds « oui, monsieur », tu ne me dis pas...

— Merde !

Dominick émit un son entre rire et sanglot.

— Merde ! Merde ! Merde !

— Ce comportement n'a rien de surprenant, observa Dain. Non seulement, je ne suis pas étonné, mais je sais exactement quoi faire. Je vais demander qu'on te fasse couler un bain, et envoyer chercher un garçon d'étable pour qu'il te récure.

À ces mots, le gosse lâcha un chapelet de jurons en se débattant comme un poisson pris dans un filet. Quand le col élimé de sa chemise se déchira, il s'élança vers la porte. Mais Dain le rattrapa sans peine et, le coinçant sous son bras valide, il le souleva de terre.

Un gargouillis suspect s'éleva alors des entrailles de l'enfant, immédiatement suivi d'un jet de vomi, qui inonda les bottes de Dain.

Puis le paquet frétillant sous son bras s'immobilisa.

Une bouffée de panique envahit Dain.

Il avait tué le gamin ! Il n'aurait pas dû le serrer aussi fort. Il lui avait cassé ou écrasé quelque chose. Il avait assassiné son propre fils !

Phelps, qui l'avait accompagné à cheval, apparut dans l'encadrement de la porte.

— Phelps, regardez ce que j'ai fait, articula-t-il d'une voix blanche. Je l'ai tué.

Il était comme paralysé, incapable de poser les yeux sur… le cadavre.

— Comment se fait-il qu'il respire, alors ? répondit le cocher en considérant l'enfant. M'est avis qu'il est pas mort du tout, juste malade comme un chien. Il a dû attraper froid à cause du mauvais temps. Faudrait l'allonger pour l'examiner.

Ramené à la réalité par ces paroles, Dain se rendit compte de l'état de confusion dans lequel il se trouvait. Honteux et soulagé à la fois, il alla déposer avec douceur le petit sur le lit.

— Il a l'air un tantinet fiévreux, observa Phelps

Dain tâta le front de Dominick.

— Il est chaud, en effet.

Mais Phelps ne l'écoutait plus. Intrigué, il s'était approché de la cheminée sur laquelle se trouvait un flacon.

— C'est peut-être de là que vient le problème, dit-il en lisant l'étiquette. Si mes souvenirs sont bons, vous non plus, vous supportiez pas le laudanum. La nurse vous en avait donné après le départ de votre maman, et vous aviez été sacrément malade.

Sauf que lui était bien nourri, et au chaud dans son lit avec une armée de domestiques pour s'occuper de lui, songea Dain.

« *… elle préférait le laisser là où elle était sûre qu'on prendrait soin de lui.* » Les mots de Jessica lui revinrent malgré lui.

Peut-être n'avait-il pas reçu beaucoup d'amour, mais au moins avait-il bénéficié d'un minimum d'attention. On l'avait nourri, soigné, éduqué.

Sa mère ne l'avait pas emmené sur les mers ni à l'autre bout du monde sur une île où il risquait d'être emporté par une fièvre maligne.

Alors que celle de Dominick l'avait abandonné mourant.

— Allez demander qu'on nous monte du thé, ordonna-t-il à Phelps. Très sucré. Et une baignoire en cuivre. Avec toutes les serviettes dont ils disposent.

Phelps s'élança vers la porte.

— Et le paquet, ajouta Dain. Remontez le paquet préparé par mon épouse.

Quand le thé arriva, Dain avait ôté ses vêtements trempés de sueur à l'enfant et l'avait enroulé dans un drap.

Phelps alluma du feu dans la cheminée, devant laquelle il plaça la baignoire. Pendant ce temps, Dain fit boire le thé à la cuillère à Dominick qui, mollement étendu sur son bras, reprenait peu à peu conscience.

Au bout d'une demi-théière, son regard était plus alerte et sa tête – couverte de vermine, ne put s'empêcher de remarquer Dain – avait cessé de pendre comme celle d'une poupée de chiffon.

— Tu te sens mieux ? s'enquit-il d'un ton bourru.

Le gamin leva les yeux. Ses lèvres tremblèrent, mais aucun son n'en sortit.

— Tu es fatigué ? Tu veux te reposer ? Tu as le temps, tu sais.

Il secoua la tête.

— C'est vrai que tu as déjà pas mal dormi. Mais ça va aller maintenant, ne t'inquiète pas. Ta mère t'a donné un médicament que tu n'as pas supporté, c'est tout. Il m'est arrivé la même chose quand j'étais petit. J'ai été malade comme un chien, mais je me suis très vite rétabli.

Dominick se pencha soudain au bord du lit. Après quelques secondes, Dain comprit qu'il cherchait à voir ses bottes.

— Ce n'est pas la peine de regarder mes bottes, elles sont fichues. C'est ma deuxième paire aujourd'hui.

— Vous m'avez écrabouillé, se défendit le gamin.

— Et je t'ai retourné dans tous les sens, acquiesça Dain. Ce qui n'a pas dû arranger l'état de ton estomac. Mais je ne savais pas que tu étais malade.

« Parce que Jessica n'était pas là pour me le dire », ajouta-t-il en son for intérieur.

— Enfin, ce qui compte, c'est que tu aies retrouvé ta langue, poursuivit-il. Maintenant, tu vas peut-être également retrouver l'appétit. Tu as faim ?

Dominick le fixa sans répondre comme s'il ne comprenait pas la question.

— As-tu l'impression d'avoir l'estomac vide ? insista patiemment Dain.

Cette fois, il acquiesça d'un hochement de tête.

Pendant que Phelps descendait commander du pain et un bol de bouillon, Dain entreprit de débarbouiller son fils. L'opération fut lente et laborieuse. Craignant de lui arracher la peau en frottant trop fort, il dut s'y reprendre à trois ou quatre fois pour éliminer complètement la couche de crasse qui lui couvrait le visage. Bien qu'il tremblât comme un poulain nouveau-né, Dominick se laissa faire sans broncher.

Dain attendit ensuite qu'il eût terminé son repas, puis, estimant qu'il avait repris suffisamment de forces pour supporter l'épreuve à venir, il désigna le paquet sur la chaise près de la baignoire et expliqua :

— La marquise t'a préparé des vêtements propres. Mais avant de les mettre, il faut te laver.

Dominick regarda tour à tour la pile de vêtements et la baignoire d'un air affolé.

— Il faut te laver, répéta Dain d'un ton ferme.

Alors, sans crier gare, le gamin tenta de se lever en poussant un beuglement à crever les tympans. Mais Dain fut plus rapide. Le saisissant à bras-le-corps, il le souleva du lit et hurla par-dessus ses cris :

— Arrête ce raffut ! Il s'agit juste d'un bain, tu ne vas pas en mourir. J'en prends un tous les jours et je suis encore bien vivant.

— NOOOOOON !

Tout en gémissant, son fils laissa retomber sa tête infestée de poux sur son épaule.

— Non, papa. Pitié. Non, papa.

Papa.

Dain sentit sa gorge se serrer. Il tapota doucement le dos aux omoplates saillantes du petit.

— Dominick, tu es couvert de vermine, expliqua-t-il. Il n'y a que deux moyens de s'en débarrasser. Soit tu prends un bain dans cette jolie baignoire en cuivre…

Son fils releva la tête.

— … soit tu manges une assiette de navets.

Le garçon le considéra d'un air horrifié.

— Désolé, reprit Dain en dissimulant un sourire. Il n'y a pas d'autre solution.

Un silence résigné accueillit cette nouvelle.

Dain n'en fut pas vraiment surpris. Si ce petit réagissait comme lui au laudanum, il n'était pas étonnant qu'il partageât aussi son aversion de jadis pour les navets.

— Vous pouvez demander qu'on apporte l'eau chaude, Phelps, ordonna-t-il.

Rigide d'indignation, Dominick subit son premier bain en arborant une expression de martyr. Quand ce fut terminé, Dain le récompensa en l'autorisant à regarder une image dans son stéréoscope ; il lui promit même de le lui prêter dès qu'il serait propre.

En conséquence de quoi, Dominick accepta un second bain sans sourciller, et se lava même seul sous la surveillance de Phelps.

Dain en profita pour descendre commander le dîner, et remonta à temps pour essuyer l'enfant et l'habiller.

Puis tandis que le gamin jouait avec le stéréoscope, il s'attabla avec Phelps devant le repas qu'on venait de leur porter.

Il s'apprêtait à couper un morceau de mouton dans son assiette quand il s'aperçut tout à coup qu'il tenait son couteau et sa fourchette. Il contempla les couverts un long moment, puis releva les yeux vers Phelps qui étalait du beurre sur son pain.

— Phelps, mon bras bouge.

— En effet, commenta platement le cocher.

Dain se rendit alors compte qu'il devait se servir de son bras depuis déjà un bon moment déjà. Autrement, il n'aurait pas pu supporter la tête de son fils en le faisant boire à la cuillère ; ni le maintenir dans la baignoire en lui lavant les cheveux ; ou encore lui boutonner son costume.

— Il s'est paralysé sans raison, et voilà qu'il remarche sans plus de raison, dit-il, abasourdi. Comme s'il n'y avait jamais eu de problème.

— Mme la marquise était sûre qu'il y en avait pas. Sans vouloir vous offenser, milord, elle disait que tout ça, ça se passait dans votre tête.

Dain fronça les sourcils.

— C'est ce que vous pensez, vous aussi ? Que tout vient de ma tête ?

— J'ai fait que répéter ce qu'elle a dit. Pour moi, devait y avoir un truc qui gênait et que les médecins ont pas vu. Ça a dû se débloquer tout seul.

Reportant son attention sur son assiette, Dain entreprit de couper sa viande.

— Exactement. Mais ce charlatan français n'a pas su le trouver, et ses confrères n'ont pas osé le désavouer.

Tout en parlant, Dain regarda Dominick qui, allongé sur le ventre devant le feu, étudiait une représentation de la bataille de Copenhague.

Ce qui lui apparaissait comme un problème insurmontable n'était en fait rien d'autre qu'un petit garçon effrayé, songea-t-il avec une pointe d'étonnement. Et tandis qu'il en prenait conscience, le « truc » qui lui bloquait le bras avait disparu comme par magie…

Et si Jessica avait raison ? Si le problème avait été dans sa tête ? Ou dans son cœur. Un cœur paralysé par la peur.

Se mi lasci mi uccido, lui avait-il déclaré.

Oui, il était terrifié. Terrifié à l'idée qu'elle le quitte.

Soudain, il découvrait que cette peur n'avait cessé de l'habiter depuis qu'elle lui avait tiré dessus. Ce jour-là, il avait cru avoir commis l'irréparable, avoir poussé la seule femme qui eût jamais éprouvé des sentiments pour lui à l'abandonner... parce qu'il était un monstre indigne d'être aimé.

Mais Jessica l'avait détrompé.

Dain se leva pour rejoindre Dominick. Dans le visage sombre et inquiet que son fils leva vers lui il reconnut le sien : le même regard noir et méfiant, le même nez busqué qu'il haïssait tant, la même moue maussade. Non, décidément, cet enfant n'était pas beau. Et son corps était bizarrement formé : des membres squelettiques, des épaules osseuses, des pieds et des mains trop grands. Il possédait de surcroît un tempérament ombrageux, mal embouché, qui ne risquait pas de charmer qui que ce soit.

Comme son père.

Et pourtant, comme son père, il avait besoin que quelqu'un – n'importe qui – l'accepte. Que quelqu'un veille sur lui et lui donne de l'affection.

C'était peu demander, non ?

— Dès que Phelps et moi aurons fini de dîner, nous rentrerons au château, annonça Dain. Tu te sens assez fort pour monter à cheval ?

Sans détacher les yeux des siens, le gamin hocha la tête.

— Parfait. Je te prendrai sur le mien, et si tu me promets d'être prudent, je te laisserai peut-être tenir les rênes. Tu seras prudent ?

Nouveau hochement de tête, enthousiaste cette fois.

— Oui, papa.

Oui, papa.

Sur le cœur froid et aride de lord Belzébuth tomba une pluie tiède qui fit enfin germer l'amour.

À l'heure où le marquis finissait son dîner, Charity Graves aurait dû être à Moretonhampstead. Pourtant, elle se trouvait à Tavistock, à une vingtaine de miles de là.

Elle avait changé de destination après avoir croisé Phelps sur le seuil de la cuisine de l'auberge. Le cocher l'avait en effet avertie que le marquis était venu chercher son fils et que si elle n'était pas totalement idiote, elle disparaîtrait rapidement et sans faire de vagues. Puis, avant qu'elle se répande en pleurs et lamentations sur son pauvre garçon qu'on lui arrachait, il lui avait tendu un petit paquet.

Celui-ci contenait cent souverains, mille quatre cents livres en billets, ainsi qu'un message de la marquise de Dain indiquant que cent souverains et mille quatre cents livres valaient mieux que rien, et surtout mieux qu'être envoyée en Nouvelle-Galles du Sud. La marquise lui suggérait également de se rendre à Paris où sa profession était mieux tolérée, et où son âge – Charity approchait les trente ans – poserait moins de problèmes.

Renonçant à jouer les mères éplorées, Charity s'était éclipsée discrètement.

Mais comme partager mille cinq cents livres n'était pas la même chose qu'en partager vingt mille, elle avait décidé de prendre la route de Tavistock plutôt que celle de Moretonhampstead. Son prochain arrêt serait Plymouth, d'où elle embarquerait pour la France.

Cinq semaines plus tôt, Roland Vawtry avait basculé dans un puits sans même s'en apercevoir. Or, s'il avait désormais conscience d'en avoir atteint le fond, il ne s'était toujours pas rendu compte que celui-ci dissimulait des sables mouvants.

Tout ce qu'il savait, c'était qu'il avait trahi la confiance de Charity en abandonnant le gosse derrière lui. Et que cette trahison signerait sa fin.

Car non seulement le gamin avait entendu Charity l'appeler « Rolly » mais il avait également eu tout le temps de mémoriser ses traits avant de tomber malade. En s'affolant comme il l'avait fait, Vawtry avait donc perdu plusieurs milliers de livres et sa maîtresse, quant à sa vie, il n'en donnait pas cher.

Pourtant, alors que, dissimulé dans le foin humide de la charrette, il s'attendait à voir surgir un Dain rugissant dans la cour de l'auberge, rien ne se produisit. Il patienta encore de longues minutes puis, à demi rassuré, s'aventura hors de sa cachette. Personne ne l'arrêta.

Il se dirigea donc d'un pas faussement nonchalant vers les écuries où il réclama son cheval.

Ce fut là qu'il apprit les raisons de son sursis.

Le marquis de Dain, lui dit-on, avait réquisitionné tout le personnel de l'auberge pour s'occuper de son fils malade.

Vawtry comprit alors que le destin lui offrait une chance de se racheter aux yeux de sa maîtresse.

Il hésita d'autant moins à la saisir qu'il n'avait plus rien à perdre. Perclus de dettes, menacé d'être pourchassé à travers tout le pays par son ancien ami bien décidé à le réduire en miettes, il ne pouvait se permettre de faire la fine bouche.

Il fallait qu'il mène à bien le plan de Charity. Seul.

19

Les flammes commençaient à peine à s'élever vers le ciel quand l'alarme fut donnée. Aussitôt, les habitants du château sortirent en trombe et se précipitèrent dans leur direction.

Vawtry les regarda courir vers le brasier avec un sourire satisfait. Jusqu'ici tout se déroulait selon les prévisions de Charity : le gardien, dont il avait incendié la maisonnette, s'était bien absenté pour se rendre à sa réunion religieuse hebdomadaire, et la proximité de la réserve de bois du marquis était suffisamment inquiétante pour que tous les domestiques sans exception se rassemblent afin d'éviter le pire.

Dans le chaos ambiant, il n'eut aucune difficulté à pénétrer dsicrètement à l'intérieur du château.

À partir de là, cependant, les choses s'avérèrent plus délicates. Selon le plan original, il devait en effet s'occuper du feu tandis que Charity qui, pour y être venue quelquefois, connaissait vaguement les lieux, se chargerait de voler l'icône. Mais les circonstances avaient voulu qu'il joue les deux rôles à la fois, ce qui nécessitait de se repérer en un temps record dans un endroit inconnu.

Heureusement, dans l'affolement général, personne n'avait pris la peine de fermer les portes. Il perdit néanmoins de précieuses minutes avant de découvrir que l'accès à l'escalier nord évoqué par Charity était dissimulé derrière un grand tableau de l'époque Tudor. Une chance que celle-ci eût précisé que le château était rempli de trompe-l'œil et de passages secrets.

Gagner le deuxième étage se révéla un jeu d'enfant. Une fois là, il n'eut plus qu'à traverser les appartements du marquis pour trouver l'icône à l'endroit indiqué, c'est-à-dire au-dessus du gigantesque lit.

Charity avait obtenu cette information grâce à l'un de ses clients réguliers, qui l'avait lui-même apprise de son frère, qui l'avait eue par sa femme, amie de la fiancée du frère cadet de Joseph, le valet de pied de Dain.

Un client qui, comme tous les autres, disparaîtrait bientôt de la vie de la jeune femme, songea Vawtry, ravi, en dévalant l'escalier. Car bientôt, Charity partagerait sa couche et ses talents avec un seul homme : le grand et héroïque Roland Vawtry, qui l'emmènerait loin du Dartmoor et de ses paysans mal dégrossis. Il lui ferait découvrir Paris, l'introduirait dans la haute société comme dans un conte de fées où il tiendrait le rôle du prince charmant.

Perdu dans ses rêves, il poussa une porte, descendit une nouvelle volée de marches... et se retrouva dans un couloir dont il n'avait aucun souvenir. La pièce à l'extrémité était la salle de musique. Elle donnait sur une autre pièce qu'il traversa à son tour, avant de déboucher dans une troisième, puis une quatrième, et ainsi de suite jusqu'à ce qu'il atteignît enfin l'immense salle de bal ouvrant sur l'escalier principal. Il hésita un instant, se demandant s'il ne devrait pas rebrousser chemin pour tenter de retrouver celui du fond, beaucoup plus discret.

Mais le temps qu'il se repère, tous les domestiques seraient de retour. Alors que pour l'instant, la maison était vide. Il s'élança donc jusqu'au palier du dessous, tourna le coin, et s'arrêta net.

Une femme se tenait devant lui. Elle le dévisagea, puis baissa les yeux sur l'icône qu'il serrait contre lui.

En un éclair, Vawtry retrouva ses esprits, et l'usage de ses jambes. Mais au moment où il se précipitait en avant, lady Dain l'agrippa par la manche de son manteau. Il tituba et laissa échapper le tableau. Parvenant néanmoins à retrouver son équilibre, il repoussa la marquise et plongea sur l'icône qui gisait au bas des marches sans se soucier du fracas dans son dos.

À demi assommée par le mur, Jessica chercha désespérément un point d'appui. Ses doigts rencontrèrent un vase chinois qui bascula de son piédestal et vola en éclats.

Bien que vacillante, elle parvint à se redresser et, sans s'occuper des étoiles qui dansaient devant ses yeux, elle fonça vers le rez-de-chaussée.

Elle atteignait le grand hall lorsqu'elle entendit une porte claquer, puis un juron sonore et un bruit de pas précipités. En essayant de s'échapper par-derrière, le voleur avait dû pénétrer dans l'office. Elle emprunta en hâte des passages dérobés pour l'attendre à la sortie.

Mais il devait être sur ses gardes, car il l'évita d'un bond de côté avant de poursuivre sa course droit devant lui dans le vestibule. Trop ébranlée par sa récente chute pour espérer le rattraper, Jessica attrapa alors le premier objet venu – un chien en porcelaine – et le lança de toutes ses forces sur le fuyard.

Touché à la tête, celui-ci s'affala à genoux, l'icône toujours serrée contre lui. Un filet de sang coulait de son front, mais il continua à ramper en direction de la porte, et lorsqu'elle voulut l'attraper par le col, il roula rapidement sur lui-même et la repoussa du bras si violemment qu'elle s'effondra à terre.

Dans un brouillard, elle le vit refermer les doigts autour de la poignée, l'abaisser... Elle se jeta alors en avant, l'empoigna par les cheveux et lui cogna la tête contre la porte.

— Tu... ne... l'auras pas ! hurla-t-elle en lui frappant encore et encore la tête contre le battant. Jamais !

Bam!

— Jamais!

Bam!

Vawtry lâcha la poignée. Puis l'icône. Et bascula sur le côté pour tenter de lui échapper.

Mais Jessica ne lâcha pas prise. Elle lui enfonça les ongles dans le crâne, le visage, le cou. Lorsqu'il voulut grimper sur elle pour l'immobiliser, elle lui expédia un coup de genoux dans l'entrejambe. Il se plia en deux avec un cri de douleur.

Dans sa rage, Jessica lui aurait fracassé le crâne contre le dallage en marbre si deux mains puissantes ne s'étaient soudain refermées autour de sa taille pour la soulever.

— Ça suffit, Jessica!

La voix sévère de son mari la sortit de sa colère aveugle.

Reprenant conscience du monde qui l'entourait, elle vit la grande porte d'entrée ouverte et l'armée de domestiques ébahis amassée sur le seuil. Devant eux se tenait Dominick qui, sa petite main serrée dans celle de Phelps, la contemplait bouche bée.

Elle n'en aperçut pas plus, car Dain la fit rapidement passer sur son épaule pour l'emporter dans le couloir.

— Rodstock, ordonna-t-il sans se retourner, ce vestibule est une porcherie. Veillez à ce qu'on le nettoie. Immédiatement.

Dain attendit que sa femme fût dans son bain – Bridget à ses côtés et deux valets de pied postés devant sa porte – pour regagner le rez-de-chaussée.

Vawtry, ou ce qu'il en restait, était allongé sur l'une des tables de l'ancienne salle d'étude sous la surveillance de Phelps. Outre le nez cassé, une dent en moins et un poignet foulé, il avait le visage couvert de sang et un cocard si énorme que sa paupière droite était à demi fermée.

— Dans l'ensemble, tu t'en tires plutôt bien, fit remarquer Dain après avoir évalué les dégâts. Une chance qu'elle n'ait pas eu d'arme à portée de main, pas vrai ?

En découvrant l'icône sur le sol juste après avoir appris la nouvelle de l'incendie, il avait tout de suite compris ce qui s'était passé.

Il n'avait pas besoin d'interroger son fils pour deviner que Vawtry et Charity Graves étaient complices.

— Tu t'es laissé tourner la tête par une catin cupide aux gros seins, résuma-t-il d'un ton méprisant. Ça semble évident. Ce qui m'échappe, en revanche, c'est d'où t'est venue l'idée que cette icône valait plusieurs milliers de livres. Un coup d'œil t'aurait suffi pour te rendre compte que personne ne t'en donnerait plus de trois.

— Pas eu le temps… de regarder, parvint à articuler Vawtry malgré ses lèvres tuméfiées.

— Donc, tu ne l'avais jamais vue avant cette nuit. Ce qui veut dire que quelqu'un t'en a parlé. Bertram, je suppose. Et tu l'as cru – ce qui prouve que tu es au moins aussi idiot que lui. Plus, même, puisque tu n'as rien trouvé de mieux que d'en discuter avec la pire putain de la région. Une femme qui n'hésite pas à vendre son propre fils pour vingt mille livres.

— Mille cinq cents même, intervint Phelps à côté d'eux. Sûr qu'il faut être crétin pour faire confiance à une diablesse pareille. Sans vouloir vous offenser, milord…

— Phelps.

Dain adressa un regard noir à son cocher.

— Oui, milord, répondit ce dernier d'un air innocent.

— Je n'ai *pas* donné d'argent à Charity Graves. Mais si je me souviens bien, vous vous êtes proposé pour passer par-derrière au cas où elle fuirait par les cuisines. Comme vous ne m'en avez pas reparlé, j'en ai déduit qu'elle avait réussi à vous échapper. Mais peut-être me suis-je trompé…

— Madame la marquise voulait pas de tapage devant le gamin, expliqua Phelps d'un air contrit. C'est pour ça qu'elle m'a demandé de lui remettre les mille cinq cents livres. Pour qu'elle parte sans faire d'histoires. Elle a dit que c'était son argent de poche et qu'elle avait le droit de le dépenser comme elle l'entendait. Elle a conseillé à la fille d'aller prendre du bon temps à Paris.

— À Paris ? répéta Vawtry en se redressant subitement.

— Il paraît qu'elle a un genre qui plaît là-bas et que les hommes la traiteront mieux. En tout cas, Mlle Graves a eu l'air satisfaite. Elle a pris l'argent en déclarant que Mme la marquise était une femme bien. Elle m'a aussi dit de lui dire qu'elle avait raconté à son garçon ce que Mme la marquise lui avait demandé.

Qu'il était préférable de le laisser là où on prendrait soin de lui, devina Dain, ému. Oui, Jessica avait sûrement demandé à Charity de fournir cette explication à Dominick, et celle-ci s'était exécutée.

Comme pour lui, elle avait su trouver le meilleur en Charity et l'utiliser pour le bien du petit.

Il se surprit à adresser un sourire désolé à Vawtry.

— Tu aurais dû trouver une autre façon de la séduire, déclara-t-il. Quelque chose de moins risqué. Elle est comme une enfant, tu sais : amorale, dépourvue de principes. Maintenant qu'elle a mille cinq cents livres entre les mains, elle a sûrement oublié l'icône, et toi avec. Elle ne saura jamais que tu as risqué ta vie et ton honneur pour… pour quoi au juste, Vawtry ? ajouta-t-il avec un rire bref. Par amour ?

— C'est impossible. Elle ne peut pas me faire ça.

— Je te parie cinquante livres qu'elle est déjà en route pour la côte.

— Je la tuerai, croassa Vawtry. Elle ne peut pas me quitter. Elle n'en a pas le droit.

— Et que comptes-tu faire ? La poursuivre jusqu'en France ? Jusqu'au bout du monde ? Si je ne t'ai pas fait pendre avant, bien sûr.

À ces mots, le visage tuméfié de Vawtry devint livide. Dain considéra longuement son ancien ami avant de reprendre :

— L'ennui, c'est que je ne vois pas de plus grand châtiment que celui que tu parais t'être infligé toi-même. Je n'arrive pas à imaginer pire tourment que de tomber amoureux de Charity Graves. Hormis, reprit-il après une pause, l'épouser.

Oui, c'était la meilleure solution, décida Dain. Un remède bien plus simple que de traîner ce pauvre fou devant les tribunaux.

Certes, Vawtry s'était rendu coupable d'incendie criminel et de vol. Mais, Dieu merci, il n'y avait pas eu mort d'homme. Et Jessica lui avait déjà infligé une leçon qu'il n'était pas près d'oublier – d'autant qu'elle venait d'une femme.

Il ne lui restait donc plus qu'à annoncer la sentence.

— Tu retrouveras Charity où qu'elle soit, déclara-t-il. Et tu l'épouseras. Cela te rendra légalement responsable d'elle et de ses actes, et je te tiendrai légalement et personnellement responsable si jamais elle s'approche de nouveau de ma femme, de mon fils ou de n'importe quel autre habitant du château. Si par malheur, elle importunait l'un de nous, j'organiserais un dîner gigantesque, Vawtry.

Vawtry cilla.

— Un dîner ?

— Oui. Auquel j'inviterai tous nos joyeux compagnons. Et quand la fête battra son plein, je me lèverai pour raconter à tous tes merveilleuses aventures. Je m'attarderai tout particulièrement sur la manière dont ma chère et frêle épouse est venue à bout d'un grand gaillard comme toi.

Vawtry blêmit davantage.

— Retrouver Charity, répéta-t-il, affolé. L'épouser ? Mais comment ? Bon sang, tu ne te rends donc pas compte ? Je ne me serais pas mis dans ce pétrin si je n'avais pas été pris à la gorge. J'ai cinq mille livres de dettes, Dain. Et plus un penny. Je suis ruiné ! Je n'aurais jamais mis les pieds dans le Devon si Beaumont ne m'avait pas affirmé que je gagnerais une fortune à ce satané match de lutte.

— Beaumont ?

— Une fortune, tu parles ! Avec ces deux amateurs ! Ce salaud m'a achevé. « Le plus grand match depuis Cann contre Polkinghorne », avait-il assuré.

— Beaumont, répéta Dain.

— C'est comme pour l'icône, poursuivit Vawtry, écœuré. D'après lui, elle valait au moins vingt mille livres. Mais j'imagine qu'il m'a raconté n'importe quoi, là aussi. Il a dit qu'il connaissait un Russe prêt à vendre son propre fils pour l'obtenir. Et je l'ai *cru* !

— Ainsi, ce n'est pas Bertram Trent, mais Beaumont qui t'a donné cette idée ! s'exclama Dain. J'aurais dû m'en douter.

Vawtry le regarda sans comprendre.

— Nous avons eu un petit différend à Paris, lui et moi, expliqua Dain. Sans doute a-t-il cherché à se venger par ton intermédiaire. Ce type est un fourbe et un lâche ; il est incapable de régler ses affaires d'homme à homme. Le pire, c'est que son stratagème a failli marcher au-delà de tous ses espoirs. Si je t'avais fait pendre, je suis sûr qu'il aurait bien ri.

Tandis que Vawtry digérait ces révélations, Dain se mit à arpenter la pièce.

— Je vais payer tes dettes, Vawtry, annonça-t-il après mûres réflexions.

— Quoi ? !

— Je te verserai également une petite rente annuelle. Pour services rendus.

Dain s'immobilisa, les mains croisées dans le dos, et poursuivit :

— Vois-tu, mon très cher et loyal ami, j'ignorais que mon icône valait autant... jusqu'à ce que tu me le dises. En fait, j'avais l'intention de l'offrir à Mme

Beaumont en échange d'un portrait de mon épouse. D'après Jessica, Mme Beaumont est tombée amoureuse de l'icône dès qu'elle l'a vue. Je pensais donc qu'elle préférerait ce cadeau à quelques pièces. Mais, bien sûr, poursuivit-il avec un sourire, aucun portrait, même peint par la talentueuse Leila Beaumont, ne vaut vingt mille livres, pas vrai ?

Comprenant enfin où il voulait en venir, Vawtry sourit.

— Évidemment, tu écriras à Beaumont pour le remercier de t'avoir donné l'information, continua Dain. C'est la moindre des politesses. Et, comme tout véritable ami, il sera naturellement ravi d'avoir pu te faire profiter de ses lumières.

— Il s'arrachera les cheveux en lisant ça, s'exclama Vawtry, enthousiaste.

Il grimaça gêné.

— Que le diable m'emporte, Dain, reprit-il d'un ton honteux. Je suis vraiment trop stupide. Et toi, tu trouves encore le moyen de tirer parti du gâchis dont je suis l'auteur. Franchement, personne ne te blâmerait si tu me jetais dans le marécage le plus proche.

— Si tu ne te débrouilles pas pour garder cette infernale femelle loin de moi, je te jetterai dans le marécage le plus proche, promit Dain.

Sur quoi, il se dirigea vers la porte en lançant :

— Phelps va trouver quelqu'un pour soigner tes blessures. Et je te ferai porter la somme nécessaire pour ton voyage. Je veux que tu aies disparu avant le lever du soleil, Vawtry.

— Oui, oui, bien sûr. Merci...

La porte se referma dans un claquement sec.

20

Lorsque, à 2 heures du matin, après un long bain chaud, Dain se rendit dans la chambre de sa femme, celle-ci ne s'y trouvait pas.

Il essaya alors celle de Dominick, où Mary lui expliqua que la marquise était restée avec le petit jusqu'à ce qu'il s'endorme. Elle était partie aux alentours de minuit.

Le temps de recouvrir son fils et de lui caresser la joue, Dain se remettait en quête de son épouse.

Il la découvrit finalement dans la salle à manger. Enveloppée dans un peignoir de soie noire, les cheveux attachés en un chignon lâche, elle se tenait devant la cheminée et contemplait le portrait de la précédente marquise, un verre de cognac à la main.

— Vous auriez pu m'inviter à me saouler avec vous, lança-t-il du seuil.

— Impossible, répondit-elle sans se retourner. J'avais besoin d'être seule avec Lucia. Je tenais à porter un toast en son honneur.

Elle leva son verre.

— À vous, chère Lucia : pour avoir mis mon insupportable mari au monde, lui avoir donné ce que vous aviez de meilleur en vous, et l'avoir abandonné afin qu'il vive et devienne un homme… et que je le rencontre.

Elle fit tourner le liquide ambré dans son verre, en huma le parfum, puis, avec un petit soupir de plaisir, le porta à ses lèvres.

Dain la rejoignit.

— Vous n'imaginez pas à quel point vous avez de la chance de m'avoir rencontré, dit-il. Je suis l'un des rares hommes d'Europe occidentale capable de satisfaire les besoins d'une femme telle que vous. Il s'agit là de mon meilleur cognac, je suppose, ecnhaîna-t-il.

— J'ai pris votre cave en compte dans l'évaluation de votre fortune, répliqua-t-elle. Cela a peut-être même fait pencher la balance en votre faveur.

Elle tendit son verre en direction de la peinture.

— Ne rend-elle pas merveilleusement bien ici ?

Dain s'assit pour étudier le portrait. Puis il se releva afin de le considérer sous différents angles, avant de revenir près de sa femme, où il demeura un long moment silencieux, les yeux fixés sur sa mère.

Rien. Aucune douleur, constata-t-il avec une pointe d'étonnement. Tout ce qu'il voyait, c'était une très belle femme qui l'avait aimé à sa manière. Même s'il ne saurait jamais ce qui s'était passé exactement vingt-cinq ans plus tôt, il en savait suffisamment pour lui pardonner.

— Elle était plutôt jolie, non ? observa-t-il.

— Magnifique, même.

— Difficile de blâmer le marchand qui l'a enlevée. Au moins, il est resté avec elle jusqu'au bout. Ils sont morts ensemble. Ce qui a dû faire enrager mon père.

Il lâcha un rire.

— Même si ce n'était rien à côté du fait de se retrouver avec le fils de Jézabel sur les bras, ajouta-t-il. Mais le vieil hypocrite était trop fier pour avouer son échec en me déshéritant au profit d'un vulgaire rejeton de la branche cadette.

— Il a quand même conservé vos jouets.

— Et le portrait de ma mère. Parce que chez les Ballisters, on ne jette rien. Mais il s'est quand même débarrassé de moi en m'expédiant à Eton. Quel vieil imbécile ! J'avais huit ans, il lui aurait été tellement facile de me façonner à son image ! De cette façon au moins, il aurait eu sa revanche sur elle – et le genre de fils qu'il souhaitait en prime.

— Je suis heureuse qu'il ne l'ait pas fait, déclara Jessica en souriant. Vous n'auriez pas été aussi intéressant.

Il lui rendit son sourire.

— Intéressant est le mot. Le fléau et la plaie des Ballisters, le seigneur des vauriens en personne. Le plus grand dépravé du royaume. Un ingrat arrogant et borné.

— L'homme le plus malfaisant qui ait jamais existé.

— Une brute égoïste et obtuse.

Elle hocha la tête.

— N'oubliez pas « paon vaniteux ».

— Peu importe ce que vous pensez, répliqua-t-il, narquois. Aux yeux de mon fils, je suis le Roi Arthur et tous les chevaliers de la Table ronde réunis.

— Vous être trop modeste, mon cher. Dominick vous considère au moins comme la réincarnation de Jupiter et de tous les dieux romains. C'est révoltant.

— Ce qui est révoltant, Jessica, c'est l'état dans lequel je l'ai trouvé à l'auberge. Le pauvre enfant n'était qu'un tas de crasse puant baignant dans son vomi.

— Je sais, Phelps m'a raconté. Je suis descendue lui parler pendant que vous preniez votre bain. Il m'a relaté votre arrivée là-bas et la manière dont vous vous étiez occupé de Dominick... avec vos *deux* mains.

Elle glissa le bras sous le sien – celui que ses propres peurs empêchaient de bouger, et que celles d'un petit garçon avaient guéri.

— En l'écoutant, j'hésitais entre le rire et les larmes, avoua-t-elle, les yeux brillants. Je suis tellement fière de vous, Dain. Et fière de moi, car j'ai eu le bon sens de vous épouser.

— Le bon sens n'a rien à voir là-dedans. En revanche, vous avez magnifiquement su tirer parti d'une situation qui aurait poussé n'importe quelle femme normale à se jeter par la fenêtre de désespoir.

— Ç'aurait été stupide.

— Et un aveu d'échec. Ce qui n'est pas dans votre nature. Comme Vawtry a eu l'occasion de le constater, pour son plus grand malheur… À ce propos, pourquoi étiez-vous seule dans le château ? Incendie ou pas, vous auriez pu garder un ou deux domestiques près de vous.

— Joseph et Mary étaient là, mais ils étaient occupés à préparer la chambre de Dominick et ils n'ont rien entendu. Je n'aurais sans doute rien remarqué non plus si je n'étais pas descendue vous attendre. Je voulais être présente quand vous arriveriez avec Dominick. Pour lui montrer qu'il était le bienvenu. Je voulais le rassurer et…

La voix de Jessica se mit à chevroter.

— … le serrer dans mes bras, termina-t-elle, la gorge nouée.

Dain lui souleva le menton et la regarda au fond des yeux.

— Je l'ai serré dans mes bras, *cara*, murmura-t-il. Je l'ai assis devant moi sur mon cheval et je l'ai maintenu contre moi parce que c'est un enfant et qu'il avait besoin de se sentir en confiance, parce qu'il est… mon fils. Et je lui ai dit que, vous aussi, vous souhaitiez qu'il vive avec nous. Que vous étiez gentille et compréhensive, mais aussi juste et sévère quand il le fallait. Ce qu'il a pu vérifier dès son arrivée, ajouta-t-il avec un sourire amusé. Vous lui avez prouvé que son papa disait toujours la vérité et qu'il savait tout sur tout le monde.

— Dans ce cas, je dois serrer son papa dans mes bras pour le remercier, conclut-elle en l'enlaçant. Je vous aime, Sebastian Leslie Guy de Ath Ballister. Je vous aime, marquis de Dain et Belzébuth, lord Blackmoor, lord Launcelles, lord Ballister…

— Cela fait beaucoup trop de noms, coupa-t-il. Étant donné que nous sommes mariés depuis plus d'un mois et qu'il semblerait que vous ayez envie de rester, je vous autorise à m'appeler par mon prénom. Ce sera toujours mieux que « paon vaniteux ».

— Je vous aime, Sebastian.

— Je vous aime, Jessica, répondit-il, presque surpris de la facilité avec laquelle ces mots étaient sortis de sa bouche.

Le soleil pointait à l'horizon quand ils regagnèrent la chambre de Dain, harassés et échevelés. Emportés par la passion, ils n'avaient pas pris la peine de quitter la grande salle à manger, où ils avaient fait l'amour sur le sol tiédi par la chaleur des flammes de l'immense cheminée. Une fois au lit, et en dépit de sa fatigue, Dain entreprit de relater à Jessica sa discussion avec Vawtry.

— Si je n'avais pas été moi-même amoureux, j'aurais commis une erreur irréparable, avoua-t-il. Mais maintenant, je comprends comment un homme – surtout aussi limité que Vawtry – peut s'enliser dans un tel bourbier.

En quelques phrases, il lui confia ses soupçons concernant le rôle de Beaumont dans leur mésaventure parisienne, ainsi que sa participation active aux récents événements. Jessica n'en fut qu'à demi surprise. Elle avait toujours considéré Beaumont comme un être vil, et s'était souvent demandé pourquoi sa femme ne l'avait pas quitté depuis longtemps.

Ce qui l'étonna, en revanche – et l'amusa beaucoup –, ce fut la manière dont Dain avait résolu le problème.

— Oh, Sebastian, vous êtes vraiment diabolique ! J'aimerais tellement voir la tête de Beaumont quand il lira le message de remerciement de Vawtry ! s'exclama-t-elle en riant.

— Je savais que vous apprécieriez le comique de la situation.

— Le comique et l'élégance. Vawtry, Charity, et ce méprisable Beaumont ont été mis hors jeu en un clin d'œil. Et sans lever le petit doigt.

— Sauf pour compter les billets, lui rappela-t-il. Vous oubliez que ça me coûte une rente.

— Vawtry vous sera reconnaissant jusqu'à la fin de ses jours. Il ira au bout du monde s'il le faut pour vous obéir. Quant à Charity, elle sera trop contente de vivre enfin confortablement avec un homme fou d'elle pour revenir vous ennuyer. Une vie de luxe et de paresse, c'est tout ce qu'elle désire. C'est pour cela qu'elle a eu Dominick.

— Je sais. Elle espérait obtenir de moi cinq cents livres par an. Et en a eu mille cinq cents de vous.

— Je ne voulais pas prendre le risque d'une autre scène devant Dominick, expliqua Jessica. C'est un enfant extrêmement sensible. En quelques mots, elle aurait pu provoquer des dégâts difficiles à réparer. En demandant à Phelps de lui donner cet argent, je m'assurais d'un départ en douceur.

Dain se tourna sur le flanc et l'attira dans ses bras.

— Vous avez très bien fait, Jessica. Je ne suis pas sûr que j'aurais pu me débrouiller à la fois avec un enfant malade et sa mère hurlante. J'avais déjà bien assez à faire.

— Vous avez été là pour Dominick, rappela-t-elle en lui caressant le torse. Son papa fort et courageux était près de lui à ce moment-là, et c'est tout ce qui compte. Maintenant, il est à la maison, en sécurité.

À cet instant, un braillement inhumain rompit la quiétude du petit matin.

Dain se redressa d'un bond dans le lit.

— Il fait un cauchemar, c'est tout, tenta de le calmer Jessica. Mary est avec lui.

— Ça vient de la galerie, dit-il en se levant.

Pendant qu'il enfilait sa robe de chambre, un autre cri suraigu leur vrilla les tympans. Puis des voix résonnèrent, suivies de pas précipités.

Jessica se débattait encore avec les draps quand Dain s'élança pieds nus hors de la pièce. Elle s'habilla en hâte pour le suivre.

Elle le trouva à quelques mètres de la porte, les bras croisés, une expression indéchiffrable sur les traits tandis qu'il regardait un Dominick nu dévaler l'escalier à toutes jambes, trois domestiques sur les talons.

— Il semblerait que mon fils soit un lève-tôt, commenta-t-il d'un ton tranquille. Je me demande ce que Mary lui a servi au petit déjeuner ? De la poudre à canon ?

— Je vous avais dit qu'il était incroyablement rapide.

— Il est passé devant moi il y a une seconde. Il m'a vu, m'a regardé en riant – parce que ces beuglements sont des rires, imaginez-vous –, mais n'a pas ralenti. Depuis il mène en bourrique tous les domestiques. J'imagine que c'est sa façon de réclamer mon attention.

Jessica acquiesça.

Dain s'avança jusqu'à la galerie.

— Dominick, appela-t-il sans élever la voix.

L'enfant fonça dans une alcôve. Dain l'y suivit, l'arracha aux rideaux auxquels il tentait de grimper et le hissa sur son épaule. Il l'emmena dans le cabinet de toilette et referma la porte derrière eux.

De la chambre, Jessica pouvait entendre la voix de basse de son mari et celle, plus aiguë, du petit garçon. Leurs paroles, en revanche, demeuraient indistinctes.

Quand ils émergèrent, quelques minutes plus tard, Dominick portait l'une des chemises de son père.

— Il a pris son petit déjeuner et s'est débarbouillé, mais il ne veut pas remettre le costume d'hier parce qu'il le serre trop, expliqua Dain avec sérieux.

Jessica dut faire appel à tout son sang-froid pour ne pas éclater de rire.

— C'est la chemise de papa, déclara fièrement Dominick. Elle est trop grande, mais je peux pas me promener le cul à l'air…

— *Tout nu,* corrigea Dain. On ne mentionne pas son derrière en présence d'une dame. De même qu'on ne court pas à travers toute la maison la quéquette dans le vent, même si c'est très drôle d'entendre les servantes pousser des cris d'orfraie. Enfin, on ne fait pas de bazar à l'aube quand ma femme et moi essayons de dormir.

À ces mots, Dominick se tourna vers le lit. Il écarquilla les yeux.

— Est-ce que c'est le plus grand lit du monde, papa ?

— Juste le plus grand du château. Le roi Charles II y a dormi une nuit. Lorsqu'on reçoit la visite d'un souverain, on doit lui offrir le plus grand lit de la maison.

— Est-ce que vous lui avez planté un bébé dans le ventre à elle aussi ? demanda Dominick en désignant Jessica. Maman m'a dit que vous m'aviez planté dans son ventre dans le plus grand lit du monde. Elle aussi elle a un bébé dans le ventre ?

— Oui, répondit Dain.

Sans se soucier de l'expression stupéfaite de Jessica, il s'approcha de son fils et le souleva dans ses bras.

— Mais c'est un secret, murmura-t-il. Tu dois me promettre de ne le dire à personne avant que je t'y autorise. D'accord ?

Dominick hocha la tête.

— C'est promis.

— Très bien. En échange, je te jure que tu seras le premier à annoncer la nouvelle à tout le monde. Ça te va ?

Après un bref moment de réflexion, le petit garçon opina.

De toute évidence, Dain avait trouvé comment gagner la confiance de son fils. Ravie, Jessica le suivit des yeux tandis qu'il emmenait l'enfant dans sa chambre.

À son retour, il arborait un sourire radieux.

— Alors comme ça, vous auriez planté un bébé dans mon ventre, lança-t-elle d'un ton moqueur. Je vous trouve bien sûr de vous.

— Je sais juste compter, riposta-t-il. Nous sommes mariés depuis cinq semaines et pas une fois vous n'avez repoussé mes avances pour cause d'indisposition.

— Il est encore trop tôt pour affirmer quoi que ce soit.

— Sûrement pas, contra-t-il en la soulevant dans ses bras pour l'emporter vers le lit. Le calcul est très simple : une marquise fertile plus un marquis viril égalent un rejeton entre la Chandeleur et la fête de l'Annonciation.

Sans la lâcher, il s'assit au bord du matelas.

— Et moi qui espérais vous en faire la surprise.

— Depuis que je vous connais, vous n'arrêtez pas de me surprendre, Jessica, rétorqua-t-il en riant. Je ne peux pas me retourner sans que quelque chose me tombe dessus. Et puis, il n'y a rien d'étonnant à ce que deux personnes dotées de besoins charnels insatiables aient un enfant, ajouta-t-il en lui mordillant l'oreille. C'est même tout à fait normal. Cela ne perturbe en rien ma sensibilité délicate.

— Pour l'instant. Mais quand je commencerai à grossir et à être de mauvaise humeur, vos nerfs auront du mal à résister. Et au moment de l'accouchement, lorsque vous m'entendrez hurler, jurer et vous envoyer au diable…

— J'éclaterai de rire, coupa-t-il. Comme la brute ignorante que je suis.

Elle lui caressa la joue.

— Au moins, êtes-vous une brute séduisante. Et riche. Et forte. Et virile.

— Enfin, vous vous rendez compte de votre chance ! s'exclama-t-il. Vous avez épousé l'homme le plus viril du monde.

— Le plus vaniteux, vous voulez dire.

Il plongea ses yeux noirs comme le péché dans les siens. Une étincelle malicieuse dansait au fond de ses prunelles.

— Le plus viril, répéta-t-il d'un ton ferme. Vous êtes à désespérer si vous ne vous en êtes pas encore aperçue. Heureusement pour vous, je suis aussi le plus patient des professeurs. Et je vais vous le prouver.

— Que vous êtes patient ?

— Et viril.

L'étincelle se fit plus brillante.

— Je vais vous donner une leçon que vous ne serez pas près d'oublier.

Enfouissant les doigts dans ses cheveux, elle l'attira à elle pour murmurer contre sa bouche :

— J'adorerais voir ça, mon cher et diabolique amour.

Découvrez les prochaines nouveautés de nos différentes collections J'ai lu pour elle

AVENTURES & PASSIONS

Le 5 octobre

Inédit **_La belle désenchantée_ ☙ Meredith Duran**

Cette fois-ci était de trop ! Abandonnée une seconde fois, au pied de l'autel, la charmante héritière Gwen Maudsley décide qu'il est désormais grand temps de changer, et qui mieux qu'Alexander Ramsey lui apprendrait à être détestable ? Ce voyou aux mœurs scandaleuses sera le tuteur parfait ! Mais Gwen ne pouvait imaginer que ce séjour à Paris rendrait soudain leurs relations si sensuelles...

Les trésors de Daphné ☙ Laura Lee Guhrke

Daphné Wade n'a d'yeux que pour le charmant duc de Tremore, un passionné d'archéologie qui s'emploie à restaurer les vestiges d'une villa romaine. Si seulement il pouvait la remarquer… À ses yeux, Daphné semble n'être qu'une employée parmi d'autres, mais elle ne rêve pourtant que de l'approcher au grand jour et de lui révéler les trésors d'une volupté qu'il semble ignorer.

Inédit **_Les Hathaway_ - 5 -**

L'amour l'après-midi ☙ Lisa Kleypas

Jeune femme nature et en retrait, Beatrix Hathaway s'est toujours sentie plus à l'aise en plein air que dans une salle de danse. Si elle a auparavant participé à la saison londonienne, sa beauté classique n'a jamais été appréciée. Elle s'est résignée, jamais elle ne rencontrera l'amour ! Mais, le temps est-il venu pour la plus rebelle des sœurs Hathaway de consentir à un homme ordinaire pour éviter le célibat ?

Le 19 octobre

Inédit

Comment séduire un marquis ? ꝏ

Julia Quinn

Elizabeth Hotchkiss doit impérativement se marier d'ici peu pour subvenir aux besoins de sa famille, mais comment envoûter le riche et parfait époux ? Lorsqu'elle découvre un ouvrage intitulé *Comment séduire un marquis ?*, elle se risque à y jeter un œil, par simple curiosité. Et justement, à titre d'essai, Elizabeth usera de ces précieux conseils pour charmer l'intrigant James Siddons ! Et si James n'était pas celui qu'il prétend être ?

Cendres dans le vent ꝏ **Kathleen E. Woodiwiss**

1863. Après le massacre de sa famille, la belle Sudiste Alaina part se réfugier, habillée en jeune garçon, à La Nouvelle-Orléans, alors occupée par les Nordistes. Elle y rencontre Cole Latimer, un médecin yankee qui lui sauve la vie et qu'elle aime en secret. Une nuit, Cole la surprend et, ébloui, il tombe éperdument amoureux. D'un mot, Alaina pourrait faire leur bonheur, mais il est un Yankee, un ennemi, et son orgueil s'y refuse...

La famille Blakewell **- 2 -**

L'offrande irlandaise ꝏ **Pamela Clare**

« Regarde cette catin irlandaise. N'est-elle pas belle comme le jour ? Eh bien, sa virginité t'appartient ! » Jamie Blakewell est choqué par les propos de son ami, lord Byerly. Ému par cette beauté brune dont les yeux ne reflètent que mépris et épouvante, Jamie décide de protéger l'innocence de la jeune Bríghid, quitte à jouer le rôle de bourreau en public. Mais une compagnie aussi troublante ne peut qu'attiser les élans de la passion...

Le 19 octobre

Passion intense

Des romans aux tons légers et coquins

Inédit **_Nuits blanches - 2 - Quand sonne minuit_**

Lisa Marie Rice

Claire Parks a longtemps été isolée par la maladie et par un père surprotecteur mais désormais, place aux nouvelles expériences et au plaisir ! Pour commencer, elle va aller faire la fête dans cette sulfureuse boîte de nuit… Claire y rencontre Bud, qu'elle ne tarde pas à inviter chez elle pour un week-end des plus torrides. Bientôt, elle découvre que son ardent partenaire est en réalité le lieutenant Tyler « Bud » Morrison. Et, lorsque d'étranges évènements la menacent, Tyler est prêt à tout pour la protéger.

Inédit **_Les combattants du feu - 4 - Flamme mortelle_** **Jo Davis**

Grand, musclé et sexy, Tommy Skyler, le chouchou de la caserne 5, tait une profonde blessure : autrefois star incontestée de football, une terrible tragédie a brisé son rêve pour toujours. Lorsque, suite à une intervention difficile, Tommy est emmené à l'hôpital, il fait la connaissance de Shea Ford, une superbe infirmière. Mais il déchante très tôt, lorsqu'il découvre qu'une conspiration criminelle est organisée contre lui et que, à ses côtés, Shea frôle le plus grand des dangers.

Le 5 octobre

FRISSONS

Du suspense et de la passion

Inédit ***Faux pas*** ❧ **Laura Griffin**

Celie Wells ne voulait plus jamais avoir affaire avec son ancien mari et surtout pas avec son meurtre ! Elle doit maintenant faire face à la police et aux narcotrafiquants qui voulaient la peau de son mari. Et si le très sexy reporter John McAllister vient voler à son secours, elle se doute bien qu'il en veut plus qu'il ne le montre...

Et toujours la reine du roman sentimental :

Barbara Cartland

« Les romans de Barbara Cartland nous transportent dans un monde passé, mais si proche de nous en ce qui concerne les sentiments.
L'amour y est un protagoniste à part entière : un amour parfois contrarié, qui souvent arrive de façon imprévue.
Grâce à son style, Barbara Cartland nous apprend que les rêves peuvent toujours se réaliser et qu'il ne faut jamais désespérer. »

Angela Fracchiolla, Rome, Italie

Le 5 octobre
Printemps à Rome

Le 19 octobre
Vivre avec toi

8826

Composition
CHESTEROC

Achevé d'imprimer en Italie
par GRAFICA VENETA
le 31 août 2011.

Dépôt légal août 2011.
EAN 9782290030684

ÉDITIONS J'AI LU
87, quai Panhard-et-Levassor, 75013 Paris

Diffusion France et étranger : Flammarion